a primeira mulher

Miguel Sanches Neto

a primeira mulher

EDITORA RECORD
RIO DE JANEIRO • SÃO PAULO
2008

CIP-Brasil. Catalogação-na-fonte
Sindicato Nacional dos Editores de Livros, RJ.

Sanches Neto, Miguel, 1965-
S191p A primeira mulher / Miguel Sanches Neto. –
Rio de Janeiro: Record, 2008.

ISBN 978-85-01-08012-7

1. Romance brasileiro. I. Título.

CDD – 869.93
08-0066 CDU – 821.134.3(81)-3

Capa: Mariana Newlands

EDITORA RECORD LTDA.
Rua Argentina 171 – Rio de Janeiro, RJ – 20921-380 – Tel.: 2585-2000

Impresso no Brasil

ISBN 978-85-01-08012-7

PEDIDOS PELO REEMBOLSO POSTAL
Caixa Postal 23.052
Rio de Janeiro, RJ – 20922-970

EDITORA AFILIADA

"E disse o Senhor Deus:
não é bom que o homem esteja só."

Livro do Gênesis

Para
Karen Éler,
Alberto Mussa
e Luciana Villas-Boas,
primeiros leitores.

Segunda

Sempre me amedrontou a idéia de ter um filho. Um dia iria perdê-lo. Esse pressentimento me perseguiu desde a adolescência, e a possibilidade foi sendo anunciada por acontecimentos menores. Perdi todas as mulheres com quem me relacionei. E isso não foi o pior. Também perco, com regularidade assustadora, relógios e guarda-chuvas. Assim, cheguei aos 40 anos sozinho — sozinho e sem relógios.

No dia de meu aniversário, resolvi não ir ao trabalho. Depois de desligar o telefone, fiquei mexendo nas gavetas do escritório, rasgando papéis pessoais como quem se desfaz dos pertences de um morto e queima roupas velhas, separando as melhores para doar. No fundo, esperava que alguma de minhas ex-namoradas me procurasse. Elas tentariam ligar para casa, apenas para umas palavras amáveis, e, não conseguindo, viriam me visitar, brindando-me com uma noite de sexo.

Enquanto ia rasgando poemas, cartas e anotações nunca retomadas, pensava em quem seria ela. Havia até o desejo de que fosse mais de uma, em horários diferentes. Chegar a esta velhice temporã fazendo amor com duas ou três mulheres poderia ser um belo tributo ao ardor juvenil.

No fim da tarde, depois de ter preparado e comido, sem nem mesmo a companhia de um vinho, um *penne* ao alho e óleo, resolvi descer à portaria do prédio e pegar a correspondência.

Havia apenas uma carta do setor de recursos humanos da universidade, parabenizando-me por meu aniversário com palavras convencionais e ridículas. Joguei o papel no lixo, em uma dessas caixinhas retangulares, com areia, destinadas a tocos de cigarro, invólucros de bala e chicletes mascados. Era ali que ficaria o dia de meus 40 anos. Subi ao apartamento sentindo o gosto de alho na boca.

Dormi cedo e levantei mais cedo ainda, num dia chuvoso. É triste não ter guarda-chuva nesses momentos. Molhei-me todo para ir à universidade. No departamento, a secretária me deu os parabéns sem me beijar.

Tomei uma aspirina e fui para a sala, pedindo para que os alunos me avisassem do fim da aula. Estava sem relógio, o mais recente desaparecera dias antes. Eu entrava no tempo sem ponteiros de um homem de meia-idade.

Se relógios, guarda-chuvas e mulheres não ficavam muito tempo comigo, por que um filho ficaria? Não tendo filho, eu o transformava em uma figura sempre jovem e presente. Gosto muito de crianças: não tive um filho de meu. Um filho, não foi de jeito, mas trago dentro do peito meu filho que não nasceu. Eu podia repetir Manuel Bandeira, em seu testamento de ausências. Também estava livre da posse. Pensava nisso enquanto ouvia o relato de Solange, interrompido por lágrimas e corizas, meticulosamente absorvidas por lenços de papel. Ela deixara a caixinha sobre a mesa, com o canto do próximo lenço para fora, pronto para secar o rosto de minha ex-namorada.

Um rosto que conheci adolescente, tive entre as mãos e percorri com os lábios, um rosto em que contemplei o tremor do prazer. Mas agora ele era só desespero, exasperação. Solange me contava que fora ameaçada.

— Ameaçada do quê? — perguntei, saindo do transe.

— Morte — ela disse e, entre soluços, retomou a história confusa.

Quando foi anunciada pelo porteiro, levei um susto. Havia anos não conversávamos, apenas nos olhávamos de relance em encontros sociais. Tinha envelhecido muito depois da tragédia que acabara com seu casamento, mas aos poucos foi ficando bonita, mais bonita do que era aos 19 anos. Eu estava diante de uma mulher deslumbrante, bem-vestida e sobriamente maquiada. E me perguntava como seria esse novo rosto na hora do orgasmo. Não prestava atenção em suas frases desordenadas. Solange retomava fatos antigos, falava do filho, do ex-marido, da época em que nos conhecemos, tudo misturado. De repente parava, ria por conta de alguma lembrança boa, os olhos vermelhos e úmidos, recordava passagens, contando episódios da campanha eleitoral, e vinha de novo o choro.

— Esperei tanto uma visita sua na época do desaparecimento de Alexandre — ela sussurrou, olhando-me carinhosamente.

— Eu não saberia o que dizer, nunca sei o que devo falar num momento desses.

— Só você teria diminuído um pouco a dor.

— Seu marido estava lá.

— Desde aquele dia, ele não esteve mais comigo, ficamos juntos ainda uns meses, acertando a separação, mas ele já era meu pior inimigo, sempre me culpando por ter deixado Alexandre sozinho.

— Se fosse comigo, não sei se seria diferente.

— Com você, eu teria perdido o filho bem antes. Sempre me disse que não queria ser pai.

— Nunca exigiria um aborto.

— Mas não me engravidaria.

— Por que não se casou de novo? — eu tentara fugir do assunto.

— Eu me tornei a mãe de Alexandre. Foi duro não acompanhar o crescimento dele.

Ficou em silêncio, uma lágrima engordava no canto de seu olho direito, ela a enxugou antes que eu tivesse coragem de beijar seus olhos, provando de seu sal e de sua dor.

O telefone celular dela tocou e voltamos à nossa meia-idade. Solange não atendeu, mas verificou o número e me comunicou que devia ir: era seu segurança, que atuava *também* como motorista — este *também* soou de forma estranha em meus ouvidos.

— Estou atrasada.

Ela se levantou sem que eu me mexesse.

Voltara a ser a deputada Solange, mãe de Alexandre. A mulher que eu encontrava nas fotos dos jornais, sobre quem ouvia falar nas festas, uma parlamentar atuante.

— Só não consigo entender por que você me procurou depois de tantos anos.

Ela me olhou com uma expressão insana.

— Para dizer que estão me ameaçando.

— Você comunicou à polícia?

— Não confio em ninguém.

E esquadrinhou meu apartamento, como se procurasse um assassino, para sair de forma brusca, segurando com medo a bolsa, que não tinha sido abandonada em nenhum momento. Provavelmente havia uma pistola ali.

Ouvi a batida da porta, o barulho do salto da sandália no corredor, depois nas escadas — ela não quis tomar o elevador. Quando eu não ouvia mais nenhum sinal dela no prédio, continuei escutando-a em meu sangue.

Fui à porta e a tranquei. Depois olhei pela janela da sala, que dava para a rua, e vi Solange entrando no carro. O motorista arrancou, deixando um espaço vazio na fila de carros estacionados na rua. Contemplei aquela ausência por uns segundos e logo estava no escritório, tentando corrigir provas.

Acabei abrindo um livro de poemas. Restava-me passar o tempo com os poetas. Mas nem isso minha desorganização interior permitia. Por que Solange tinha reaparecido em minha vida? Só para sumir novamente, respondi, com uma certeza tão fria que me doeram os ossos.

Como perdi muitos relógios na vida, só os compro na feirinha de produtos falsificados. Relógios para poucos meses. Quando algo me preocupa, sinto-me incomodado com a pulseira, tiro o relógio e acabo esquecendo em qualquer lugar. Pode ser na cantina da universidade, no balcão do bar, no hotel, durante algum congresso, ou na banca de verduras do mercado. Ao dar pela falta, muitas vezes dias depois, é impossível procurar, pois estive em tantos lugares. E também não valeria a pena.

Não guardo amor pelos relógios perdidos. Mas sempre me recordo do velho Omega-Tissot que meu avô me deu. Ele tinha trazido da Itália, onde combatera na campanha da FEB, participando da tomada de Monte Castelo. Tirara o relógio do pulso de um amigo morto, era a forma de se lembrar dele. Meu avô usou por mais de 50 anos aquele relógio, e, pouco antes de morrer, vendo meu pulso nu, já vinha esquecendo meus relógios por aí, tirou o Omega e me estendeu.

— Vê se não perde este.

Consegui ficar com o relógio pouco mais de um ano depois da morte dele. Uma noite, após as aulas, a caminho do estacionamento, um pivete, saído da sombra de uma árvore, encostou um revólver em meu ouvido e me levou a carteira e o relógio.

A carteira e os documentos foram encontrados no dia seguinte por um vigia da universidade. Procurei o relógio nos antiquários, mas não tive a menor notícia dele. Devia estar na mão de algum receptador — triste destino para um objeto que pertencera a um soldado e selara a amizade num campo de batalha.

Meu conforto é que este eu não perdi; ele me foi tirado. Apenas me culpo por não ter sido corajoso a ponto de enfrentar o pivete. Somos uma geração sem virilidade.

Talvez por isso eu não tenha tido mulher e filhos.

Olhei o identificador de chamadas e não reconheci o número do telefone. Geralmente não atendo ligações que não sejam de meus poucos amigos. Mas essa resolvi atender.

— Alô.

— Você poderia vir ao meu escritório hoje, no comecinho da noite?

— Tudo bem com você, Solange?

— O endereço você tem?

— Não.

Ela então repetiu duas vezes o nome da rua e o número.

— Sabe onde fica?

— No metro quadrado mais caro da cidade.

— Só eu posso dizer o preço de cada centímetro disso aqui, mas não é sobre isso que quero falar.

— Sobre o que, então?

— Terminar a conversa de ontem.

— Fiquei com a sensação de que tinha perdido você pela segunda vez.

— Venha — disse.

E desligou, sem esperar minha confirmação. Copiei na agenda o número que havia ficado no identificador de chamadas. Tinha agora o endereço e o telefone dela.

Era preciso comprar um terno para não envergonhar Solange. Eu dispunha de alguns paletós velhos e desbotados como as capas de meus livros. Faziam parte da fantasia de intelectual. Gostava de usar calça *jeans*, sapatos de couro cru, camiseta e *blazer*. Faltavam os óculos para que eu pudesse compor de forma convincente a figura do sábio, mas, para minha desgraça, quanto mais eu lia, mais minha vista enxergava minuciosamente as coisas. Atenta a cada trinca na parede do apartamento e aos menores gestos das pessoas, nada passava despercebido para uma visão treinada na busca dos detalhes simbólicos dos livros. Dessa atividade arqueológica eu tirava meu sustento. Considero-me um bom professor de literatura, embora sem prestígio, situação criada por minha falta de espírito gregário e por minha juventude. Apesar dos 40 anos, continuo com feição infantil, e os cabelos insistem em permanecer pretos como as asas da graúna. Nenhum intelectual é respeitado enquanto não demonstra sinais exteriores de sabedoria, falando sempre de forma mansa. Também tenho contra mim a inquietação, a ânsia de falar tudo de uma vez.

Jamais me importei com as aparências, achando que andar bem-vestido é uma forma requintada de vulgaridade. Por isso adotei os hábitos monásticos de professor da área de humanas, indo à universidade, nos dias de calor, com sandálias baratas. Não fazia isso para pertencer ao grupo dos intelectuais, nunca ia ser um deles, mas para não destoar do rebanho e passar despercebido. Tudo que desejava era ficar em meu canto, lendo certos livros e tendo casos passageiros com as alunas.

A vantagem de sair com alunas é que os relacionamentos não duram mais do que uns poucos meses. Leciono apenas no último período do curso. Quando acabam as aulas, elas somem para sempre de minha vida, procurando companhias mais interessantes. Dessa forma, estou sozinho nas festas de fim de ano, e só depois do carnaval surgem oportunidades de distração com meninas 20 anos mais novas do que eu. Loiras, morenas, magras, gordinhas, com ou sem espinha, citam os filósofos da moda ou cantam os temas das telenovelas, mas são sempre a mesma mulher, assim como os vários relógios falsificados que compro são apenas um único relógio e, ao mesmo tempo, nenhum.

Naquela manhã, resolvi melhorar a aparência porque não me encontraria com uma dessas meninas que entram na minha vida ao entrarem no meu livro de chamada. Fiz a barba, tomei um banho mais longo e saí para comprar um terno na melhor loja do *shopping*. Ao me aproximar das roupas novas, acompanhado de um vendedor de voz afeminada, senti quanto eram antiquados e gastos os meus trajes. Ao lado do tecido novo e de qualidade, eu parecia um espantalho, posto ali para que os passarinhos me sujassem. Experimentei o primeiro terno que o vendedor me mostrou depois de eu ter explicado que queria algo para uma reunião política. Era preto com risca de giz. Comprei camisa, gravata, meias e um par de sapatos.

No caminho para o caixa, o rapaz me segurou pelo braço, apontando uma prateleira atrás do balcão.

— Não está precisando de cuecas? Chegaram uns modelos bem sensuais.

— Acho que o senhor com quem me encontrarei não vai se importar se eu for com uma de minhas cuecas surradas.

Ele riu diplomaticamente, soltando meu braço, que ficou latejando. Forte como um boxeador e delicado como uma bailarina, flutuou até o caixa, entregou as etiquetas a uma moça e levou a roupa à seção de pacotes.

Depois de assinar três cheques pré-datados e deixar telefone e endereço, recebi das mãos finas do rapaz duas sacolas imensas, com a logomarca da loja.

— Como é mesmo seu nome?

Ele disse isso com a lingüinha de cobra entre os dentes, produzindo um chiado úmido e adocicado.

— Alexandre.

Menti, usando o nome do filho de Solange. O filho que poderia ter sido meu.

— Se precisar de qualquer coisa é só me procurar, Alexandre.

Bastava ele olhar o cheque para me desmascarar, talvez fosse até em busca de meu endereço. Mas não pensei mais nisso. Fora da loja, procurei um ateliê de costura no corredor que leva aos banheiros e pedi para fazer a barra da calça. O rapaz havia marcado a altura enquanto eu experimentava o terno. Prendera os alfinetes na boca, firmando-os em lábios de silicone. Ajoelhado a meus pés, erguendo a cabeça em minha direção para dizer algo sobre o tamanho da barra, ele se colocava na posição clássica de felação.

Eu já não me lembrava disso quando, depois de deixar a calça com a costureira, procurei uma livraria. Livraria de *shopping* é um verdadeiro ensaio sociológico. Os livros vão da culinária sofisticada aos eternos romances de entretenimento. Com algum esforço, achei numa prateleira secundária um livro de poemas e fiquei lendo. Era bom pensar em morte e dor naquele lugar em que tudo prometia a felicidade pelo consumo.

Não comprei o livro, saí e fui tomar café em um dos quiosques do corredor. O zumbido das pessoas naquela sexta à tarde me deixou tonto. Então, lembrando que não tinha almoçado, aproveitei para comer um pão de queijo, sem sabor e gorduroso.

Depois de pegar a calça no ateliê de costura, voltei para casa me sentindo ridículo, como o menino pobre que gasta o salário do mês com um desses tênis horríveis que mais parecem acessórios de astronauta. Pendurei no armário a roupa nova.

Antes de tomar outro banho, tive a sensação de que Solange me telefonara cancelando o encontro. Não sei se era pressentimento ou apenas medo de perdê-la. Um homem passa a vida inteira descartando mulheres jovens e, de repente, fica inseguro diante da antiga namorada. Eu estava fazendo papel ridículo, próprio do menino que insistia em ficar estampado em minha cara, onde as espinhas continuariam nascendo. Eu era um adolescente encruado, com o romantismo dessa idade de hormônios.

Jamais olho o identificador de chamadas se o telefone não está tocando. Mas fui ao aparelho e encontrei o registro de um número. Alguém ligara alguns minutos antes. Quando entrei no apartamento, senti um vazio maior, um silêncio ampliado. Esta é uma sensação comum depois que o telefone toca sem ser atendido. Eu percebia este vácuo todas as vezes que me recusava a atender uma de minhas namoradinhas. E havia tido a mesma impressão ao entrar. Talvez por isso, e não por insegurança adolescente, tenha procurado o aparelho.

Conferi o número de agora com o de Solange, verificando que não eram nem parecidos. Mas ela devia ter outros telefones. Liguei para o mais recente e fiquei esperando um tempo longo. Provavelmente era da casa dela e não devia ter ninguém, a empregada saíra para algum serviço externo. Solange passara em casa apenas para um banho, preparando-se para nosso encontro. Quando já ia desligar, uma voz masculina atendeu.

— De onde está falando? — perguntei num tom educado, apesar da agressividade do interlocutor.

— Isso aqui é um orelhão — ele respondeu, desligando.

Tudo foi muito rápido, mas deu para ouvir o tumulto da rua, o barulho de carros, conversas. Solange não me ligaria de um orelhão, tinha sido um engano, embora muito raramente isso me acontecesse.

No banho, fiquei pensando em Solange, eu guardava intacto cada detalhe de seu corpo, lembrava de uma pinta preta em sua nádega esquerda. Depois de nos amarmos, eu a acariciava, dizendo que a reconheceria no meio de outras bundas anônimas apenas por aquele detalhe. Não conseguia lembrar do rosto de namoradas recentes, mas Solange brilhava inteira em minha memória. Quando percebi, tinha algo duro nas mãos. Ela estava tão próxima que foram precisos apenas uns poucos movimentos para me aliviar. Havia mesmo voltado à adolescência.

Eu me trocava quando o telefone tocou. Corri com o terno novo, num desconforto de quem tem a garganta presa, desacostumada a colarinhos duros e nós de gravatas. Atendi sem voz. Assim que disse alô, o telefone ficou mudo.

Quem estaria me passando trote? Olhei o número no identificador e não coincidia com os outros dois. Esperei um minuto, em pé na frente do aparelho, trajando calça, camisa e gravata, mas descalço. Minha vida mudava muito depressa. Durante anos você cria um hábito rígido. Aulas, amores rápidos, leituras demoradas e intensas, isolamento como antídoto para a decepção, e, no espaço de 24 horas, sua vida entra num ritmo acelerado, você passa a usar terno e gravata, a receber ligações estranhas, a sonhar com o amor da juventude.

Liguei de volta e o sinal era de ocupado. Restava-me terminar de me arrumar para o encontro com Solange.

— A deputada pediu para o senhor esperar um momento, está numa reunião.

A secretária tinha pernas bonitas, usava uma saia curta e justa e, pelo jeito, já chegara ao terceiro ano de alguma faculdade. Ela me levou a uma sala de espera, com lareira desativada e sofá em estilo inglês, preto e de couro.

— Vou buscar café para o senhor.

Fiquei observando o requinte da casa que funcionava agora como escritório da mãe de Alexandre. Tinha perdido o filho e o marido, mas fizera carreira política, criando associações, reivindicando direitos, tornando-se líder. Deixara de ser dona de casa, esposa de um advogado bem-sucedido para conquistar uma posição própria. Aquela casa simbolizava a mudança. Não servia mais de lar, não abrigava uma família, embora restassem resquícios dessa outra função do imóvel. Num dos banheiros haveria, com certeza, uma banheira. Eram as memórias da casa que, agora, figurava como lugar de decisões políticas.

Pela decoração, tudo ali convergia para a deputada. Havia quadros nas paredes, um retrato de Alexandre criança e fotos de Solange com personalidades. Na mesa de canto, ela aparecia ao lado do Presidente da República, que sorri com o rosto quase colado ao dela. Sentado no sofá, verguei-me um pouco e pesquisei as retinas do Presidente, descobrindo uma lubricidade de fauno. Ele desejou Solange, talvez até tenha estado mais intimamente com a deputada, que deve abrir caminho com sua bandeira, a causa das mães órfãs de seus filhos (havia criado esta expressão na época em que começou a militância), mas também concedendo certos favores a homens públicos.

O café chegou e o bebi lentamente, deixando a xícara na mesa de centro para ler os jornais e as revistas disponíveis. Solange estava atrasada, mas a secretária não me deu justificativas, isso devia ser comum.

Quase uma hora depois da minha chegada, a porta do escritório se abriu, dois homens de terno saíram com maletas de couro nas mãos e sorrisos suspeitos, cumprimentaram-me com um leve movimento de cabeça, indo ao encontro da secretária, que os recebeu em pé. Beijaram seu rosto com intimidade, fazendo elogios à sua beleza. Por fim, saíram deixando um vácuo na sala.

Minutos depois, a porta se abriu novamente, Solange passou por mim, sem me ver, e se aproximou da secretária.

— Aquele amigo que estou esperando não chegou?

Com os olhos, a moça fez um movimento em minha direção, Solange se virou e soltou um sorriso.

— Desculpa, Edu, não te reconheci.

Havia muito tempo ninguém me chamava de Edu. Eu me tornara o professor Carlos Eduardo. Era mais uma volta a outro tempo.

Solange indicou a sala. Entramos juntos e ela fechou a porta, dando duas voltas na chave, depois de avisar à secretária que não atenderia mais ninguém. A mulher frágil de ontem desaparecera, era a deputada que me recebia em seu hábitat, um escritório cheio de móveis de antiquário, com uma mesa de reunião imensa, paredes pintadas com cores da moda, sofás macios. Foi num deles que nos sentamos. Graças a Deus, ela não se colocou atrás da escrivaninha onde devia ter atendido os dois homens que me antecederam. Eu me deprimi não só por conta de tanto luxo e bom gosto, mas por saber que estávamos na antiga suíte de casal — entre paredes que ouviram suspiros de amor, viram gestos de carinho e presenciaram cenas eróticas. Este templo da vida íntima hoje não passava de um local de negócios. Eu não queria imaginar o que aquelas paredes tinham testemunhado na nova fase. Preferia ficar com as lembranças de um casal que não conheci, mas que viveu ali algo intenso.

— Belo escritório — eu disse.

— Belo terno — ela revidou.

E rimos.

Havia realmente uma equivalência entre escritório e terno. Ambos eram máscaras.

— Você publicou seus poemas e contos?

— Não, só ensaios acadêmicos em revistas que ninguém lê.

— Então continua o homem de sempre. Não foi mordido pela mosca da vaidade.

— Em casa há mais pulgas do que moscas.

— Quando éramos próximos...

— Namorados.

— O quê?

— *Quando éramos namorados*, você deveria ter dito assim.

— Poderia parecer que eu estava querendo recomeçar algo, e se fizesse isso eu me sentiria a pior mulher do mundo. Estaria tentando seduzir você quando tudo que pensei, ao ir à sua casa ontem, foi encontrar uma pessoa amiga com que pudesse contar.

— Então vamos lá: quando éramos próximos...

— Não quero que você pense que não gosto mais de você, ainda acho que, se tivéssemos nos encontrado logo depois daquilo tudo, poderíamos retomar as coisas, mas fui virando a-mulher-que-procura-seu-filho, os homens não entram mais em minha vida.

— Uma mulher bonita sem um homem é sempre uma mulher de muitos homens.

— Pode pensar assim, embora seja uma opinião ofensiva.

— Quando éramos próximos...

— ...você escrevia poemas muito bonitos e alguns contos também, eu achava seus textos mais interessantes do que os dos grandes poetas contemporâneos que líamos nas revistas, e insistia para que mandasse a alguma editora, algum jornal.

— Cheguei a organizar um livro e preparar um pacote para uma editora, daí queimei tudo. Era meio ridículo ficar me oferecendo.

— E nunca sentiu falta de publicar? A gente sempre faz as coisas esperando reconhecimento. Tudo que desejamos é amor, por isso entramos na política, escrevemos romances, criamos empresas, treinamos algum esporte.

— Já não quero ser amado, tenho me contentado apenas em fazer amor.

— Com alguma pessoa fixa?

— Não cometi esta bobagem bêbada, seria a mesma coisa que publicar os poemas.

— Compreendo, e deve ter algo a ver com sua idéia de não querer filhos.

— Evito qualquer tipo de memória, morrer junto com a lembrança das pessoas que conheci. Em muitos casos, desaparecemos bem antes disso.

— Um dia, elas se lembram.

— Para pedir um favor... e assim chegamos ao tema de nossa conversa, depois de um preâmbulo literário e um sopro nas cinzas apagadas de uma velha paixão.

— Paixões não envelhecem, extinguem-se.

— Quem deveria publicar poemas é você.

— Não é nada poético o mundo em que vivo... Perguntei sobre os poemas para saber se você continuava sendo o mesmo homem daquele tempo, sem espírito competitivo.

— Continuo não tendo paciência com rituais.

— Quando vi você de terno, pensei que estivesse vestido para algum ritual.

— Não sei se devia falar isso, mas foi apenas um gesto de amor. Amor ao passado, vejo agora.

Solange se aproximou de mim, trazendo junto seu cheiro e um calor que eu sentia de longe. Ela irradiava algo irresistível. Colocou sua mão sobre a minha, olhou-me fixamente e pediu.

— Não vamos continuar duelando, preciso de você de uma forma que nunca precisei de ninguém na vida.

— O fraco não pode proteger o forte.

E Solange apertou minha mão, para mostrar que a sua era uma força pequena. Eu gostaria de terminar a conversa com um beijo, sair da sala com seu gosto maduro nos lábios, mas tudo estava ainda na fase preliminar, em que só se dizem amenidades.

— Você já deve ter ouvido um programa de rádio chamado Porrada, que faz chantagem com todas as pessoas importantes da cidade.

— Estou completamente fora do mundo político.

— O apresentador é alcoólatra e viciado, sempre em conflito com bandidos e polícia.

— Está ameaçando você?

— Vem fazendo chantagem, dizendo que tem provas contra a futura prefeita.

— Você vai se candidatar?

— Foi uma decisão do partido, minhas chances são boas, então aceitei.

Fiquei em silêncio um momento.

— E o que ele quer?

— É justamente o que desejo saber. Para isso, preciso de você.

— Leciono numa faculdade de letras, não numa escola de detetives.

— Faça de conta que estamos dentro de um romance policial, você deve apenas desvendar o mistério antes do fim do livro.

— E quando será o fim do livro?

— Faz parte do mistério.

— Você disse que estava sendo ameaçada.

— Ele apenas diz que vai desmascarar "nossa candidata", o que mostra que, por trás, há alguém com intenções políticas.

— Quem poderia ser?

— Qualquer um, mesmo meu mais próximo aliado, por isso procurei você, não posso confiar em ninguém e gostaria de ficar a seu lado daqui para a frente, caso você aceite.

— Esta vai ser a parte mais fácil do trabalho.

— É claro que vou pagar por isso, não quero que tenha prejuízo.

— Já estou acostumado com prejuízos, lembre-se que sou professor.

— E escritor.

— O escritor é por conta de sua bondade. Antes de qualquer coisa, preciso conhecer as ameaças.

— Não fui ameaçada formalmente, só esta chantagem.

— Então, o que fazer?

— Ver o que ou quanto ele quer, talvez umas férias em alguma clínica de tratamento para viciados, talvez apenas dinheiro para os traficantes, ou mesmo um cargo na prefeitura depois das eleições. Sem saber o que ele quer não posso fazer nada.

— Vou ser o cara do serviço sujo.

E ela encostou a cabeça em meu ombro, num gesto de entrega carinhosa, mas sem erotismo. Ficamos uns minutos em silêncio, eu pensando no tempo em que nos conhecêramos, na menina meiga e ingênua que ela fora. Não entendia como seguira a política, ela que nem gostava de discutir as eleições do Diretório Acadêmico.

Levantou-se, interrompendo meus devaneios, foi para a escrivaninha e anotou algo numa folha.

— O endereço da emissora, pode falar em meu nome, amanhã ligo para você.

Solange não voltou a se sentar, foi até a porta, eu me levantei e a segui, recebendo um abraço na saída. Pude sentir um seio firme. Seria silicone?

1.

ELA

Embebeda-me com os beijos de tua boca
dando-me deste amor melhor que vinho.
Para cheirar são bons os teus suores
e só teu nome já é odor vertido
a provocar vertigem nas virgens.

Segue na frente que correrei atrás de ti.
O rei me introduziu aqui
para que folgasse em ti.
Quem de ti provou não olvida
teu amor, mais rica das delícias,
superior ao melhor dos vinhos.
Os retos só querem este vício.

Embora queimada de sol, agradável sou
e o que trago escondido sob a roupa
(que é como as tendas de Quedar,
as cortinas de Salomão e suas sedas)
faz inveja para a própria natureza.

Não olheis para o eu ser morena,
castigo solar por minha beleza,
tudo não passou de pura ira:
os filhos de minha mãe, indignados
com o que fui por Deus distinguida,
me puseram por guardar suas vinhas
para que assim não cuidasse da minha.
Dize-me, ó tu que carregas minha alma,
onde apascentas teu gado enorme?
em que sítio o recolhes, onde dormes?
Em nome do que errarei nesta sina
de te procurar junto a inúmeros rebanhos
guardados por errados homens?

ELE
Se tu o não sabes, amiga minha,
onde dormem minhas ovelhinhas,
sai-te pelos trilhos mais batidos
em busca dos campos dos pastores
e faze deles os teus vizinhos.

Ó amiga minha, às éguas enfeitadas
dos carros de Salomão te comparo.
Apesar de agradável ser tua face
entre teus rústicos enfeites,
como o colar que ao pescoço tens,
enfeites outros, de ouro, te faremos,
repletos estes de peças de prata.

ELA
Enquanto o rei está assentado à mesa
que o meu nardo tão forte recenda

que ele me deseje pelo cheiro.
Como um ramalhete rijo de flores,
o amado habitará entre meus seios
— tão apetitosos como as uvas em cacho
cuja doçura no ar está anunciada.

ELE
Amiga minha, eis que és formosa
com os olhos lascivos das pombas.

ELA
Eis que és gentil, amado meu,
neste leito em que a natureza se converteu.
As traves de nossa casa são os cedros
e nossa varanda, este arvoredo.

A caminho de casa, senti uma solidão terrível, como se eu estivesse num país estrangeiro e não conhecesse a língua. Nasci e cresci nesta cidade, filho único de mãe viúva, que eu visitava quando era inevitável. Muitos amigos de infância desempenhavam funções respeitáveis na sociedade: eram juízes, empresários, dentistas, médicos e advogados. Eu abandonei a cidade para viver entre livros, como um monge. Estive ausente por 20 anos, alheio à política (anulando meu voto) e à vida social, que nunca me encantou. Depois da visita de Solange, voltei à cidade para negociar com um chantagista. E não podia contar com nada, porque nem leitor de romances policiais eu era.

Dormi mal aquela noite, sonhando, como eu sempre sonhava, com suicídio. Desde menino eu pensava em me matar. E o método era sempre o mesmo. Enforcamento. No sonho desta noite, prendi a cinta ao pescoço, sentei-me no tapete e a puxei com as duas mãos, sufocando-me. Queria ser o agente de minha morte. Não apenas o suicida que prepara a armadilha e se deixa cair, mas quem persiste no assassinato.

Acordei com a garganta ardendo. Talvez fosse gripe.

Fiz minhas abluções e desci para procurar uma farmácia. Tudo conspirava contra meu sossego. O porteiro do prédio estava ouvindo o programa Porrada. Perguntei quando terminava. Às dez, ele disse. Eram nove horas. Não fui à farmácia e sim ao Centro, parando o carro na rua da emissora. Só então liguei o rádio e sintonizei o programa, bem no momento dos comerciais. Logo começava a abertura de um novo bloco:

— Nunca conheci quem tivesse levado porrada. Todos os meus conhecidos têm sido campeões em tudo. E eu, tantas vezes reles, tantas vezes porco, tantas vezes vil, eu verifico que não tenho par nisto tudo neste mundo.

O chantagista lia Fernando Pessoa e estava ali gritando os versos de "Poema em linha reta". Mas logo começou a falar bobagens, sempre em tom exaltado. Fiquei ouvindo as notícias policiais, o número de mortos nesta manhã, o nome de cada um deles, a idade, a causa da morte e o horário do enterro. O ouvinte não quer apenas saber quem morreu, mas ter a certeza, pelas mortes alheias, de que ainda está vivo. Vai-se a velórios meio que para se exibir ao defunto — você aí durinho enquanto estou é bem vivo. Por isso a página de necrológio é uma das mais lidas e os programas sobre crime fazem tanto sucesso. Ver a morte dos outros é uma forma de se proteger.

Porrada — ele tinha o mesmo nome do programa — fez uma referência a Solange. Aumentei o volume:

— Nossa candidata acha que as eleições já estão ganhas, posa de santinha e pensa que só os outros são vis, são sujos, só os outros são corruptos e mentirosos, tiram meleca do nariz, só os outros largam puns, para nossa candidata o inferno são os outros. Ela nunca levou porrada, é uma princesa, uma donzela de trancinhas no cabelo. Em breve, todos saberão a verdade.

Ao acabar o programa, desliguei o aparelho, saí do carro e fui a um café em frente da emissora. Tive a intuição de que meu homem não resistia a um expresso. No balcão, pedi média e misto-quente. Quando a moça me trouxe, perguntei se Porrada aparecia por ali.

— Quase nunca, sempre pede lanche.

Ela me falou isso enquanto alguém atendia o telefone.

— Deve ser ele — me disse.

Foi conversar com a outra balconista e me confirmou com a cabeça, indo preparar um sanduíche e uma caneca de café com leite. Quando ia saindo do balcão com a encomenda, joguei-lhe uma nota maior do que minha despesa, tomei o pedido de suas mãos, derrubando um pouco de café.

— Levo para você.

Ela quis protestar, mas olhou o dinheiro e sorriu como se fôssemos amigos.

Na entrada da emissora, que ficava num sobrado antigo, uma moça sentada atrás de uma escrivaninha perguntou o que eu queria.

— Trago o lanche do senhor Porrada.

Ela riu, provavelmente ninguém o chamava de senhor. Tive certeza disso quando, depois da autorização para subir à sala dele, encontrei um rapaz gordo e descabelado, com as roupas amarrotadas. Ao entrar, encostei a porta. O radialista deu um salto.

— Quem é você?

— O entregador de lanche.

Coloquei tudo na escrivaninha.

— Por que a Ilma não veio?

— Sou primo dela, estou dando uma mão.

— Sei. Senta aí.

Sentei na frente da mesa, ele abriu uma gaveta e tirou uma pistola.

— Vamos ver se posso confiar em você. Coma um pedaço do sanduíche e beba o café.

Abri o embrulho e vi que era um sanduíche enorme. Peguei com as duas mãos, segurando-o com o guardanapo de papel, sem saber o que fazer.

— Pode morder aqui — ele indicou a parte inferior com o cano da arma.

Dei uma mordida grande, mastiguei pouco e engoli, tomando um gole de café.

— Pode deixar na mesa.

Porrada guardou a pistola e começou a comer. Assim que deu a primeira mordida, olhou para mim, intrigado com o fato de eu ainda não ter ido embora.

— Agora que você perdeu a desconfiança, podemos conversar.

Falei isso de uma forma que ele não pudesse interromper, mostrando que eu não era um entregador. Ele deu mais uma mordida, ao lado do buraco que meus dentes tinham deixado no pão, sinal para eu prosseguir.

— Estou aqui em nome da candidata, ela também quer comer o sanduíche dela com segurança.

Porrada riu com a boca cheia e me olhou com algum carinho.

— É você que anda comendo ela agora?

— Não, faz tempo que não como a candidata.

— Dizem que gosta de chupar os assessores, é verdade?

— Só chupa os jovens, mas sempre ajuda quem a ajuda.

— Devo entender isso como uma proposta?

— Ela nunca faz propostas.

Eu disse isso enquanto escrevia, numa folha solta sobre a mesa, meu nome e meu telefone.

— Depois alguém devolve a caneca.

— Vossa senhoria é quem manda.

Ele pegou a folha, dobrou e pôs no bolso da camisa, voltando a comer o sanduíche como se eu não estivesse mais ali.

Embora ainda fosse manhã, eu me sentia muito cansado e achei melhor voltar para casa e dormir um pouco. Dormir em horário de expediente era uma de minhas vinganças contra o mundo. Eu podia dormir quando bem desejasse, pois minhas aulas não exigiam tanto de mim e eu não exigia quase nada da vida. Esta é a maior vantagem de não ter família.

Coloquei o pijama, fechei as cortinas e tranquei a porta do quarto. Deitei-me ao som dos carros que passavam na rua, sem conseguir dormir, pensando sem parar nos acontecimentos recentes. Repassei todos, tendo ao fundo a imagem de Solange, não a do passado, mas esta que me procurara.

Levantei-me para preparar o almoço, meia pizza congelada, que iria direto ao forno, e uma lata de cerveja. Comi com voracidade, segurando os pedaços com a mão, para não sujar louça. Esta é outra vantagem de não ter família — como qualquer coisa, a qualquer hora e de qualquer jeito. Gostava de fazer isso na frente de minhas namoradas para deixar bem claro que eu não tinha o menor jeito para a vida a dois. Quando as convidava para um vinho, bebíamos no bico da garrafa, na cama, enquanto vertíamos nossos líquidos.

À tarde, terminei de corrigir as provas e comecei a preparar os livros de chamada. Estávamos no fim das aulas, talvez ainda conseguisse sair mais uma ou duas vezes com Lírian, a aluna deste ano. Depois da formatura, ela voltaria à cidade de seus pais, um lugarejo qualquer no interior. Lírian tinha 22 anos, mas aparentava 17. Poderia ofertar seu corpo púbere nesses *sites* de acompanhante, em que meninas com feição infantil afirmam ter 18 anos — a idade mínima para se prostituir legalmente. Passa o tempo e elas continuam com os eternos 18 aninhos, enganando os pervertidos. Quando Solange reapareceu, decidi que não procuraria mais nenhuma aluna, era o momento de interromper esta vida e começar outra. Mas foi só mexer com provas e livros de chamada para voltar o desejo de sair com Lírian e com as que a sucederiam.

Ao escurecer, liguei para o celular dela, marcando encontro. Nem tomei banho, apenas coloquei uma roupa limpa e apareci no bar uma hora antes. Fazia isso para vencer a timidez. Pedi uma caipirinha de vodca e uma cerveja, preparando-me para enfrentar uma menina duas gerações abaixo da minha.

Lírian chegou com umas amigas, que se sentaram um instante e beberam cerveja fazendo gracinhas. Na hora de ir embora, uma delas disse para eu cuidar bem de Lírian. Todas riram com o comentário que sugeria minha condição de protetor, espécie de pai profanador das filhas. Eu também ri.

Lírian mexia a caipirinha, sem dizer nada. Estava fazendo um papel que eu conhecia bem. Todas queriam dar intensidade às últimas semanas. Como se não fossem viver sem mim. A tristeza fingida era recompensada pelo carinho na cama, um carinho também mentido, mas com um grão de verdade, acrescentado pela satisfação física.

— E aí, quais os planos?

Era a mesma pergunta de outros anos. Até nisso eu agia como um professor que repete conteúdos, piadas e análises. Eu tinha transferido tal lógica para a esfera afetiva.

— Vou prestar vestibular para psicologia numa faculdade perto de minha cidade.

Toda pessoa meio perturbada pensava em fazer psicologia para se automedicar, e, com isso, tínhamos uma legião de psicólogos que não conseguiam nem curar a si próprios e ainda tentavam ordenar a cabeça dos outros. Eu não ia dizer para Lírian que ela era uma louquinha.

— É um curso bonito.

Eu disse isso sem o menor constrangimento, mesmo sabendo que os alunos conheciam minhas opiniões sobre o tema. Lírian tinha o cabelo loiro, os olhos claros e um aspecto meigo. Trazia ainda as marcas interioranas, uma maneira lírica de olhar, fala macia, opiniões ingênuas e rosto angelical. Um dia me disse que sonhava se casar com vestido branco e véu. Seus cadernos universitários exibiam ilustrações infantis, como se ela não tivesse saído da pré-escola. Eu imaginava o que uma menina com esta idade psicológica poderia tirar de grandes escritores que eu analisava durante as aulas. Elas tinham sido educadas pelos programas de televisão, eram apenas consumidoras com uma mentalidade rudimentar. Eu conhecia bem a alma delas, por isso tinha comprado um urso de pelúcia como presente de fim de ano.

Uma única vez fizemos amor no apartamento em que ela morava com mais duas amigas. Eu preferia sempre minha toca, onde me sentia protegido. Mas, naquela noite, estávamos perto da casa dela e não havia ninguém lá. Ela preparou uma caipirinha e bebemos comportadamente por uns minutos. Enquanto eu procurava um CD com sucessos de minha época na estante da sala, ela dançou sozinha, mesmo não havendo música, e me puxou para a cama. Entrei no quarto de uma menina de 10 anos, com bonecas sobre a cômoda, colcha cor-de-rosa e quadrinhos florais na parede. Provavelmente era coisa providenciada por uma mãe cega ao fato de que a filha se tornara fêmea. Na cama de Lírian, um urso imenso dominava a cabeceira. Não o tiramos na hora de fazer amor. Foi testemunha de nossos uivos.

Por isso comprei um ursinho para ela. Estava no carro. Um ursinho e uma calcinha provocante. Suas duas faces. Se eu tivesse tido uma filha com Solange, quando nos conhecemos, ela teria a idade de Lírian. Talvez também por isso eu não desejasse descendentes. Para poder sair com as filhas de minha geração sem remorso ou sentimento incestuoso.

Ficamos bebendo durante boa parte da noite. Depois de algumas garrafas de cerveja, ela aproximou a cadeira da minha e me abraçou, como se fôssemos namorados. Alguns conhecidos dela passaram por nossa mesa, pediram bebidas que eu pagaria, conversaram com ela, acariciaram seu rosto e combinaram encontrar-se outro dia. Para você aproveitar o corpo dessas meninas é preciso não ter ciúme e jamais reclamar de tais abordagens. Elas estão com você agora, vão tirar a roupa para você logo mais, são bem capazes, dependendo do grau de alcoolismo, até de gozar, mas não queira ser dono delas.

No final da noite, saímos do bar abraçados. Quem nos visse de longe enxergaria um casal de namorados.

Durante uma semana me esqueci de Solange. Aconteceu a formatura de minha turma, estive com Lírian três noites seguidas, uma num motel e duas em meu apartamento. Ela só se mudaria no começo do ano, mas com a colação de grau saía de minha órbita. Tinha gostado do urso que eu comprara e também da calcinha. Além das contas nos bares e desses pequenos mimos, não havia maiores despesas. Bastava dar notas altas para provas medíocres e assinar algumas cartas de apresentação, fazendo os maiores elogios para a capacidade intelectual delas, pois todas queriam um emprego, e acabava aí meu compromisso. Sexo bom e barato.

Uma ou outra pedia para eu pagar o aluguel, que nunca era um valor exorbitante. Também fui avalista na locação do imóvel de algumas, e acabei herdando dívidas modestas. Se fosse computar tudo, elas me davam menos despesa do que a mais econômica das esposas, e ainda me traziam um corpo adolescido, vizinho da maciez da infância.

Quando achei que Lírian tinha me livrado totalmente da recaída amorosa por Solange, recebi um telefonema do Porrada, marcando encontro no bar mais antigo da cidade. Queria inventar uma desculpa para não ir, mas Solange estava esperando notícias. E, por enquanto, só poderia contar para ela sobre as noites de amor com Lírian, de como ela gritava escandalosamente quando eu a penetrava, dos palavrões que só uma menina má diria, da sua sede de álcool e esperma. Coisas que não lhe interessariam muito, mas com isso eu me ocupara nos últimos dias.

Combinei o horário com Porrada, que foi agradável, perguntando sobre a candidata, como ela estava. Bem, eu disse, mesmo sem nada saber dela. Desliguei o telefone com a certeza de que não iria ao encontro marcado para as próximas horas. Como fuga, procurei Lírian, que poderia novamente me salvar de Solange. Mas o telefone dela estava desligado. Acabei no Bar Preciosa.

Ficava numa das esquinas do Centro, ao lado de uma loja de produtos agropecuários, de uma casa lotérica e de um *shopping* popular. O bar não passava de um imenso corredor, com uma única porta e uma janela no fundo. O balcão e as prateleiras eram de madeira escura, tudo velho e coberto de poeira. Gerações de bêbados tinham aplacado a sede naquele local, que não sofrera a menor modernização. Os bancos de madeira estavam gastos, o balcão entortara e nunca fora arrumado, a pintura era encardida e o chope saía de uma máquina da década de 30. Era exatamente o inverso do ambiente que eu freqüentava com Lírian. Já tinha estado outras vezes naquele bar, atraído pelo chope bem tirado, que crescia acima da tulipa, com um imenso e leve colarinho de espuma.

Quebrava uma tradição chegando atrasado ao encontro. Ficara indeciso. Só depois de ter certeza de que não encontraria Lírian, decidira procurar Porrada. Mas não o encontrei no balcão do Bar Preciosa. Como não conhecia ninguém ali, pedi um chope e fiquei aguardando em pé. Também devia ter se atrasado. Ao terminar minha tulipa, ouvi uma voz vindo do fundo, onde havia umas poucas mesas. Era uma voz bêbada.

— Quem?

— O apresentador. Quando está com medo, ele se esconde e bebe todas para enfrentar o programa da noite.

O garçom me informava com voz baixa, providenciando chope para o cliente. Pedi para tirar mais um e segui para lá. Na última mesa, ele se sentara com as costas para a parede. Só me viu quando cheguei bem perto.

— O assessor está atrasado.

A voz mole sinalizava que já bebera a sua cota. Sentei-me e ele bateu a mão na minha perna, com intimidade. Os dois chopes chegaram quando começou a falar dos bandidos da cidade.

— Uma merda! As autoridades não me dão porte de arma.

Tomei um gole. Quem participava do mundo do crime acabava virando justiceiro por conta própria, com tendência para encarnar o papel do pistoleiro, vivendo imaginariamente dentro de roteiros de filmes de bangue-bangue.

— Você deveria contratar um segurança.

— E quem pagaria? A deputada pode ter um segurança para ela, mas no mundo real as pessoas não confiam em segurança. Elas andam armadas e descarregam o revólver no primeiro que incomodar.

— Acho que vi uma arma com você.

— Em casa e na emissora, mas não posso sair com ela na rua. Seria preso na primeira batida policial, e os compadres da cadeia iam adorar minhas férias lá.

— E proteção policial?

— E quem se sente protegido por nossa polícia, você se sente?

— Não tenho por que requerer proteção.

— Ouça essa, Don Tufi — ele disse, dirigindo-se ao garçom —, eis aqui um durão, não apresentei a você, é assessor da deputada Solange e é durão, não tem medo de nada. Eu tenho medo até de menino com arma de brinquedo — e riu.

Sem que pedíssemos, Tufi trouxe mais dois chopes, aproveitei para perguntar o que Porrada queria comigo.

— Apenas conversar e beber.

Estava diante de um homem atormentado. Não era um marginal, apenas alguém com problemas. Eu não sabia bem quais problemas, mas dava para imaginar. Ele tinha os cabelos engordurados, o rosto cansado e vestia roupas e sapatos gastos. Embora jovem, exibia uma feição sofrida.

— Estamos no Velho Oeste, assessor.

— Meu nome é Carlos Eduardo.

— Ô Tufi, meu amigo aqui se chama Carlos Eduardo, Don Carlos Eduardo, o assessor.

O garçom não respondia, nem se virava. Devia estar acostumado com essas provocações. Eu também não me incomodaria. Não desejava mais fazer o papel de detetive, poderia aproveitar a ocasião e tomar uma bebedeira — o fim do ano é o momento de todas as bebedeiras. Não precisamos nem de pretexto. Beber está justificado neste período de festas, de fechamento do ano, de papais noéis falsos atrapalhando nas calçadas.

Passamos a tarde naquela cova, vendo os bêbados entrarem para meia pinga, os vendedores de bilhete oferecendo fortuna, um ou outro freguês pedindo chope. A certa altura, Tufi trouxe um prato com meia dúzia de ovos cozidos e um saleiro. Comemos os ovos de gema dupla. Agora tínhamos força para mais algumas tulipas. Porrada foi ao banheiro e, na volta, ergueu a camisa, mostrando-me buracos de bala. Já tinha sido baleado, escapara por milagre.

— Os homens do tráfico não brincam.

— Quanto deve a eles?

Ele me olhou com irritação, se me desse um soco eu desmontaria. Sou um professor de literatura, acostumado apenas com o peso dos livros. E estava bêbado naquela ocasião. Ele continuou me olhando firme, deixei o copo na mesa, esperando a agressão.

— Denuncio traficantes, não faço negócio com eles.

Pegamos o copo ao mesmo tempo, levantando-os e sorvendo todo o líquido de uma vez. Eu devia continuar fazendo perguntas diretas.

— O que você quer da Solange?

— Ela se mostra muito certinha, mas você sabe que é podre como qualquer político.

— Que tipo de podridão?

— Todos os tipos, ou você acha que uma dona de casa se elege deputada sem fazer acertos? A sua chefona...

— Não tenho chefes.

— Sei disso, já me informei sobre você, é um amigo, com um passado limpo, mas deve ter alguma coisa a esconder. Todo ser humano é criminoso, cada um à sua maneira. Tufi, traga chope para os bandidos.

Ao chegarem os chopes, pedi a conta. Tomei a última tulipa num único gole e peguei o tíquete da despesa. Porrada enfiou a mão no bolso.

— Deixa que eu pago — falei isso abrindo a carteira.

— Claro que deixo, não tenho dinheiro nem conta no Bar Pre-ci-o-sa, eta nominho mais afrescalhado.

Ele retirou do bolso extratos do cartão de crédito e jogou na mesa.

— Tenho é conta vencida.

Deixei uma nota de 50 e peguei os extratos. Ao me levantar, ele me disse que tínhamos que beber juntos outras vezes.

Concordei e saí. Na calçada, pude ouvir o pedido de mais chope. O dinheiro era suficiente para mais alguns.

No outro dia, fui ao banco e paguei a fatura do cartão. Era uma soma alta e tive que tirar dinheiro de uma reserva destinada às doenças que nos esperam. Uma despesa bem maior do que os gastos anuais que eu tinha com minhas namoradas.

Quando criança, participava do que minha mãe batizara de faxina de Natal.

Com pouco menos de 30 anos, dona Ilza era viúva com uma vida afetiva secreta — para que eu não tivesse traumas, soube tempos depois. Não me contou seus casos amorosos, e sempre preferi ignorá-los. Quando esta história entrou em nossas conversas, pedi para que não me revelasse nomes. Eu guardava algumas recordações de amigos da família e não queria saber quais deles tinham cruzado a fronteira do quarto de minha mãe. Não são pudores de quem nunca foi puritano, apenas receio de descobrir que o afeto recebido deles não fora espontâneo, mas uma forma de conquistar favores de dona Ilza. Minha infância já tinha sido vazia da presença paterna, não queria perder também essas memórias. Desde que soube por alto dos casos, passei a fantasiar que os homens que dormiam com minha mãe eram estranhos e que os que freqüentavam nossa casa não possuíam vida sexual.

Foi fácil criar esta versão porque minha mãe, além de discreta, era uma pessoa tão limpa e organizada que não permitiria nenhum tipo de nódoa. No fim do ano, mais do que em outras épocas, ela se dedicava às tarefas de limpeza. Tirava todos os tecidos das cadeiras estofadas e os lavava na máquina.

Dava um trabalho imenso recolocar as capas, mas ela aprendera noções do ofício de estofador e, manuseando um grampeador profissional, ia restituindo às cadeiras a cobertura agora impecável. Até hoje é impossível pensar em minha mãe como uma mulher que misturava seus sucos vaginais com espermas, possibilitando a proliferação de ácaros no colchão de casal que me acolhia nas noites de sono ruim. E, no entanto, isso deve ter acontecido, e talvez esteja na raiz de sua mania de limpeza. A mãe se queria pura para o filho, a mulher sentia a necessidade da fermentação de seus líquidos.

A faxina não ficava restrita às cadeiras. Ela tirava todas as cortinas e mandava à lavanderia. Com as janelas nuas, dedicava-se a desembaçar vidros, eliminando pequenos focos de bolor que se expandiam pela parede. A casa, no mês de dezembro, ganhava aspecto de acampamento. Os colchões iam para o sol, o jardim era refeito, com reposição de grama e plantas ornamentais, e as paredes ganhavam cores claras.

No Ano-Novo, era como se tivéssemos mudado para outra casa, tudo reluzia, das pratas no armário às vidraças da frente, que mais sofrem a ação da poeira e da fuligem. Minha mãe renovava nosso guarda-roupa, doando as peças velhas para instituições de caridade e fazendo compras nas principais lojas do Centro. Assim, ela talvez se sentisse inaugurando vida nova e destruindo os resíduos do passado. Hoje penso que, movida por uma idéia exagerada de pureza materna, ela tentava se afastar dos homens a quem tinha se entregado, criando um ambiente higiênico para o menino que crescia sem pai, mas com uma mãe atenta às tarefas femininas mais primitivas.

Quem visse minha mãe agora, uma senhora de cabelos em coque, trajando roupas que jamais se amarrotavam, não imaginaria a bela mulher de 30 anos atrás. Tinha todos os traços que indicavam furor uterino. Retrospectivamente, vejo a força de suas carnes se insinuando nos vestidos, blusas e saias, carnes que queriam outras carnes, mas que eram contidas, na maior parte do tempo, pela obrigação auto-imposta de desempenhar a função materna, renunciando aos devaneios eróticos em nome do filho.

Um filho nada contido. Devia ter uns 10 anos quando, já atormentado por esta produção incessante de sêmen, espiei minha mãe no banho pela janela do banheiro. Ela se depilava, sentada no vaso sanitário, nua como uma figura das revistas masculinas que eu começava a folhear na casa de amigos. Tive desejo por minha mãe, mas um desejo envergonhado, que não produziu nenhum estremecimento. Era um desejo morto, como se eu tocasse o cadáver de uma mulher deslumbrante.

Minha mãe nunca teve homem fixo para não perder o amor do filho único que, logo no início da faculdade, foi morar sozinho. Hoje, restaram-lhe um ventre seco e um corpo flácido que não encontram quem os admire. Todos os seus cuidados durante minha formação resultaram nas vidas solitárias que levamos, ela com a memória dos amores breves e ocultos, eu com a falta de memória de meus amores breves e impossíveis.

Daqueles anos matinais também ficou minha mania de fazer a faxina. Como não sou propriamente uma pessoa limpa, em nenhum sentido, tudo agora não passa de uma paródia. Não lavo vidros, cortinas ou forros de cadeira, não reformo o guarda-roupa, nem mesmo organizo os livros. Restrinjo-me a juntar os papéis sem utilidade, anotações para aulas ou para textos, contas, fotocópias de documentos e outras folhas soltas que restaram sobre a mesa, nas gavetas e nas estantes, para rasgar tudo com a meticulosidade de quem se desfaz de algo comprometedor.

Iniciei a tarefa deste ano logo depois do meu encontro com Porrada. Lírian não me ligou mais, aproveitava seus dias de liberdade, procurando amores em outros endereços ou simplesmente tentando esquecer o tempo perdido no curso.

No final do ano, todos são tomados por um sentimento de prestação de contas. Eu contorno os questionamentos sobre o sentido da vida eliminando restos.

Coloquei um saco de lixo de 50 litros ao meu lado e fui estraçalhando tudo e depositando ali pedacinhos de papel que pareciam confetes. Depois, dediquei-me à geladeira, a parte mais dramática da faxina. Encontrei, nessa expedição ao pólo norte de minha casa, algumas situações constrangedoras. Ao abrir a porta, veio-me um bafo terrível de coisa podre, como se estivesse profanando um túmulo recente. O primeiro foco de podridão que encontrei foi uma caixinha de leite escondida atrás de uma melancia vazada. O leite tinha coalhado e já era uma massa fétida. Joguei a melancia num saco de lixo duplo que eu tinha preparado para este fim. Para lá também foi a caixa de leite. Resolvi então que não deixaria nada nas prateleiras, tudo para o descarte, sem a menor seleção. Até o jarro de água, velho e com o vidro meio amarelado, foi fora. Em uma travessa encontrei um pedaço de carne podre, ainda dentro do plástico do açougue. Eu devia ter descongelado para algum almoço e depois esquecido de preparar. A carne tinha a cor de um cadáver e me senti mal, como se escondesse partes humanas na geladeira. No congelador, uma vasilha com feijão preto, coberta por uma espuma branca. Havia também duas latinhas de cerveja congeladas e grudadas. Desliguei a tomada e, com uma faca de mesa, fui liberando o congelador daquela pequena idade do gelo, depois passei um pano com detergente por tudo e deixei a geladeira com a porta aberta. Os resíduos ficaram na área de serviço.

Ataquei então o guarda-roupa. Não tinha comprado peças novas além do terno para o encontro com Solange, mas sentia a necessidade de me libertar das coisas antigas. Separei calças tão gastas quanto as que ficaram no calceiro, camisas com colarinhos puídos, um par de sapatos de couro cru, uma jaqueta *jeans* e mais umas camisetas. Coloquei tudo numa bolsa de promoção e, passando pela área de serviço, peguei o lixo úmido e desci para a entrada do prédio. O porteiro já conhecia o ritual. Deixei o saco preto na lixeira externa do prédio, sentindo alívio ao me afastar daquela região nauseante, e voltei. Não queria constrangê-lo.

— Seu José, veja se há alguém que queira estas peças.

Ele pegou a bolsa, abriu e inspecionou o conteúdo com os mesmos gestos de quem olha roupa em loja, avaliando a qualidade dos produtos.

— Tem uma família lá no bairro que vai ficar contente.

— Ótimo, espero que façam bom proveito.

Subi para o apartamento pensando que, nos próximos meses, eu teria que me acostumar com minhas roupas no corpo do porteiro, o que era uma forma de alteridade mútua. Ele se sentiria na pele do professor e eu me sentiria na dele. Uma ou outra vez eu iria me envergonhar ao ver que minhas roupas, mesmo em um homem bem mais velho e mais humilde, revelavam um estado de precariedade.

De volta ao apartamento, dediquei-me à última liquidação do ano. Abri minha agenda velha e risquei os nomes de pessoas com quem eu não teria mais contato. Novos desafetos, amizades circunstanciais e principalmente o nome de alunas do último ano, agora ex-alunas. A maioria não entrara no jogo, mas sempre havia aquelas que me brindavam com favores amoráveis. Estava lá o nome completo de Lírian, fiquei na dúvida se devia ou não riscá-lo da caderneta. Ela poderia ainda me render um ou dois encontros, embora tivesse desaparecido completamente, sinal de prazo de validade vencido. Restava-me passar pela solidão das férias.

Retirei a agenda comprada dias antes e passei a limpo os poucos nomes que sobreviveriam em meu afeto. Escrevi com letra caprichada o nome de Solange, depois de decidir que não guardaria o telefone de Lírian. Ano novo, alunas novas.

Foram três dias de limpeza, embora o apartamento continuasse em desordem. Mesmo assim, eu me sentia mais leve, principalmente por ter me libertado dos fantasmas recentes, vultos que povoavam minha vida e cujos nomes restaram na agenda como inscrições mortas. Era uma crueldade colocar Lírian nesta categoria, podia ainda identificar o cheiro de seu sexo no quarto, mas eu tinha experiência suficiente para saber que ela não cabia mais em minha história, fantasma que logo não deixaria indício de sua passagem. Abri a janela do quarto para que o vento varresse sua fragrância adocicada.

Estava lendo um livro, ainda de pijama, eis mais uma vantagem de morar sozinho, quando o telefone tocou. Pelo identificador, vi que era Solange. Poderia não atender, esperar o recado dela na secretária eletrônica, mas eu ficara em casa nesses dias apenas para não perder o momento em que ela me procurasse.

— Oi, Solange.

— Não é a deputada, mas o motorista dela.

A voz de homem e o tom seco me constrangeram, esperei que dissesse o que desejava.

— Ela pede para o senhor vir ao escritório hoje à tarde.

— Quando?

— Às cinco.

— Estarei aí.

Desliguei o telefone com raiva. Ela poderia ter telefonado pessoalmente, sem se valer daquele segurança pretensioso, que dizia a palavra *deputada* como se fosse a própria. Essas pessoas estavam tão acostumadas a servir ao cargo que, mesmo mudando quem o ocupava, elas iriam continuar usando as velhas frases, dispensando idênticas mesuras aos novos chefes. Não contava o indivíduo, mas o cargo, senhor onipotente a quem prestavam reverência.

Tomei um banho rápido, vesti uma roupa qualquer e fui ao escritório de Solange. A secretária não me reconheceu. Perguntou o que eu queria. Havia uma distância enorme entre o homem de agora e o que ali aparecera dias atrás. Dei meu nome, mas isso não resolveu nada. Falei então que era o amigo da deputada, ela tinha me chamado. Um rubor subiu às faces da moça, que se desculpou, dizendo não ter me reconhecido assim, à paisana.

Entrou na sala de Solange e logo voltou.

— A deputada vai atender o senhor agora.

Devia ter chegado antes da hora, não havia relógio na parede para eu saber, mas isso não era importante. A conversa seria rápida, pediria que arranjasse um detetive e me desobrigasse daquele trabalho.

Encontrei Solange na escrivaninha, lendo um material toscamente encadernado. Ela ergueu os olhos para mim e disse que logo conversaríamos, tinha apenas que terminar aquela tarefa.

Eu me sentei no sofá e fiquei olhando o escritório com um sentimento de desconfiança. Solange estaria me enganando? O principal quadro ali era uma tela imensa, um metro e meio por dois, do pintor *naïf* e sambista Heitor dos Prazeres, representando pessoas do povo que tocavam instrumentos e dançavam, todos com roupas características e posições recorrentes na sua obra. Na grande maioria dos casos, essas telas eram falsas. Galerias fora do circuito de arte vendiam imitações por preços altos, mas as mesmas réplicas podiam ser compradas por bagatelas em antiquários e feiras de bugigangas. Fiquei olhando o quadro, para identificar a falsidade. Sobre a tinta recente fora aplicado um produto escuro. Era a velhice exagerada que revelava o engodo. Uma camada de sujeira acrescentada de forma homogênea. A velhice estilizada do quadro contrastava com a moldura nova, criando um efeito paródico. Os detalhes das figuras pobres acabavam reforçados pela caricatura dos personagens de morro pintados por Prazeres. Nenhum quadro combinava melhor com a nova vida de Solange. Tudo é falso nesta sala, pensei.

— Queria agradecer e dar os parabéns.

Ela havia se aproximado enquanto eu estudava o quadro. Fiquei com vergonha de meus pensamentos. Eu era apenas um professor de literatura e ela a futura prefeita. Solange se sentou ao meu lado, segurou minha mão, revelando veias saltadas e tendões, prova de que a idade tinha, sim, chegado.

— Sabia que você daria um jeito no radialista.

— Ele não tem incomodado?

— Silenciou por completo e logo vai elogiar minha candidatura. Você não ouve o programa dele?

— Não gosto de rádio.

— Nem de tevê.

— Nem de tevê. De tanto lecionar literatura do século XIX, acabei me exilando nessa época.

— Depois dos 40, todos pertencemos a um tempo distante. Eu também me sinto uma senhora do oitocentos.

— Uma mulher daquele período não seria deputada, sequer votava.

Solange se aproximou de mim e me deu um beijo no rosto e pousou o indicador em meus lábios, exigindo silêncio. Quem estava ali não era a deputada, apenas uma amiga. Como não me mexi, ela se aproximou mais de meus lábios, tocando-os num dos cantos, num meio beijo sem intensidade.

Pensei no gasto para liquidar o saldo devedor do cartão do Porrada. Aquele era o beijo mais caro da minha vida. E não tinha me dado o menor prazer.

2.

Ela
Sou a rosa que não se despetala,
o lírio nativo das encostas do vale.

Ele
Lírio nascido num canteiro de espinhos,
tal é minha amiga entre as outras filhas.

Ela
Qual videira entre arbustos infrutíferos,
tal é meu amado entre os demais filhos.
Sentado à sua sombra tranqüila
provo do sabor de sua fruta
como quem saboreia uvas.

Súbito me encontro na sala de banquete,
consumindo-me no amor e na sede.
Sustenta-me com uvas frescas
e conforta-me com maçãs suculentas,
o vinho de teu amor me deixa sedenta.

Eis-me completamente bêbada.
Que tua mão esquerda esteja
debaixo de minha cabeça
e que, mais firme, a direita
me sustente enquanto me deito.

Ele
Peço-vos, ó filhas de Jerusalém,
em nome dos animais benignos,
que deixeis em paz meu bem,
que continue ela assim dormindo
neste campo nunca antes tão florido.

Ela
Ouça! Esta é a voz de meu amado,
ele vem saltitando pelos campos,
cruzou rios, venceu feras, virou matas,
meus montes está buscando.
Meu amor é como um filhote arredio,
ao invés de se entregar inteiro,
eis que fica atrás das ramagens,
protegido, olhando pelas frestas,
a reluzir incógnito entre as grades.

Ouça o que só a mim sua boca diz.

Ele
Levanta-te ligeiro, amiga minha,
formosura sem fim num mundo que definha,
levanta-te e sem medo comigo vem.
Porque eis que passou o inverno
e em mim começa o tempo sem pressa.

As flores dão o que de melhor elas têm,
o canto do sabiá nunca esteve tão terno.

A figueira está dando seus melhores frutos
e as videiras novas exalam perfume,
tudo em nossa homenagem, meu bem.
Levanta-te ligeiro, amiga minha,
formosura sem fim num mundo que definha,
levanta-te e sem medo comigo vem.

Como andorinhas pelas fendas das penhas,
andas no oculto das inacessíveis ladeiras,
é hora de te mostrares aqui, inteira,
para dar rosto a esta voz que me acalenta.

ELA
Apanhai as raposas, as raposinhas,
que destroem sem dó esta vinha.
Apanhai estas rapaces raposas
que estragam nossas vinhas em flor.
O meu amor é meu e eu sou dele,
mas nosso encontro é sempre fugidio,
dura apenas o tempo, o curto tempo
que ele gasta apascentando entre lírios.
Antes de esfriar o dia e virem as sombras,
volta, meu amado, volta num tiro,
faze-te como o filhote selvagem
que, ao menor sinal de perigo,
corre para o seio das ramagens.

O pior período do calendário é o Natal, quando a hipocrisia une pessoas que nada têm em comum. O resultado só pode ser a desavença. Nunca passei um Natal coletivo sem que ocorressem atritos entre os convidados. Nos últimos anos, restringi a data à companhia de minha mãe, não sem alguma discórdia.

Desde que saí de casa, sufocado pelo zelo de dona Ilza, que me queria no papel de órfão, entregue a seus cuidados, eu vinha intensificando um desligamento dos laços afetivos. Ia cada vez menos à casa em que passei a infância, comunicando-me com minha mãe por telefone, primeiro aos domingos de manhã, agora quando me lembrava.

Ela reclamou em uma de minhas raras visitas.

— Você esqueceu sua mãe.

— Não tenho mais mãe.

Ofendida pela afirmação, ela se trancou no quarto e fui embora. Ficamos quase um mês totalmente distantes, até ela me telefonar. Estava constrangida, tentava falar de forma serena sobre coisas banais, meio que me culpando, com uma humildade artificial, pelo crime que eu cometera. Tinha passado todo aquele tempo curando feridas imaginárias, para se apresentar diante do filho como a mãe que perdoa. Eu poderia esquecer o episódio e continuar nosso relacionamento como se nada tivesse acontecido. Mas isso significava deixar que ela colasse em mim o rótulo de ingrato ou qualquer outro dos muitos que as mães usam para definir o distanciamento natural de filhos.

Havia coisas que eu não suportava em minha mãe. A principal delas: a mania de comentar novelas ou programas de televisão. Esse era o único campo em que ela realmente tinha assunto, e, mal eu chegava, nossa conversa seguia por tal rumo ou morria no mais completo silêncio. Desde a adolescência eu quis sair desse universo televisivo e participar do mundo da cultura. Para me sentir num meio civilizado, tinha que abandonar o campo de atração de minha mãe, projeto em que me empenhara nas últimas duas décadas. Era nesse sentido que eu não tinha mãe, pois não descendia dela, mas dos livros. Minha família era minha biblioteca.

Muitos críticos não perdoam o fato de Machado de Assis ter apagado de sua biografia a presença do pai e da madrasta. Acham uma ingratidão e uma falta de orgulho de sua condição humilde. Posso entender muito bem esse desligamento entre o escritor e seus familiares. Não sentia vergonha de descender de trabalhadores, mas uma incapacidade de se reconhecer no meio de onde veio. Os mundos se dividiram, ele ficou com os poucos amigos, que lhe davam algum conforto. Machado era filho de uma biblioteca. Ele se fez descender dos textos clássicos, afirmando-se como representante da cultura cosmopolita. Seu sentimento de orfandade cultural foi amenizado pela posse dos livros.

Na conversa com minha mãe, não falei sobre isso para não ser de novo incompreendido, mas dei minha justificativa.

— Quando disse que não tinha mãe não foi com a intenção de negar a senhora, mas uma maneira de lembrar que só na infância estamos protegidos. Depois, todos são órfãos.

— Entendo, filho. Mas para uma mãe é difícil ouvir certas coisas.

Eu poderia argumentar que para os filhos era difícil falar certas coisas. A lógica sentimental do mundo só dá razão aos pais. Achei melhor, no entanto, encerrar o assunto.

— A senhora me desculpe.

— Mãe sempre perdoa.

Eu não estava pedindo perdão, só que não adiantava tentar corrigir o desvio de minhas palavras. Ela havia mais uma vez assumido um papel. Nessas horas, eu pensava que não se casara nem arranjara namorado para exigir de mim uma recompensa afetiva pelos anos de solidão. Tudo tinha sido feito em meu nome, que eu não fosse ingrato. Se estas eram suas intenções, todas acabaram frustradas. Eu não tinha mais mãe.

Agora, no Natal, devia ressuscitá-la e fazer uma visita. Não iria no dia 25, mas na véspera. Como sempre, esquecera de comprar um presente, e ela valorizava esses detalhes. Igual a outras vezes, procurei algo em casa. Não havia nenhuma vasilha nova, nem mesmo uma caixa de bombom ou um vinho melhorzinho. Encontrei um romance que eu não tinha tido tempo de ler, fiz uma dedicatória impessoal, mas nem embrulhei.

No portão de entrada de nossa casa, eu me vi em criança, correndo pelo jardim. Era o mesmo jardim, com calçadas em torno dos canteiros onde cresciam arbustos mais velhos do que eu. Ali eu tinha começado minha exploração do mundo, foi o primeiro território que conquistei, um campo hostil em que me fiz herói e venci monstros imaginários. Depois pude seguir meu afastamento, que não tinha me levado a outros países, mas que me colocara num exílio definitivo dentro de minha própria cidade.

Eu tinha a chave da casa, embora nunca a usasse. Toquei a campainha e logo minha mãe apareceu, trocada e maquiada, como se fosse a alguma festa. Eu estava com minhas roupas puídas. Ela me beijou deixando a camada de algum produto cosmético em minha face. Com os anos, a mulher bonita tinha se transformado em uma massa pegajosa.

Nossos assuntos esgotaram-se rapidamente. Eu sentia, vindo da cozinha, o cheiro de peru e de leitão. Ela abriu um espumante e sorvemos lentamente o líquido em taças de cristal. Não, eu não era filho daquela mulher. Tudo que a encantava não tinha significado para mim. Por um momento, eu me senti repetindo uma cena de telenovela.

Perdera a mãe porque ela se transformara em personagem de algum dramaturgo de tevê. Sua casa era um cenário. Embora não me falasse das novelas, repetia cada gesto. Com certeza, o cardápio de hoje fora retirado de algum programa para mulheres e o espumante era o recomendado pelos patrocinadores. Eu gostaria de estar em algum restaurante ordinário, comendo uma pizza e bebendo cerveja.

Ilza ia para a cozinha e voltava, controlando o fogo, regando as carnes com molho. Seus olhinhos brilhavam, enfim tinha um momento de vida familiar, tal como sempre sonhara. Ficaria mais feliz se eu estivesse bem-vestido, se eu fosse um pai de família com filhos estreando roupas caras e aparelhos dentários, os tênis coloridos acendendo luzinhas no solado. Minha mulher estaria com um vestido longo, usando saltos e um colar de pérolas. Se eu não correspondia a todos os seus sonhos, pelo menos estava ali e não tinha ainda causado desgosto maior. Ela tomava o espumante com falso prazer (nunca foi de bebida) e comia castanhas enquanto víamos um programa de tevê. Quase não falávamos.

Arrumou a mesa e me trouxe uma caixinha embrulhada com papel colorido. Peguei o romance colhido na desordem da biblioteca e passei para Ilza, num arremedo de troca de presentes.

— Não vai abrir o seu? — ela perguntou, depois de ler minha dedicatória.

Abri e encontrei um relógio moderno, números imensos e mostrador com fundo branco. Fiquei imaginando qual ator usava esse tipo de relógio.

— Eu estava mesmo precisando — disse.

— Coloque no pulso.

Não fiz o que ela pediu, mas lhe dei um beijo leve no rosto. Ela devia estar pensando que aquele pequeno carinho tinha lhe custado muito, mas não teve tempo de sentir-se roubada pelo filho. Já servia a comida, que daria para dez pessoas. Abriu mais um espumante, fizemos o brinde convencional da ocasião e comemos em silêncio. O peru estava sem gosto, mas o pernil me devolveu à infância, quando todos nos reuníamos na chácara de meus avós.

Ajudei minha mãe a acomodar a louça na cozinha, organizamos as coisas, guardando na geladeira quase toda a comida. Era uma insanidade preparar tanta coisa para duas pessoas que nem fome tinham. Tudo para não se sentir fora do clima das festas de fim de ano. Não fez aqueles pratos para saciar a fome ou a gula, apenas queria se sentir parte do Natal.

Dormi no meu quarto.

Desde que tinha saído de casa, ela mantinha inalterado o quarto-museu. Era como o quarto de um filho morto. Minhas roupas de antigamente estavam no armário, limpas e passadas. Meus brinquedos sobreviviam numa prateleira, a cortina era ainda a mesma, com desenhos de super-heróis, e encontrei alguns sapatos velhos numa caixa.

Ficava sempre meio constrangido ali. Era como se eu tivesse usurpado o lugar de uma pessoa querida. Para não causar sofrimento, aceitara seu convite de passar a noite.

— Para ter companhia *ao menos* no Natal.

Deitei só de cueca, reencontrando um colchão esquecido de meu corpo. Quando jovem, minha mãe vinha me dar boa-noite, rezava um pai-nosso e me beijava. Como um menino criado assim poderia ter se transformado num ser tão esquivo? Esta devia ser a pergunta de Ilza em suas horas de insônia.

Na manhã seguinte, não sabia se era o menino que acordava ou o homem desiludido. Se fosse o menino, haveria um presente sob a cama, um carrinho a pilha, um revólver de espoleta ou um trenzinho. Eu não quis vasculhar o quarto em busca do presente; cobri a cabeça com o lençol e dormi, sem interesse pelas novidades que o Natal poderia me trazer.

Voltei para casa no fim da tarde, depois de me submeter às atenções culinárias de minha mãe. Fazendo refeições desordenadas, não estava acostumado a um regime tão intenso. Sentia a pele da barriga esticada, reclamando da sobrecarga. O filho tinha ido até sua mãe, reencontrara o caminho, estava salvo o mundo familiar. Eu não sentia satisfação, mas deixei que minha mãe me alimentasse como se eu tivesse sobrevivido da lavagem de casas alheias. Tinha tido a minha festa de retorno e agora restavam algumas horas para digerir os alimentos e me esquecer de tudo. Seria preciso apagar o gosto de peru e de leitão da boca, eliminar o álcool retido no sangue, deixar no banheiro a água das bebidas. E, por fim, tomar um banho, não para descansar, mas para tirar de minha pele a memória da estação na cozinha materna.

A cidade estava vazia naquela tarde de Natal. As pessoas ficavam em casa, poucos se aventuravam na rua, onde encontrei os bêbados de sempre, agarrados à eterna garrafa, tão primitivos quanto os homens das cavernas, barbas imensas, trapos à maneira de roupa, pés inchados e meio podres, um odor forte de urina, fezes e suor. Os bêbados também passavam o dia festivo com a única companhia que eles aceitavam: a bebida. A família não é o grupo de onde viemos mas aquilo ao qual nos apegamos. Pode ser uma garrafa, uma carteira de cigarro, um aparelho de som. Já vi homens que encontraram conforto numa planta cultivada num pequeno apartamento.

Eu me senti pacificado com minha vida — era como aquele bêbado sentado no meio-fio. Não precisava do mundo, ou melhor, tudo de que eu precisava do mundo podia ser contido numa garrafa. A cidade deserta era a imagem perfeita de minha vida. Eu tinha esvaziado meu mundo e não aceitava que ele fosse repovoado.

Deixava o carro seguir um trajeto tortuoso para aproveitar a paz do Natal. Demorei o dobro do tempo para chegar ao meu prédio, não só pela mudança do caminho mas também por dirigir devagar. O porteiro exibia os sapatos que eu lhe dera e isso me comoveu. Aqueles sapatos sempre me levaram para longe das pessoas, nesta fuga da cidade, e agora o levariam para sua família, para seus amigos no boteco de bairro, aos bailes de periferia. Meus sapatos antigos deviam estar estranhando essa vida iniciada em sua velhice de coisa.

— Feliz Natal, seu Carlos.

— Para o senhor também — eu disse baixinho.

Detestava convenções, não conseguia reproduzir as fórmulas ridículas de saudação. Se dissesse "feliz Natal" ou qualquer outra bobagem, eu me sentiria envergonhado diante de meu pior censor, eu mesmo. Na época em que ainda ia à missa, ficava constrangido no momento de saudar a pessoa ao lado com a "paz de Cristo". Dava a mão, mexia os lábios, incapaz de pronunciar as três palavrinhas. Isso e a cara de santidade das pessoas na hora da comunhão, uma cara falsa, afastaram-me da missa, embora eu continuasse religioso. Gostava de freqüentar as igrejas durante o dia, em horários mortos, quando se podia ficar longe daquele teatrinho.

Entrei no apartamento com a alma tumultuada e percebi algum transtorno no ar. Algo acontecera na minha ausência. As coisas estavam em ordem, ninguém havia entrado. Desde que me envolvera com Solange, vivia esperando o momento em que minha casa seria invadida. Não foi desta vez, pensei, depois de verificar a biblioteca. Na volta para a sala, lembrei-me do aparelho de telefone. A luzinha de mensagens piscava de maneira desesperada.

Apertei o botão que libera as mensagens e ouvi uma voz tensa:

— Preciso muito falar com você.

Havia outras mensagens. Resolvi ouvir todas, sem conseguir imaginar quem mais estaria ligando para mim no dia de Natal. Minhas namoradinhas não faziam isso. Eu não possuía amigos, apenas colegas de trabalho. E perdera completamente o contato com parentes.

Todas as mensagens seguintes também eram de Solange.

Liguei para o número que aparecia no identificador de chamadas. Ela nem disse alô.

— Onde você esteve o dia todo?

— Está tudo bem com você?

— Venha aqui!

— Não sei onde você mora.

Ela me deu o endereço, mas não quis falar nada sobre o que estava acontecendo. Perguntei se era grave, não respondeu, desligando o telefone.

O Natal ainda não tinha terminado.

Um segurança saiu da guarita para me receber. Abaixei o vidro do carro, ele pediu minha identidade e conferiu a foto com alguma dúvida, querendo desmascarar o menino que tentava entrar em uma sessão de filme proibido com a carteira do primo mais velho.

— Pode acreditar, sou eu mesmo.

Não falou nada, voltou para a guarita de acrílico, material também usado nas bancas de jornal e pontos de ônibus da cidade, e interfonou para Solange. Disse algo que eu não pude ouvir, sempre com a feição séria de quem cumpre ordens. Era com homens assim que os exércitos venciam batalhas e os estadistas realizavam seus sonhos de poder. Homens que não se emocionavam. Voltou lentamente, o terno preto colado na musculatura.

— Deixe o carro do lado de fora e entre.

Tive que dar marcha a ré, estacionar sob uma árvore e seguir até um portão ao lado da guarita, entrando no jardim por uma calçada de pedras irregulares. A casa imensa revelava em cada detalhe muita pretensão cultural. Havia enfeites natalinos no jardim, luzes acesas caindo em cascata do telhado, sobre o qual fora amarrado um imenso Papai Noel que olhava para o alto, esperando a graça divina. Nas janelas e na porta principal, sobravam enfeites. Demorei uns poucos minutos para vencer o jardim e chegar à porta principal. Toquei a campainha, ouvindo em seguida o barulho nervoso de chaves. A porta se abriu e vi Solange diante de mim, como a mulher que recebe o marido depois de longa ausência. Toda a prevenção contra seu estilo de vida desapareceu quando fui tomado por sua mão trêmula, que me puxou, fechando a porta e me levando a um sofá. Solange vestia um roupão azul-escuro e estava com sandálias baixas.

— Você demorou.

— Não é fácil chegar até você.

— Preciso de proteção.

— Não foi suficiente para proteger do que aconteceu hoje?

— Nada é suficiente para me proteger de mim mesma.

— Então me conte.

— Alexandre voltou — disse, chorando.

Por um momento, fiquei sem saber quem era Alexandre, talvez pela própria improbabilidade de ouvir tal frase. Perguntei que Alexandre? no mesmo momento em que entendia tudo.

— Meu Alexandre. Eles me ligaram dizendo que estão com ele e que vão me desmascarar. Dizem que eu sabia que ele estava vivo e que não me interessei em procurá-lo.

— Eles, quem?

— Não sei.

— Mas quantas pessoas falaram com você?

— Uma só.

— Então por que você se refere a eles?

— Deve ser mais de uma, essas coisas ninguém faz sozinho.

— É a primeira vez que ligam para você?

— Para falar de Alexandre é.

— E para ameaçar?

— Já ligaram outras vezes.

— E você não me falou nada.

— Eu não sabia o que queriam.

— Agora sabe?

— Ainda não. Pode ser dinheiro. Todo mundo quer dinheiro. Quando você tem chances de ganhar uma eleição importante, muita gente oferece dinheiro, mas um número bem maior de pessoas quer se dar bem. Eu já me acostumei com este ciclo de receber e distribuir. No começo foi difícil, tentei até recusar doações, não precisava delas, depois vi que precisava. E muito.

— O que eles falaram?

— Que estão com meu filho. Ele quer se encontrar comigo.

— Para qual telefone eles ligaram?

— Pro celular.

— O mesmo para onde eu liguei?

— É.

— Quando ligam para sua casa, quem atende?

— Em dia de semana, a empregada ou o motorista. À noite e nos feriados, o segurança.

— Você tem outro celular?

— Tenho, mas fica sempre com o motorista. Ele me repassa as chamadas e os recados.

— Quem conhece o número do seu celular?

— Umas poucas pessoas.

— Algum namorado? — eis uma pequena crueldade.

— Isso é importante?

— É.

— Sim, tem duas pessoas que conhecem meu telefone. Mas não são suspeitas. Os bandidos devem ter localizado meu número na empresa de telefonia, subornando algum funcionário.

— Acredito mais na hipótese de alguém ter passado o número aos chantagistas. Gostaria de conhecer todos que falam com você por este telefone.

Ela não disse nada. Pegou uma garrafa de uísque no bar adaptado em um guarda-roupa estilo império, de madeira clara, comprado em algum antiquário, e nos serviu duas doses. Embora fosse Natal nos trópicos, estava levemente frio e não precisamos procurar gelo na cozinha. Bebemos em silêncio. Eu estava invadindo a intimidade de Solange com a desculpa de protegê-la, mas quem me protegeria do que eu iria descobrir? Ela não era mais minha ex-namorada. Estávamos nos conhecendo agora.

— Você tem que me dizer mais uma coisa.

— Se eu tenho ido para a cama com alguém? Nos últimos tempos, não. Não é fácil ser uma mulher na política, todos querem se meter na minha vida.

Este tipo de reação revelava a força de Solange, que não se deixava intimidar.

— Eu não quis dizer isso, apenas preciso de elementos para ajudar você — menti.

— Não tem problema, já estou acostumada.

— Eu queria saber, na verdade, é se você acredita que o Alexandre esteja vivo.

— Claro que acredito. Olhe para aquele porta-retratos ali — ela apontou para um balcão. Estava lá a projeção digital da foto do filho, uma tentativa de definir como ele seria hoje.

— Para mim, está vivo.

— E nesta aparição, você acredita?

— Não sei. Não devia acreditar. Tudo acontecer neste momento, logo depois da confirmação de meu nome para a eleição do ano que vem. É muita coincidência.

— E receber a notícia no dia de Natal.

— É verdade. Não tinha pensado nisso. Há uma intenção óbvia na escolha do dia. A mãe solitária sabe da volta do filho no Natal. Enredo de novela.

— Então você não acredita que seja realmente ele.

— Acreditar não acredito, mas também não desacredito. Meu desejo de que ele esteja vivo é maior do que minha certeza de que estou diante de uma armação.

— O que quer que eu faça?

— Desvendar tudo. Mas sei que é pedir muito.

Ficamos em silêncio um tempo, ela serviu outra dose de uísque. O bom de beber nessas horas é sentir as nossas prevenções se desarmando. A primeira fase deixa a musculatura mais solta. Logo, meu corpo adaptou-se ao sofá. Depois, não fiquei pensando que Solange estava escondendo coisas de mim, sensação que me acompanhava desde nosso reencontro. O próximo passo seria confessar que continuava apaixonado por ela. E que iria fazer de tudo para ajudá-la.

— Você dormiria aqui em casa?

— Não trouxe minha escova de dentes — brinquei.

— Pode usar a minha.

— É de cerdas duras ou macias?

— Macias — ela disse, aproximando seu rosto.

E nos beijamos, sem que eu tivesse tempo de dizer que só uso escovas com cerdas duras, e que isso estava sendo responsável por uma retração de minha gengiva.

Dormimos juntos, meio assustados com o reencontro de corpos constrangidos diante das próprias marcas. Na manhã seguinte, eu não quis tomar café, para evitar o confronto com a empregada. O segurança devia ter ido embora. E na hora de ser rendido pelo outro talvez tenha feito um comentário maledicente. Passar por ali seria constrangedor.

Solange vestiu apenas o roupão azul-escuro, sem nada por baixo, e tive a impressão de ver Nossa Senhora com seu manto. Ela me beijou, dizendo para eu trazer minha escova da próxima vez.

— O pijama também? — brinquei.

Na saída, o portão foi aberto pelo novo vigia, que evitou me olhar.

— Bom dia, senhor — ele me disse.

Chegara ali como visita, despertando suspeitas no outro guarda, e saía como senhor.

3.

Ela

À noite, busquei em minha cama
aquele a quem minha alma ama.
Busquei-o, sem o encontrar,
entre lençóis que nada sabem contar.
Percorrerei toda esta cidade
para aplacar minha ansiedade.

(Já perambulei por tudo — bares,
praças, clubes, desertas avenidas —
e dele, de sua vida, ninguém sabe.)

Pararam-me os vigias da cidade
e fui logo perguntando:

— Vistes quem minha alma ama?

Deixei-os de lado, sem resposta,
e logo achei meu amorzinho.
Detive-o e o levei cativo

ao meu mais íntimo endereço:
à casa de minha mãe, a seu leito,
onde tudo, inclusive eu, teve início.

Peço-vos, ó filhas de Jerusalém,
em nome dos animais benignos,
que por nada o meu amado acordem
que ele possa enfim descansar
até querer novamente recomeçar.

AS AMIGAS
O que é que sobe o deserto,
com agradáveis colunas que reluzem,
fazendo alcançar as distantes nuvens
toda a sorte de perfumes?

Eis que é a liteira de Salomão
levada por sessenta valentes,
que valem por cem, cento e trinta,
todos eles espadas na cinta.
Heróis diurnos, destros na guerra,
pelejam contra temores noturnos,
impondo-lhes sua destra.

O rei Salomão mandou fazer para si,
com jóias e madeiras de lei,
este dourado palanquim,
sua nobre e móvel morada,
conduzida por força escrava.
Suas colunas são pura prata,
com ouro o estrado foi adornado
e o interior ricamente revestido

com os mais luzentes tecidos.
Mas nada disso se compara
à companhia de sua amada.

Ela

Saí, ó filhas de Sião,
para contemplar o rei Salomão
com a coroa com que foi coroado
e com a qual sua mãe o fez rei.
Agora recebe ele, desta esposa,
não menos importante reinado,
cuja coroa, feminina e íntima,
não pode por vós ser vista.

Não sabia por onde começar a investigação. Restava ficar na biblioteca, perdido entre livros e pensamentos, tal como tinha feito nos últimos 20 anos, num simulacro de trabalho que me dava alguma respeitabilidade entre pessoas simples, como minhas namoradas, sem conseguir, no entanto, convencer meus pares, que não viam essa dedicação transformada em obras acadêmicas, publicadas por editoras sérias. O mundo se movia sem minha interferência. Se eu não fosse dar aula em um determinado dia, ninguém morreria, não haveria acidentes de trânsito, não aumentaria a fila dos que buscam a saúde pública. Eu fui me acostumando a uma rotina sem conseqüências práticas, que me afastava ainda mais dos meus contemporâneos. Poderia me isolar em leituras supérfluas, que logo seriam esquecidas. Meu método de trabalho era abandonar-me ao ritmo de narrativas e poemas, evitando obras teóricas ou estudos históricos. Um colega do departamento me acusara, em uma reunião, de ter uma visão da literatura *à la* Pollyanna. No início não entendi a referência irônica, pois eu lia apenas grandes autores e nunca me interessara por essa obra. Conhecia o livro de Eleanor H. Porter apenas de ver em livrarias, em edições com capas floridas. E então percebi tudo — nenhum professor de literatura é levado a sério se não tiver uma densidade teórica, e eu era demasiado inquieto para me fixar em qualquer teoria, preferindo vagar por livros de ficção e poesia, que me davam conhecimentos soltos e inquietações mais profundas do que as respostas dos teóricos.

Embora lesse muito, não tinha um sistema e poderia passar de uma obra clássica para o último lançamento nacional. Eu não queria ser um especialista em literatura, queria me especializar em mim mesmo durante leituras que só faziam sentido porque me levavam a entender um pouco mais, ou a desentender completamente, o homem que eu era. Nos livros, ia colhendo frases, idéias e episódios que serviam para me desvendar a mim mesmo. Uma tarefa nada acadêmica, é verdade. Mais uma razão para eu não ser respeitado.

Depois de ter reaprendido a geografia do corpo amado (um corpo que sofrera terremotos, erupções, vendavais e outras tragédias da natureza), eu não desejava sair, queria ficar na companhia dos livros, procurando alguma página que soletrasse meu novo estado. No que estava se transformando a vida do mestre que comia as alunas? Passei de um livro a outro, fui da poesia lírica aos aforismos e não consegui me concentrar minimamente nas palavras. A vida pulsava em meu interior, e não havia analgésico para ela.

O que eu estava sentindo por Solange seria mesmo amor? Talvez tudo pudesse ser explicado de forma mais simples. Nela eu via a juventude perdida. Então, eu não amava seu corpo de agora e sim a lembrança que ele me trazia de um outro corpo, de um tempo paralisado e de um outro eu. O que eu buscava em Solange talvez fosse um contato mágico com o amor juvenil. O corpo de agora era uma relíquia daquele em que conjuguei o primeiro amor. Ao entrar ontem nela eu estava percorrendo um túnel que me devolvia sempre ao mesmo lugar e à mesma época: ao período em que amei uma jovem.

Mas não era apenas um fragmento temporal, e sim uma mulher muito diferente da que eu tinha conhecido na juventude. Havia independência entre as duas. Não reencontrei nada do que me lembrava. Ela é que me conduzia por seu corpo, ao qual eu chegava como o filho pródigo em busca da proteção de um lar. E Solange havia matado uma rês e me dado a grande festa em seu próprio corpo, regozijando-se com meu retorno.

Concluí que não amava a outra Solange, a que ficara em minhas recordações, mas esta mulher beirando a velhice, e que, no entanto, me dava lições de futuro. Com ela, empreendia um novo passo. Depois de muito tempo saindo com meninas, pela primeira vez conseguia me entusiasmar por um corpo que tinha a idade do meu. Numa noite, eu envelhecera duas décadas. E ao mesmo tempo me sentia mais jovem do que nos encontros com alunas que me deixavam constrangido com minha idade. No corpo delas eu encontrava a imagem original do amor. Mas, em contraste com elas, eu vivia distante desse amor. Era um paraíso vislumbrado mas impossível. Um sonho povoado pela mais impiedosa realidade. Somente com Solange eu pude fazer coincidir meu corpo com o corpo do amor. Só nela aprendi que o paraíso pode ter uma paisagem doméstica. Solange me livrava de uma imagem congelada que eu guardara dela. A mulher madura me curava da adolescência que persistia em mim.

Impossível qualquer concentração na leitura quando o mundo foi varrido por um vendaval que destelhara certezas e vergara as árvores seculares do hábito. Eu estava sendo desenraizado de mim mesmo. Não havia o que ser feito, apenas abandonar-me a essa força.

Foi uma manhã difícil. Os livros e suas palavras lúcidas não diziam nada. Mesmo as obras mais próximas não apontaram um caminho. Andava de um lado a outro do apartamento, de um lado a outro dos livros e de um lado a outro de mim mesmo. Em nenhum deles eu estava inteiro, em nenhum deles eu me encontrava. Será que a faxina de fim de ano estava se completando agora, quando eu tinha que dar sumiço no homem que eu havia sido? Não bastava apagar de minha agenda o nome de Lírian e de todas as antecessoras, era preciso apagar meu próprio nome, para que eu pudesse deixar o jovem Edu no tempo dele e conquistar minha época, esta que vinha sendo apenas um tributo ao passado.

Nessas horas de indecisão, eu esperava sempre que alguma coisa acontecesse. Como não podia decidir nada, não tendo no que me agarrar, o melhor era deixar que os acontecimentos me levassem. Poderia sair à procura de Lírian. Sabia onde ela morava, era só pegar o carro na garagem, percorrer algumas ruas, estacionar na frente do prédio, interfonar para ela e pedir uns instantes de amor. Entraria em seu corpo como quem entra num quarto de hotel. Para ficar pouco. Esta estada breve iria me mostrar que eu não fora feito para corpos maduros, só me encantava a exuberância da pós-adolescência. Estava imune ao amor, não queria atrelar-me a outro corpo e entregar-me às corredeiras desse rio. Era preciso remar contra. Era isso que eu fazia sobre aqueles corpos rijos, indiferentes às leis do tempo, que são as mesmas da morte. Neles, eu enfrentava a correnteza. Que agora estava me levando.

Por que não ligar para Lírian? Por que não procurar uma garota de programa na internet? Tudo estava à minha disposição, bastava um gesto, uma decisão, um pequeno esforço. Algo simples, e eu já fizera isso antes, mas era inacreditável que meu corpo não reagisse a esses desejos, não conduzisse a mão ao telefone e desse aos dedos ordem para digitar o número certo. Eu tinha as mãos e os dedos, mas perdera o comando.

Ouvi o barulho do telefone e parei na frente do aparelho, sem olhar o identificador de chamadas. Atendi sem saber quem estava recebendo a ligação. Edu ou o professor Carlos Eduardo.

— Quase desisti, pô. Tava trancado no banheiro?

A voz do Porrada me devolveu à realidade, eu agora me submeteria a tudo que ele ordenasse. Minha fúria virou resignação.

— Algo urgente?

— Sim, muito urgente. Estou com sede. E pensei que você talvez gostasse de pagar mais alguns chopes no Bar Preciosa.

— A que horas?

— Não fica bem beber antes das quatro.

— Estarei lá.

— Sei que estará.

Desliguei lentamente o telefone e me sentei no sofá. Não sei quanto tempo permaneci olhando a parede vazia da sala, agora não precisava fazer mais nada, o maquinismo entrara em movimento, restava-me apenas não opor resistência.

Vivia tão fora do calendário cotidiano que não sabia os dias da semana e do mês, muito menos as horas. Isso podia ser uma esclerose antecipada, mas era bem provável que fosse apenas seqüela das mudanças de tempo e espaço operadas pelas leituras que eu fazia. Que tempo eu sou quando leio um livro? Que espaço sou? Eu não pertencia à minha biografia, mas aos livros. Minhas memórias verdadeiras seriam o resumo dos livros lidos. Eu não existia, existiam os livros. Só eles, independentemente de quem os leu. Deixei de existir quando comecei a ler compulsivamente. O homem que fui morreu na juventude, por isso a obsessão por corpos juvenis? Quem faz amor com as meninas é um morto, e elas nem percebem.

E agora o mundo me convocava com uma urgência que eu antes desconhecia. Era preciso me encontrar com Porrada às quatro em ponto. Mas não sabia as horas. Não sabia nada. Olhei para a mesa de centro e encontrei o presente de minha mãe, tudo parecia tão longínquo, a ceia, a noite de amor com Solange. Lembrei-me do relógio. Vergando-me para apanhar a caixa, sentindo as dobras de minha barriga, tirei o relógio do estojo e o coloquei no pulso. Só depois vi as horas. Ainda havia tempo para mais umas doses de solidão.

Eu o reconheci de longe, sentado na entrada do bar, as costas para a rua, alvo fácil para quem quisesse se livrar dele; e muitos queriam.

O Bar Preciosa ainda mantinha os bancos quase centenários, da época de sua fundação, feitos de madeira clara e gastos pelo tempo. Como o bar fora reduto de alemães, os bancos saíram imensos, altos e vastos, próprios para acolher os primeiros freqüentadores, com seus quase dois metros de altura e suas várias arrobas. Para se sentar neles, era preciso pisar no apoio e subir. Porrada estava no canto do balcão, em frente a um caneco de chope. Eu me sentei no banco ao lado, sem que ele notasse. Tufi fez um sinal com os olhos, indicando que chegara alguém.

Como as ameaças haviam cessado, era de esperar que ele quisesse me passar mais uma conta de cartão de crédito ou me pedisse dinheiro. Virou-se para mim, lentamente, abrindo um sorriso gozador.

— E aí, professor?

Não falei nada, olhei para a chopeira, anunciando que também queria beber. Tufi começou a tirar o chope lentamente. Precisava paciência para fazer esta operação e mais ainda para beber. A pressão tinha que ser baixa para formar um colarinho longo e espesso, que molharia a parte superior dos lábios nos primeiros goles. Com uma espátula de plástico, Tufi retirava o excesso de espuma, esperando o líquido descansar no fundo do copo. Eu olhava esses movimentos sem falar nada. Só depois de ter recebido meu copo, virando-o num único gole, para limpar a garganta, esfregando em seguida as costas da mão nos lábios, eu me dirigi ao apresentador.

— Como está o programa?

— Não acompanha?

— Não ouço rádio.

— O programa vai bem, tenho feito referências ao trabalho da mãe de Alexandre.

Ele podia estar envolvido na nova chantagem. Mudara a forma de tratar Solange, que passou de "nossa candidata" para "a mãe de Alexandre", tal como ela se notabilizara em suas campanhas. Isso podia ser apenas coincidência, mas não era de todo inocente.

— Agradeço em nome de Solange.

— Eu é que tenho que agradecer, professor.

Apareceram mais duas tulipas. Eu já estava mais à vontade diante desse produto deformado do jornalismo. O rádio ainda era o grande meio de comunicação com o povo, e os políticos se rendiam aos profissionais do ramo, patrocinando-os e comprando emissoras. Solange ou alguém de seu partido já devia ter providenciado algum benefício para Porrada.

— Você hoje está com uma cara preocupada. Ou é apenas ressaca do Natal?

— Talvez ressaca. Ou há algo para me preocupar?

— Além do salário dos professores e da inflação, não vejo nenhuma razão para você sofrer.

— E Solange?

— Com a candidata é diferente. Estará vulnerável até o fim da campanha. Quem entra nesse rio sabe que a corredeira leva.

— As chances de Solange ganhar são boas?

— Será a próxima prefeita. Mas vai penar um pouco.

— Quem é o inimigo?

— Todos. Mesmo os aliados. Alguns só vão dar trabalho depois das eleições, quando quiserem a parte do butim. Outros já começaram.

— Você sabe de alguma coisa?

— Nada que ela não saiba.

— O que, por exemplo?

— Que estão fazendo chantagem. Uma merda qualquer na vida pessoal dela que daria um belo escândalo.

— Que tipo de merda?

— Não sei. Só me ligaram e disseram que em breve eu teria munição.

— Quem ligou?

— Ligação anônima. Acho que não sabem que eu agora estou do outro lado.

Talvez fosse justamente o contrário. Talvez soubessem da nova orientação do programa e estavam usando Porrada para nos amedrontar — eu começava a pensar nos problemas de Solange como se fossem meus. Porrada poderia estar mentindo. Talvez ele tivesse informantes e soubesse de tudo, Solange provavelmente comentara com alguém, gente do partido podia ter recebido ligações, e isso teria permitido o vazamento da novidade. Ou ele estaria inventando esta história de ter sido procurado apenas para se valorizar?

Eu não sabia qual dessas hipóteses era a verdadeira, mas uma coisa era certa, ele queria dinheiro. Conversamos sobre assuntos de bar e acabamos chegando ao tema do encontro. Ele me disse que a emissora estava com vários anunciantes para o programa, graças ao meu bom Deus, mas que esse dinheiro era dos patrões, ele mesmo não contava com nada além do salário.

— Quanto custa esse outro patrocínio? — perguntei.

Retirou uma folha impressa com as tabelas de anúncios diários no programa.

— Se você anunciar sua empresa, deverá pagar isso — e me mostrou os valores. — Que tal a gente multiplicar por quatro e serei seu mais fiel parceiro?

Eu não tinha ainda tratado de dinheiro com Solange, mas os valores de agora me levariam a isso.

— Vou falar com ela — concluí a conversa, descendo do banco e pegando a carteira.

Colocou a mão em meu peito, em sinal de protesto, e disse que as despesas hoje eram dele. Insisti. Ele disse que na última vez eu já acertara a conta.

— Ligo amanhã — me avisou, como se fosse uma ameaça.

Saí para a tarde ainda ensolarada. Nada a fazer senão procurar Solange.

Peguei o carro e tomei o rumo do escritório. Logo vi uma igreja católica, simples, sem atrativo arquitetônico e protegida por um gradil alto. Diminuí a velocidade. Toda igreja, mesmo com portas cerradas, mesmo vista de um carro, a distância, me trazia tranqüilidade. Resolvi então parar e descer uns minutos.

Na lateral do prédio, encontrei uma pequena gruta feita de paralelepípedos. Eu nunca tinha reparado nesse detalhe nem na imagem de Nossa Senhora lá dentro. Os motoristas diminuíam a velocidade e faziam o sinal-da-cruz. Éramos uma nação de católicos, mas de católicos que não freqüentavam igreja. Eu mesmo não ia a uma missa havia mais de 20 anos. E, no entanto, guardava enorme respeito à religião em que me formara. Gostava de ficar em silêncio na igreja, num momento em que ela estivesse deserta. Nessa igreja (não sabia o nome dela), eu não podia entrar porque um padre, temendo assaltos, fechara o acesso. Mas uma igreja devia estar aberta o tempo todo. Se não fechasse à noite, muita gente perdida encontraria algum alívio. Sempre haveria um ladrão arrependido em busca de sossego espiritual. Toda igreja deveria ter uma capela 24 horas.

Mas esta não funcionava nem no horário comercial, com medo de perder bens materiais. Eu pensava nisso, olhando a imagem da Mãe Santíssima, com seus olhos de perdão, quando notei que mais uma pessoa parara diante da gruta cercada por grades. O sol ainda estava quente, os carros passavam sem parar. Eu me virei e vi um homem com roupa limpa e cabelo molhado do banho recente. Ajoelhara-se na calçada, rezando com os olhos fixos na imagem. Ele não tinha vergonha de ser religioso. Estava ali pedindo algo ou somente agradecendo. Constrangido, fui para o carro sem despertar o menor interesse naquele homem de fé, que continuava suas preces numa tarde de sol, quente e movimentada.

Uma igreja, mesmo fechada, era uma mãe sempre pronta para interceder por nós.

O segurança do escritório foi simpático.

— Como vai, doutor Carlos?

Surpreso, nada pude fazer a não ser esboçar um movimento de cabeça e perguntar se a deputada estava. Ele disse que sim e me indicou a porta. É algo comovente a capacidade que os servidores do meio político têm de se fazerem prestativos e de identificarem as pessoas que entram no campo de interesse de seus patrões. A nova figura aparece do nada, malvestida, e logo se torna merecedor de reverências. Fazem isso não por profissionalismo, o que os move é quase uma loteria. Um desses adventícios pode galgar rapidamente o poder e beneficiar o serviçal que sempre se destacou pela gentileza. As chances de ganhar nessa loteria são ainda mais remotas. Na maioria das vezes, as pessoas que prosperam não ajudam os pobres-diabos que se lembram do tempo em que elas ainda não tinham poder. E os servidores envelhecem nos mesmos postos subalternos, mas tentando a sorte quando aparece uma figura nova. A vingança deles é não reconhecer as pessoas caídas em desgraça. É assim que vão vivendo, preenchendo as cartelas novas e atirando ao vento aquelas que não traziam prêmio.

A secretária de Solange me recebeu com um beijo, chamando-me de querido, tratamento falso, pois tínhamos trocado apenas duas ou três palavras e não sou dos que conquistam admiradores pela desenvoltura. Nada tenho de desenvolto. Ela ligou para Solange e disse para eu entrar, embora a deputada estivesse atendendo alguns políticos.

— Estou sem pressa.

— Ela brigaria comigo se eu deixasse o senhor esperando. Venha.

Meio constrangido, entrei na sala para ver Solange na mesa de reunião com vários homens de terno, todos com fisionomia de corrupto. A teoria lombrosiana não era universal, mas servia muito bem para alguns casos. Na política, funcionava perfeitamente. Um corrupto era reconhecível a distância. Está sempre um pouco acima do peso, usa roupas caras, anda com a inseparável pasta de couro, traz os olhos vermelhos das muitas ressacas, a pele também avermelhada, e nunca fala nem olha diretamente. Na companhia de Solange, reconheci algumas personalidades nacionais e fiz um cumprimento geral. Antes que eu me aproximasse, Solange veio em minha direção, pedindo um minuto aos demais, e nos sentamos no sofá. Em voz baixa, mas sem cochichar, relatei o encontro com Porrada, falando que ele sabia da volta do menino.

— Você contou para alguém? — eu quis saber.

— Apenas para uma ou duas pessoas de inteira confiança — e completou: — Se é que elas existem.

— Ou ele recebeu mesmo uma chamada, e aí as coisas estão tomando um rumo perigoso, ou alguém entregou a história pra ele.

— Ou ele está diretamente envolvido com a chantagem.

Eu não considerava seriamente esta hipótese. Porrada era um bêbado tentando arranjar dinheiro, sem predisposição para participar desse tipo de coisa.

— De qualquer jeito, vamos ter que contentá-lo — eu disse. Não estava ainda acostumado a usar a primeira pessoa do plural em projetos que não eram meus, mas o amor nos obriga a esse tipo de concessão. Dei o valor mensal da contribuição que ele desejava, ia sugerir uma contraproposta, estava pedindo muito e ainda faltavam vários meses para as eleições, mas Solange não me deixou argumentar, cortando minhas ponderações e chamando, com um gesto, um dos homens de terno.

— Edu, este é o doutor Jacinto, tesoureiro da campanha.

— Muito prazer — ele me disse, abandonando a mão na concha da minha, como se a sua fosse um peixe morto.

— Nós temos que patrocinar aquele radialista — ela passou a tabela para Jacinto, dizendo que era para multiplicar o valor por quatro e pagar diretamente a ele, em dinheiro.

— Vejo isso amanhã cedo — Jacinto disse, afastando-se e se despedindo de mim com um sorriso.

Aquela era, com certeza, uma das pessoas que sabiam da chantagem. E um dos homens com quem Solange ia para a cama. E ele tinha não só o biotipo do corrupto, mas também o do bandido. Entre ele e Porrada, eu sabia com quem ficar.

— Apareça lá em casa hoje à noite, depois das dez — Solange me sussurrou.

Concordei com um sorriso, nós nos levantamos e não foi preciso nem me despedir do grupo, que sequer olhou em minha direção. Na saída, a secretária — eu devia aprender logo o nome dela — se levantou e me acompanhou até a porta.

Tanto ela quanto o segurança sabiam que a cama da deputada estava conhecendo um novo freqüentador. O que eles não desconfiavam é que eu não era um caso recente, mas uma recaída.

Freqüento o curso de letras nas horas vagas, passando a maior parte do tempo nas discussões políticas do Diretório Acadêmico. O período heróico da luta estudantil está distante, nos anos 80 tentamos ainda despertar uma mentalidade crítica em estudantes universitários que querem apenas o diploma para conquistar uma vida financeira melhor e poder consumir produtos que começam a chegar ao país.

Não há receptividade por parte de nossos colegas, mas nós insistimos em pregar a solidariedade. Quase não leio os livros recomendados pelos professores nestes anos de formação política. Nosso manual, *As veias abertas da América Latina*, de Eduardo Galeano. Guardarei por anos o exemplar surrado desse relato, mas sem coragem de reler sequer uma página, com medo de reencontrar o jovem ingênuo que acredita numa classe política voltada para o bem-estar coletivo. O livro ficará em minha estante como prova de nossas boas intenções, que se mostrarão inócuas.

Lemos também os relatos de ex-presos políticos e as viagens de jornalistas e escritores a países comunistas. Em um destes livros, encontro o endereço de uma associação cultural na União Soviética e escrevo uma carta falando da necessidade de uma revolução no Brasil. Para meu espanto, meses depois vem a resposta, redigida num sofrível espanhol, e estabeleço uma correspondência regular com o órgão de propaganda comunista, recebendo um jogo de cartazes sobre as maravilhas produzidas pelo socialismo, fotos de campos bem-cuidados, moradias de operários com móveis nobres e bibliotecas, ruas coloridas, gente simples e saudável. Fico tão entusiasmado que, por iniciativa própria, e usando o dinheiro do Diretório, que também serve para pagar nossas bebedeiras, mando emoldurar os pôsteres e faço uma exposição no *hall* do prédio do Setor de Humanas. Estas liberdades são novas na universidade, que ressurge da ditadura, e ainda escandalizam os mais conservadores. Um professor de lingüística, o melhor do curso, me procura e pede para que eu tire o material das paredes. Não exige, mas diz para que eu limpe o prédio disso que ele chama de propaganda vermelha. Para mim, não é propaganda, mas reportagem, documentário, constatação do progresso do homem. Argumento com o professor Hermes Carollo, um velho aos 40 anos, com ternos antiquados e abotoaduras de ouro, mas um intelectual sério e um professor primoroso. Não me interesso por lingüística, mas não falto a nenhuma de suas aulas, embora praticamente não apareça nas demais. Ele tem um grande poder sobre os alunos, mesmo sobre nós, os agitadores. O professor Hermes gosta de mim e sempre me trata com deferência, a despeito de minhas ilusões esquerdistas.

— Não me obrigue a acreditar que por trás de todo civilizado persiste um troglodita. Você não percebe que isso é uma farsa? É como propaganda de remédio para emagrecer, com um corpo obeso antes e um atlético depois. Nem nosso corpo e muito menos a vida social passa por mudanças assim.

Ainda é o começo das campanhas contra a obesidade, e o culto do corpo não atingiu as proporções que terá no futuro, mas a imagem que o professor Hermes usa se revela certeira.

Somos enganados por mentiras publicitárias, só que não aceito isso durante a febre.

— O senhor não entende porque é da direita — eu digo.

Ele sorri, um sorriso ao mesmo tempo de superioridade e de desânimo, e explica com sua voz calma que não é um conservador, somente não tolera essa farsa romântica.

— Ideologia e inteligência não podem conviver pacificamente — sentencia.

E vai embora.

Dois dias depois, sem uma razão clara, retiro os pôsteres das paredes e guardo na garagem de nossa casa. A partir desse momento começo a me dedicar só à literatura, mas ainda me acho um ativista. Os cartazes ficarão entre caixas e espetos de churrasco até eu procurar um endereço só para mim, quando minha mãe os queimará com moldura e tudo.

Já conheço Solange, que está no primeiro ano do curso, mas passo a prestar atenção nela apenas quando diminui a doença ideológica. Solange não tem interesse em luta de classes, revolução, união dos estudantes. Faz letras para adquirir cultura geral. Filha única de um casal de advogados, não precisa de emprego e namora um aluno de direito, filho de amigos de seus pais, com quem se casará.

Entro em sua vida para que ela conheça um pouco do mundo. Comigo, freqüenta bares suspeitos, lê autores jovens, dorme em barracas nas montanhas e grita sem pudor nas horas mais íntimas. Saímos pela primeira vez depois de um congresso sobre ensino. Estamos entediados com os pedagogos e faço a proposta de fuga para um bar. Ela aceita e acabamos num hotelzinho sórdido, freqüentado pelas putas mais decadentes.

Como quer conhecer a vida, falo que a melhor maneira é passar umas horas no quarto de um hotel de programa.

Solange aprova com brilho nos olhos.

Peço um quarto e o recepcionista estende uma chave imensa, presa a uma placa de madeira, com o número pintado à mão. Solange ri da chave. Subimos por uma escadinha estreita, que range a cada passo. No andar de cima, um casal deixa o quarto e o homem olha Solange com desejo.

No quarto, tudo está impregnado de vida, da vida suja de quem faz sexo pago, contratado nas ruas. Mas não tivemos nojo, apenas vontade. Deitamos na colcha meio amarrotada, ela tira a blusa, o sutiã e a saia. Eu me aproximo e beijo os seios redondos, com mamilos rosados e túrgidos.

— Você é a segunda pessoa que está fazendo isso — ela me diz.

Sei quem foi o primeiro, mas não sinto raiva dele. O segundo também pode ocupar uma posição inaugural. Vou descendo a cabeça e afastando a calcinha e me farto na fonte de odores fortes. Ela agora não diz que eu sou a segunda pessoa que faz aquilo. Enquanto nos reconhecemos, um casal uiva no quarto vizinho. Posso dizer para ela: eis o mundo. O mundo, no entanto, não precisa de ninguém que o apresente.

Não voltamos a freqüentar hotéis de programa, mas continuamos juntos enquanto termino letras, curso dividido, para mim, em dois períodos — o da bebedeira política, quando nos serviram uísque falsificado, e o da bebedeira amorosa, no qual conheço o mais puro malte.

Tivemos um namoro clandestino, e talvez por isso tão intenso, pois ela não se separa de seu namorado, casando-se, sem concluir a graduação, no último ano do curso, quando já estou formado.

Nosso derradeiro encontro acontece na catedral.

São cinco horas da tarde. Ficamos sentados na última fila de bancos, rezamos juntos e depois saímos para a tarde luminosa.

— Por que você está fazendo isso? — pergunto, desolado.

— Eu gostaria de ter filhos.

O verdadeiro motivo é que ela quer filhos do noivo e não meus. Não há beijos, nenhuma carícia na despedida, que ela afirma não ser uma despedida.

— Vamos continuar nos encontrando. Nada vai mudar.

E isso será mentira até retomarmos um diálogo de gemidos suspenso por mais de 20 anos.

Eu vinha trabalhando, sem nenhuma intenção de publicar, em uma versão autoral do *Cântico dos cânticos*, que batizei de "Jardim em chamas". Era um reflexo de minha vida erótica variada e sem sossego. Nunca mostrei a ninguém os poemas, nem os dei por terminados, acrescentando versos, modificando termos, usando o texto como documento pessoal. De tanto ler, sabia trechos de cor e os declamava quando me sentia sozinho demais, vencido pela solidão de solteiro.

O amor de Salomão e Sulamita me fascinava, era um dos momentos mais intensos da Bíblia. A estrutura do poema, em que o casal está a um só tempo junto e separado, sugere a mobilidade do amor, que não se realiza como união plena entre os amados, mas como um encontro que se revela desencontro, uma satisfação insatisfatória, um diálogo que súbito vira monólogo.

O processo de composição do poema foi algo imprevisível. Leitor desde sempre da Bíblia, nunca tive interesse nesta passagem até começar a ler, por motivos literários, a tradução feita pelo português João Ferreira d'Almeida. Consegui um exemplar publicado em Nova York em 1913 pela American Bible Society e fiquei encantado com o poder estilístico dessa versão. Movido pelo fascínio que os grandes textos produzem num leitor apaixonado, busquei a edição espanhola de Frei Luis de León, *Versión y exposición de El Cantar de los Cantares*. Da leitura destes dois textos surgiu meu poema, uma variação livre que tentava ampliar pelo verbo profano a densidade metafórica de um texto que trazia a obscuridade das paixões fortes. Se minhas relações breves com as alunas e outras jovens não guardavam nenhum sentimento amoroso mais profundo, eu me perdia nos abismos eróticos das palavras.

Até agora, Sulamita era apenas uma figura poética, embora inconscientemente eu estivesse reverenciando o grande amor de minha vida, que havia me estragado para todos os outros. Algumas pessoas exercem um poder malévolo sobre quem se apaixona por elas. Eu tinha notado que muitos homens casavam com mulheres bonitas e, em pouco tempo, em meses, elas se transformavam em verdadeiros espantalhos, sem nenhum atrativo. Alguns se casavam pela segunda vez e as mulheres subitamente engordavam muito ou emagreciam demais ou ficavam com a pele feia. Meio por brincadeira, criei uma tese. Esses homens não tinham a intenção de estragar a mulher, por quem eram apaixonados, mas o pau deles queria se vingar daquela que havia determinado um regime sexual monótono. Tinham vocação para a liberdade total e foram aprisionados a uma única vagina. Como revolta, o pênis fazia de tudo para destruir a inimiga. Alguns machos portam um pau de estragar mulher, verdadeiro perigo para o outro sexo.

Mas havia mulheres, e aí estava a revanche delas, que nos estragavam para outras experiências. Não engordamos mais do que o normal, não ficamos subitamente carecas depois de experimentar certos prazeres que elas nos dão, mas nunca mais podemos ser felizes sem sua companhia. Só nela encontramos satisfação. Durante anos, procurei me livrar de Solange por meio do corpo de meninas que me devolviam à adolescência. Ela envelhecia, mas eu ainda me encontrava preso a uma imagem congelada. Ela era minha Sulamita, ausente e presente. Os últimos acontecimentos estavam corrigindo essa visão, dando ao corpo de outrora, eternizado pela lembrança, contornos reais.

Quando nos deitamos na noite passada, ela se recusou a tirar uma camisola longa e preta, como se fosse a viúva casta, viúva do filho desaparecido. Primeiro, percorri seu corpo com as mãos, sentindo a maciez do tecido da camisola. Apalpava pernas, seios, barriga e púbis, reconhecendo a nova geografia. Só depois de apagadas as luzes ela permitiu que eu retirasse sua roupa e fizesse o mesmo reconhecimento com os lábios. Solange novamente era minha, não havia o menor problema se sua pele não apresentasse a elasticidade de antes, que sua bunda tivesse caído um pouco. Aquela mulher me prendera e eu estava ali, libertando-me da única forma possível — prendendo-me ainda mais. Solange era minha Sulamita, um fero exército cruzando o deserto.

Pela manhã, quando deixei sua cama e seu corpo, pois havia uma confusão entre essas duas coisas, eu estava preparado para não sentir mais o fascínio por meninas. Ela tinha me curado dela mesma e me contaminado de uma nova doença, o desejo por seu corpo maduro. Não seria capaz de continuar perseguindo mulheres jovens. Se o amor era para mim Solange, que deixou de ser uma memória para assumir seu corpo às vésperas de velhice, eu só poderia amar corpos similares.

Pensava nisso enquanto relia "Jardim em chamas", trocando o nome de Sulamita pelo de Solange. Continuaríamos seguindo por caminhos próximos, mas que nunca se sobrepunham, esta a lição do poema. Amor como perseguição, jamais como encontro.

Deixei a cópia impressa do poema em minha mesa, tinha feito umas pequenas modificações, e segui para o chuveiro. Em pouco tempo, estaria pronto para bater à porta de Solange.

Não foi preciso bater, o segurança abriu o portão, entrei com o carro no quintal e, ao descer, vi Solange na entrada da cozinha. Tinha tirado a roupa social e estava com calça *jeans*, camiseta e tênis. Era a imagem jovem da qual eu tentava me livrar, mas numa versão caricata que me deixou um pouco constrangido.

Nós nos beijamos na porta e ela me conduziu à cozinha. Tinha preparado um macarrão, pediu para eu escolher e abrir um vinho e me acomodar na mesa da sala. Nunca nenhuma mulher (além, é claro, de minha mãe) tinha feito isso para mim. E o urso participou de mais uma cena copiada de alguma novela. Toda a casa de Solange também era oriunda de novelas, não que ela tenha planejado tal decoração, apenas seguiu o padrão das casas atuais e repetiu, involuntariamente, um cenário de tevê.

Apesar do cenário falso e da falsidade adolescente de Solange, a comida estava boa. Fomos ao sofá da sala e ela me pediu para ler alguma coisa em voz alta. Quando estudante, eu sempre fazia isso. Depois, como professor de literatura, acabei vivendo de ler textos em voz alta. Retirei da estante, em que sobravam livros convencionais, alguns poetas e li poemas inteiros ou trechos, enquanto Solange sorvia o vinho das palavras.

— Você está me despertando uma antiga paixão pela literatura.

Por um momento, pensei que estivesse despertando nela a antiga paixão por mim. Solange era astuta demais para revelar sentimentos que talvez nem existissem. Na hora de fazer amor com minhas namoradas, mesmo não sentindo nada além de um forte e rápido desejo, eu dizia a todas que estava apaixonado. Em parte era verdade, pois estava apaixonado por uma imagem delas, mas nunca me apaixonei por elas, e mesmo assim tinha necessidade de dizer que as amava. Não era um fingimento para conquistar meninas más, elas não queriam ser amadas por um velho, apenas aceitavam ser fodidas. Eu fazia um papel ridículo ao declarar-me. E afirmava algo falso. E no entanto verdadeiro. Esta ambigüidade estranha me colocava sempre em situações embaraçosas. Para que o sexo fosse completo, eu tinha que dizer *eu te amo* e sofria por não ouvir a mesma frase endereçada a mim. O sexo só era possível com esse romantismo, mesmo que unilateral. Com Solange, sonhava ter de novo as palavras doces na hora do encontro dos corpos. Quando jovens, repetíamos isso a toda hora, mas dessa vez ela nem ameaçara uma expressão de amor, embora tenha gritado e me mordido, o que deveria significar a mesma coisa, mas eu aguardava as palavras. Amamos também, e talvez principalmente, pelas palavras. Para isso existia a poesia. Para que o amor não fosse apenas gestos e uivos.

Como eu estava despertando nela a paixão pela literatura, era bem possível que em breve ela voltasse a dizer o único verso indispensável, mesmo sendo o mais repetido de todos: eu te amo.

Não foi nessa noite.

Quando as palavras dos poetas, apesar de tão ricas, tornaram-se insuficientes e um corpo exigiu o outro corpo, deixando na sala nossas roupas, testemunhas silenciosas da urgência, não tivemos mais palavras um para o outro.

Não quis dormir com Solange para evitar comentários. Uma das coisas que sempre me chamaram a atenção nos anúncios de acompanhantes em jornais é que todas têm lugar próprio e discreto, com prédio sem porteiro. Uma precaução comercial, pois homens casados temem situações constrangedoras. E não querem que ninguém saiba que estão fazendo sexo pago, sinal de que nada mais possuímos para dar a uma pessoa além de nosso dinheiro. Eu sempre dava algo a mais para as meninas. Notas. Por isso tinha conseguido uma vida sexual variada.

— Por que não dorme aqui?

— Só durmo em prédios sem porteiro — falei.

Ela não entendeu e eu não quis explicar.

A manhã me surpreendeu sem o que fazer. Desde o reencontro com o passado, meus hábitos sofreram uma suspensão perigosa. Perdera totalmente a vontade de ler. Jornais, revistas e livros, abertos uns, outros intocados, permaneciam esquecidos pelos cômodos. Mesmo com tanta leitura pela frente, eu mal conseguia folhear o jornal. Foi impossível pensar na chantagem que Solange estava sofrendo, pois me faltava um ponto de partida.

Com a faxina de fim de ano, não restara em casa muita coisa que pudesse matar minha fome. Talvez fosse o caso de descer e pedir algo na padaria da esquina. Olhei a confusão geral e achei que deveria impor alguma ordem antes de sair. Depois o café-da-manhã, que já seria quase o almoço. Fui juntando os jornais atirados em vários cantos. Corri os olhos pelos cadernos de cultura, li uma ou outra matéria. Você fica dez dias sem acompanhar as notícias e isso não deixa você nem mais ignorante nem mesmo mais isolado. Lemos as notícias apenas por vício. Com as revistas, não tive paciência nenhuma, juntei tudo e enchi dois sacos de lixo.

Fui ao quarto. O lençol estava enrolado, deixando o colchão e suas nódoas à mostra. Eu sabia se tinha dormido bem pelo estado do lençol na manhã seguinte. Não me lembrava do sonho dessa noite, mas devia ter sido o de sempre, com pequenas variações. Estendi a cama, colhi roupas jogadas sobre os móveis, fechei portas de armário, cheguei até a enxugar o banheiro depois de uma chuveirada rápida. Era a tentativa de recriar o cosmos. Nas horas em que a vida perdia o sentido, a melhor saída era ordenar as coisas à volta. Essa limpeza externa tinha o poder de colocar o universo nos eixos. Crença sem o menor fundamento científico, mas que para mim funcionava. Um homem recém-saído do banho, com roupas limpas, barba feita e cabelos penteados, jamais se mataria, jamais cometeria um crime. A higiene pessoal se estendia a tudo, livrando-nos das regiões escuras de nosso inconsciente. Os crimes eram produto da falta de higiene. Ao me arrumar e organizar o apartamento, estava tentando resolver o caso da chantagem, e também ficando deste outro lado da realidade, em que não existem assassinos nem suicidas.

Com os sacos de lixo na mão, desci as escadas do prédio. Os vizinhos produziam muito lixo úmido, com restos de comidas, material de cozinha, papéis higiênicos em grandes quantidades, proporcionais às embalagens de alimentos, e mais uma infinidade de resíduos. Por isso a lixeira fedia tanto, mostrando que cada família guardava, em seu seio, assassinos em potencial. A voracidade de viver, expressa no que se descartava, era sintoma da doença social de um tempo onívoro. Tanto se consumia que a qualquer momento uma vida seria consumida. Meu lixo era preponderantemente seco, o que tinha as umidades da existência ia numa sacola de mercado, pelo meio. Eram papéis higiênicos, restos de uma fruta e um pote de geléia estragada.

No térreo, o porteiro me abordou, meio assustado.

— O senhor soube?

Não, eu não sabia. Não tinha lido os jornais nem via tevê. O porteiro estava vestindo uma de minhas calças. Fiquei observando as modificações que a mulher dele fizera. Como sou magro, ela teve que abrir as costuras. Assim, a calça apresentava faixas com a cor original do *jeans*, quando o resto estava desbotado. Eu me sentia culpado por seu aspecto miserável, era uma extensão de meu próprio ser. Disse-lhe que não, não estava sabendo de nada.

— Balearam o Porrada.

Deixei os sacos de lixo caírem.

— O senhor é amigo dele, não é? Ainda ontem ele falou do senhor no programa.

Quieto, eu pensava no sentido dessa novidade. Quem teria tentado assassinar o radialista? Continuei mudo.

— Disse que tinha estado com o senhor, que vocês tomavam o melhor chope do Brasil no Bar Preciosa.

Ao ouvir este nome, eu me dei conta da novidade.

— Falou o quê?

O porteiro repetiu a informação. Então, o Porrada tinha falado de mim, talvez em agradecimento ao arranjo que eu estava fazendo para ele. Mas poderia também ser algum tipo de senha, algum aviso para as pessoas. Embora meu caso com Solange fosse recente, todos já sabiam.

— Estão dizendo que foram os traficantes. Parece que era envolvido com droga e estava devendo. O senhor sabe, essa gente não perdoa.

Eu estava cada vez mais preso a essa história. Como meu nome fora mencionado no programa, eu fazia parte do grupo de risco. Poderia também ser baleado a qualquer instante.

— Se alguém me procurar, o senhor diga que estou viajando.

Enfiei a mão no bolso, tirei a carteira e peguei duas notas de 50, estendendo para o porteiro.

— Por que o senhor não compra um radinho novo?

Ele segurou as notas e as amarrotou rapidamente na concha da mão, como se estivesse recebendo dinheiro desonesto. Desde que esta história começou, passei a fazer coisas que nunca tinha feito. Subornar pessoas se tornara algo muito comum.

Seu José pegou o lixo, eu não precisava me preocupar, ele levaria à lixeira. Não dcixei, queria sentir a podridão das demais famílias do prédio. A lixeira era nossa alma coletiva.

Fui para a garagem, peguei o carro e segui para o café em frcntc à emissora de rádio. Tudo normal, como se nada tivesse acontecido. Por estar próximo do horário do almoço, havia pouca gente no balcão. Pedi torrada e uma média com leite. Ilma foi para a chapa preparar meu pão e fiquci olhando o prédio da frente. Nada mudara. Provavelmente outro locutor estava apresentando o programa. Veio-me a vontade de conhecer a rotina daquele lugar. Conhecer um pouco mais da intimidade do Porrada. Isso não me serviria para nada, mas era como na literatura. Quando eu lia um autor, gostava de conhecer, por fotos e pela internet, a cidade dele, as ruas citadas em sua obra, a casa em que morou. Esta imersão dava uma familiaridade profunda. Para mim, era fator decisivo para a compreensão de uma obra. Estava transportando tal mania para minha tarefa de detetive amador.

Quando chegou o pedido, perguntei para Ilma:

— O que aconteceu com o Porrada?

— Ih, filho, melhor nem saber.

— Quantos tiros?

— Estão dizendo que sete. Conta de mentiroso, não é?

— Ele está bem?

— Erva ruim geada não mata. Logo está fazendo de novo as bagunças dele.

— Onde está internado?

— Acho que na Santa Casa.

Dali não sairia nenhuma informação. Ele era odiado até no café onde tinha conta. Talvez por seu jeito irreverente, por sua mania de falar alto. Se morrer, pouca gente vai ter motivos para chorar. E muitas ficarão contentes.

Comi o pão com calma, apreciando o café com leite. Seria minha única refeição. Paguei a conta e fui para a emissora.

Sentei na cadeira em frente à escrivaninha da secretária, que levou um susto.

— Não se lembra de mim?

Não falou nada, apenas me olhou com curiosidade, ameaçando um sorriso.

— Sou amigo do Porrada. Estive aqui dias atrás.

Ela sorriu, talvez recordando minha única aparição, como garçom, e logo fez um falso esforço de memória e passou a me tratar com familiaridade, mais familiaridade do que eu esperava.

— Como ele está?

— Ainda não sabemos. Tenho que pegar uns papéis na mesa dele. É coisa urgente.

— O diretor saiu pro almoço.

— Mas você pode me acompanhar, não pode?

— Tenho que ficar aqui. Por causa das chamadas — ela olhou para o telefone, que começou a tocar.

— OK, então vou sozinho — a moça nem teve tempo de protestar.

A sala dele era uma bagunça. Sobre a mesa, um copo com cerveja pelo meio. Na lixeira, já cheirando mal, uma marmita descartável com restos de comida. Não havia armário, apenas a escrivaninha torta e umas cadeiras mancas. Tentei abrir as gavetas, mas estavam trancadas. Havia um garfo e uma faca de mesa ao lado do copo, para suas refeições de emergência. Com a faca, forcei o lugar da fechadura até a madeira vergar, deixando a gaveta livre. Lá estava a arma que ele apontara para mim. Mas eu não queria isso. Mexi na bagunça com cuidado e encontrei a agenda. Poderia ser útil. Fechei a gaveta forçando novamente a fechadura, para que ficasse trancada, limpei a faca na camisa e saí.

A moça ainda estava ao telefone. Ergui os braços, indicando que não pegara nada, e, agenda na mão, como se fosse minha, disse que não encontrara os papéis. Ela riu, eu também ri, já de saída.

Joguei a agenda no porta-luvas do carro e parti para a Santa Casa. A cidade estava vazia. A população só voltaria da praia no fim de janeiro, desesperada para quitar as contas. Quem não tinha descido a serra ficava com uma cidade só sua, pronta para um período de descanso, o descanso que, ilusoriamente, os veranistas procuravam no litoral, para onde o inferno urbano tinha se transferido. Este era o período do ano de que mais gostava, podia reencontrar a paz do bairro em pleno centro.

Parei o carro na faixa destinada a ambulâncias. Na portaria, eu me identifiquei como parente do Porrada. A recepcionista perguntou o nome dele. Eu não sabia. Então, fiquei indignado.

— Todo mundo conhece o Porrada. Foi baleado ontem à noite.

Uma enfermeira que trazia uma bandeja com agulhas e vidros de remédios disse que ele estava na UTI. E me indicou o caminho pelo labirinto de corredores.

Detestava hospital. Era a ante-sala da morte. Raramente fazia visitas a colegas e parentes. Ao andar por ambientes com cheiro de farmácia, sentia um formigamento nos pés, como se estivesse sendo contaminado por milhões de bactérias. Mesmo com esta dificuldade, consegui chegar à UTI. Em pouco tempo, começaria o horário de visita, informou outra enfermeira. Havia apenas mais uma pessoa na sala de espera. Uma mulher magra, a pele enrugada de quem fumava muito, saia cinza e antiquada, blusa preta abotoada até a última casa.

— O senhor vai visitar quem? — a mulher perguntou.

— Um amigo que tentaram matar.

Ela teve um pequeno estremecimento, molhou os olhos e as palavras.

— É meu filho. Coitado. Que bom saber que os amigos dele estão preocupados.

Aquele plural, pelo jeito, era fictício. Porrada não contava com amigos. Mas a mãe estava confortada.

— E um amigo dele é meu amigo. Qual a graça do senhor?

— Carlos Eduardo. Vim assim que fiquei sabendo — estas eram palavras convencionais, mas nesses momentos não conseguimos fugir delas.

— Foi um bom menino até os 30 anos, nem fumar ele fumava. Sempre ao meu lado, prestativo. Depois deu de beber, o senhor veja, e nunca mais parou de dar trabalho.

— A senhora sabe como foi?

— Eu estava deitada. Só durmo quando sei que ele está em casa. Ouvi o carro, moramos numa casa sem garagem, ele deixa o carro na rua, e de repente vários tiros seguidos.

— Quantos?

— Primeiro foram seis tiros, fiquei sabendo depois. Eu já estava em pé, acendi a luz com um pressentimento ruim. Esperava isso de novo. Ele é muito valente com os bandidos. Estava indo para a janela, para ver o que tinha acontecido, quando ouvi mais um tiro, que ficou zunindo no meu ouvido.

— Todos acertaram nele?

— Graças a Deus só três. No ombro, na barriga, de raspão no pescoço. O último era para matar.

— A senhora viu a pessoa?

— Um rapaz de moto. Consegui ver quando virou a esquina. Saí gritando, logo alguém chamou os bombeiros e ele foi trazido para cá, eu segurando a mão dele na ambulância. Uma hora me disse, não foi nada, mãe. E ria. É um bom menino, o senhor sabe.

— Sei, sim. Agora não corre risco?

— Risco sempre tem, mas o médico diz que ele é forte e que as balas não estragaram nada.

Ficamos em silêncio. Logo deu a hora de entrar. Um de cada vez. Primeiro a mãe, que ficou uns minutos e já voltou.

— Falei que o senhor estava aqui. Quer que entre um pouco.

Assim que me aproximei da cama, ele ainda meio sedado, com a boca mole, como se tivesse tomado um porre, Porrada disse:

— Professor, eles me pegaram.

— Mas você resistiu. Quem você acha que foi?

— Não foi você? — ele perguntou, rindo com contrações de dor.

— Não tenho armas.

— Está na hora de arranjar uma.

— Não faz idéia mesmo de quem foi?

— Poderia ter sido qualquer um. A cidade está tomada pelos bandidos.

— Não tinha nenhum desafeto recente? Alguma dívida? — eu não completei, mas queria perguntar se ele não tinha dívidas de droga.

— O professor agora mudou de profissão? Está trabalhando pra polícia?

— Não trabalho para ninguém, você sabe.

— Não sei de nada, só que me atiraram.

Ele fechou os olhos, talvez se entregando ao sono, talvez fingindo. Em todo caso, achei melhor sair.

A mãe se aproximou quando me viu.

— A senhora não imagina quem poderia ter sido?

— Talvez a polícia. Não gostam dele, está sempre denunciando a impunidade — ela disse em voz baixa, como se estivéssemos sendo vigiados.

— E os traficantes?

— Luizinho parou com isso. Agora só bebe.

Era patético saber que um homem daquele tamanho e com aquele tipo de vida tinha esse apelido. Mas também indicava que ele não era um monstro.

— A senhora então não sabe de nada? Alguma ameaça, algum inimigo?

Ela mexeu a cabeça negativamente, tentando segurar as lágrimas. Depois disse:

— Quando eu entrava na ambulância, alguém me entregou os cartuchos. Estão aqui comigo, vou levar para pôr aos pés de Nossa Senhora Aparecida assim que o Luizinho puder viajar.

— Posso ver?

Ela mexeu na bolsa e tirou as cápsulas vazias. Indicavam que o pistoleiro teve tempo de recarregar o revólver. Sabia que o Porrada não andava armado, pois teve tempo de trocar as balas. Eram calibre .38. Notei que uma delas trazia uma marca de tinta, parecia esmalte. Devolvi aqueles objetos que acabariam na sala dos milagres, em Aparecida, como testemunho da proteção divina.

Passei o resto da semana vagando pela cidade, sem nenhuma pista, sem nenhuma chamada de Solange. Eu tinha telefonado para contar da emboscada, mas não a encontrei. O segurança foi educado, disse que tinha viajado. Eu sabia que logo ela me ligaria. Eu avisara minha mãe, por telefone, passaria o *réveillon* com uma amiga. Ela disse tudo bem, ficarei vendo tevê. Na passagem do ano, cada um se trancou em sua casa, apenas com as recordações. Era melhor assim.

A cada rojão eu pensava na mãe do Porrada, que devia se lembrar dos tiros. O *réveillon* dela estava sendo bem mais doloroso do que o meu. E isso me conformou.

Terceira

A cidade só voltava a existir depois de 20 de janeiro. Este período era o mais esperado do ano, a disponibilidade total para as leituras, a ausência de compromissos, nenhuma companhia feminina, tempo para me dedicar ainda mais a mim mesmo. Gostava de sair a pé pelos bairros, observando casas vazias, alarmes residenciais disparados, um ou outro carro. No Centro, os restaurantes mais movimentados estavam desertos, alguns até fechavam. A cidade tinha se ausentado, mudando-se para as praias, e assim ficava mais próxima do eterno ausente. Neste período, nós dois, a cidade e eu, coincidíamos.

O que antes provocava minha alegria virou incômodo. Agora, eu queria acontecimentos e nada encontrava para fazer. No escritório de Solange, nem a secretária atendia, como tudo podia simplesmente ser suspenso? A universidade deu férias coletivas aos funcionários, e mesmo Lírian devia estar em algum lugar bem longe. Minha mãe me mandou um cartão-postal de uma praia do Nordeste — lembrava-me vagamente que ela falara num pacote de férias. Estava sozinho de uma maneira estranhamente perturbadora. Meu vazio não cabia no vazio maior da cidade. Passei a sentir saudades do programa do Porrada, que aliás nunca ouvi. O próprio porteiro estava em férias e um jovem cheio de espinhas o substituía, ouvindo rock no radinho em que o outro acompanhava notícias. Meu janeiro prometia ser longo, uma estação de pasmaceira nessa região deserta em que eu me transformara. Nem mesmo a companhia dos livros me encantava, eles ficavam fechados, esperando dias mais densos.

Tudo exprimia uma irrealidade repentina, como se a suspensão da vida nos deixasse num vácuo de hábitos, barulhos, telefones, compromissos e sentimentos. Só era possível existir fora da cidade, em outros lugares. Mesmo em uma chácara distante havia mais vida do que aqui. Sem saber vestir os dias, desejava que eles tivessem o borbulhar cotidiano, e isso revelava uma mudança perigosa. Não era mais o professor Carlos Eduardo e muito menos Edu, e sim outra pessoa, como se houvesse deixado um bigode ou começasse a usar roupas coloridas, ainda desacostumado da minha nova aparência.

Se a maioria da população partira, uma pequena parcela não abandonava o posto; eram os vigias, os plantonistas, responsáveis pela ordem das coisas. Sempre me considerei um desses moradores das muralhas, prontos para enfrentar o inimigo; um funcionário do farol, sinalizando o caminho de volta. E isso me fazia bem. Saber que não precisava acompanhar o rebanho, árvore avessa a outros horizontes que, com um desdém solene a viagens, tirava tudo do solo onde fora plantada, afeita a um céu doméstico, conhecendo os ventos, as chuvas e o pó dos campos vizinhos. No meu caso, só não dava frutos, pois era uma árvore que abdicara também dessa forma de dispersar-se ao produzir sementes prontas para a multiplicação em outros lugares.

E súbito sofria com a falta de tumulto ao meu redor. Tudo que restava era esperar — destino das árvores. Receber o vento que passava por meus domínios, deixar que movesse minhas folhas, acariciasse meu tronco de cascas ásperas. Outros também ficaram, mas não pertenciam à mesma espécie, não podiam me confortar com suas presenças. Havia apenas uma igual e ela se ausentara, embora eu não tivesse me ausentado dela.

Depois de repassar minha agenda, tão vazia quanto a própria cidade, e de tentar em vão falar com Solange pelo celular, fiquei pensando em nossos tempos de estudante, em coisas ditas e vividas 20 anos atrás. Era uma forma de estar com ela. Uma forma solitária, própria para o momento. Um diálogo completo chegou à minha memória.

Solange está com um vestido branco e sandálias. Caminhamos pelo parque, já sei que ela vai se casar, mas ainda tento convencê-la a ficar comigo; meus argumentos são leves, ditos em tom de brincadeira, para não dar importância a algo que, no fundo, acho que nunca acontecerá.

— Já imaginou viver o resto da vida ao lado de processos? — pergunto.

— Casar com advogado tem vantagens. No aniversário dele é só dar uma gravata — ela ri.

— Para mim, você não precisa dar nada. Nem mesmo um livro. Muito menos roupa.

— Uma mulher gosta de vestir seu homem.

— Um homem gosta de despir sua mulher.

— Não só a mulher dele — e agora nós dois rimos.

— Posso tirar a sua roupa agora?

— Não vai encontrar nada que já não conheça.

— O corpo amado é sempre território desconhecido.

— Já não existem territórios desconhecidos.

Estamos no coração do parque, numa trilha de pedras irregulares, nenhum sol, uma sombra fresca e o odor de folhas pisadas e apodrecidas. E nos beijamos. Ergo o vestido dela e, tocando-a por baixo, pergunto como é o nome daquele acidente geográfico.

— Faltou a esta aula de anatomia, na sétima série, quando a professora explica o aparelho reprodutor?

— Não estou falando de anatomia, mas de geografia. Por mais que eu percorra este corpo não sei o nome de seus acidentes geográficos.

Um barulho na trilha, alguém se aproxima. Retiro a mão, o vestido abaixa sozinho, cortina de teatro descendo.

— Derrame de *Trapp* — eu digo.

— O quê?

— Acho que o tal acidente geográfico se chama Derrame de *Trapp*.

— Não sei o que é isso.

— Então quem matava as aulas era você — eu disse, em falsa voz de repreensão, continuando: — Derrame de *Trapp* é o derrame de lavas vulcânicas que deu origem à terra roxa do Paraná, e é único em todo o mundo.

Lisonjeada, ela me contesta.

— Não passa de uma pequena fenda na crosta terrestre. Há bilhões delas, todas iguais.

— E quando há acomodações a terra estremece? — brinco.

Voltamos a caminhar e depois nos sentamos em um banco, na clareira em que há uma lanchonete. Nossos encontros acontecem em ambientes protegidos. Quando falei em estremecimento, ela abriu os olhos, num sinal de entusiasmo, fazendo com que eu confundisse o verde dos seus olhos com o verde das árvores ao nosso redor.

— Com você sinto que a vida pode ser poesia.

Em silêncio, unimos nossas mãos, como se estivéssemos num momento de perigo ou numa despedida, que talvez seja o mais perigoso de todos os momentos. E é apenas um passeio pelo parque numa manhã de domingo numa cidade tomada pelo verde.

— Por que tem que ser ou isto ou aquilo? — ela quase sussurra.

— Você quer dizer ou este ou aquele?

— Acabou a poesia? — seu tom de voz é de descontentamento.

E eu então recito um poema de amor, prolongando cada verso, dando intensidade às últimas palavras. Ameaço declamar outros poemas, para provar, digo para ela, que a poesia nunca acaba.

Vamos caminhando até a casa dela, falando de várias coisas.

E me esqueci completamente sobre o que conversamos depois. Ficou apenas esta cena, com todas as palavras. Uma coisa que sempre me intrigou foi o critério seletivo da memória. Por que guardei isso, deixando de fora uma quantidade imensa de fatos, palavras, rostos e paisagens? Seria mero acaso? Havia outros episódios mais intensos do que esse passeio, eu devia ter dito coisas importantes para ela em momentos de entrega total. E ficaram essas cenas, uma conversa irrelevante, algumas frases soltas e leves. A memória talvez guardasse somente aquilo de que precisaremos no futuro. E talvez tivesse um dom premonitório. Ou tudo era acaso, embora eu não acreditasse em acasos? Naquele instante, reações químicas em meu cérebro estavam armazenando algumas palavras depois de ter descartado uma infinidade delas, porque um dia eu precisaria lembrar disso, nem que fosse para preencher o ócio de quem não consegue deixar um território, uma cidade — um território e uma cidade que têm o corpo de uma mulher.

A memória conspirava para que fôssemos o que éramos. Não poderíamos enganá-la, embora ela nos enganasse tantas vezes e por tantos anos. A memória fazia suas escolhas sem que soubéssemos, e depois íamos carregando as lembranças, um peso tantas vezes morto, sem função aparente, mas responsável por nossos contornos interiores. Em minha memória, havia mais cenas de Solange do que de qualquer outra mulher, embora nosso namoro tivesse durado apenas dois anos — ela logo decidiu não por isto, mas por aquilo.

E sua escolha não tinha poesia. Pedro estava trabalhando num escritório de advocacia e em breve se tornaria um profissional respeitado, freqüentador de todas as festas da sociedade, na companhia de sua esposa, a senhora Ribas Fonseca, que já não usava os vestidos leves e as sandálias baixas, mas saltos altos e longos.

Dessa outra Solange eu não tinha memória, apenas notícias.

Uma das coisas que me intrigavam na história da mãe do Alexandre é que ela nunca renunciou ao nome de casada, permanecendo unida ao marido pelo sobrenome. Continuou assinando, e sendo apresentada, como Solange Ribas Fonseca, e não como Solange Linski, seu sobrenome polonês. Ela se separou do marido sem se separar de um dos ramos da elite portuguesa que por mais de 300 anos comandava a vida pública do estado. Eu nunca soube se isso era calculado ou não. Solange, com certeza, se beneficiou com o nome de casamento, apagando por completo a pessoa de quem o recebeu. Não se ouvia mais falar em Pedro. Em minhas passagens pelos edifícios comerciais da cidade, onde se concentrava o maior número de bancas de advocacia, eu procurava a placa com o nome dos profissionais sem jamais achar o de Pedro. Talvez ele tivesse se dedicado a uma área menos visível, mantendo uma vida discreta para não criar embaraços à ex-mulher.

Quando comecei a pensar mais sistematicamente nele, nesses dias vazios de veraneio, levantei a hipótese de que saíra da cidade para se livrar de toda aquela história, enquanto a mulher ganhara fama por reivindicar providências das autoridades, logo se tornando ela própria uma autoridade, líder de uma rede de busca de crianças desaparecidas. Ela se apropriou de uma causa que devia ser dos dois. Nos primeiros meses, eu via nos jornais o casal em desespero, exigindo ações da polícia. Depois, passei a ver apenas Solange e nunca mais tive notícias de Pedro. Ele podia ter ido embora, na tentativa de esquecer tudo, recomeçando uma família em outro lugar. Algo em mim, no entanto, dizia que simplesmente desaparecera, apagando-se. Por isso eu procurava, mais ou menos como se olha o obituário nos jornais, o nome dele nas placas dos escritórios de advocacia, mas sem nunca fazer uma pesquisa minimamente séria para chegar ao paradeiro do pai do Alexandre, desaparecido logo depois do filho.

Talvez por não haver mais nada a fazer, ou por eu não conseguir fazer nada neste tempo de espera de Sulamita, decidi olhar a lista telefônica. Embora houvesse uma quantidade grande de Ribas Fonseca, nenhum se chamava Pedro. Ou ele tinha ido embora ou estava mesmo se protegendo. O episódio tinha acontecido havia muito tempo, mas, como Solange sempre estava dando entrevista, e fazia questão de chamar os jornalistas para uma coletiva a cada aniversário do desaparecimento, para mostrar que continuava procurando o filho, esta era uma história muito viva. Eu não acharia o endereço de Pedro com facilidade. Mesmo assim, entrei na internet e fiz uma pesquisa, encontrando apenas uma referência a ele no *site* de Solange.

Homem secreto, Pedro tinha virado apenas um nome e algumas imagens em jornais velhos. Quanto mais eu pensava nele, mais me sentia unido à sua vida, um sentimento absolutamente novo para mim, pois sempre o detestei, embora nunca tivéssemos trocado nenhuma palavra, apenas nos encontrávamos pela cidade e eu encontrava seu cheiro no corpo de Solange, sentindo raiva sem, no entanto, poder reclamar, por ser eu o invasor.

Alguma coisa agora me ligava a ele. Eu não sabia bem o quê.

Numa tarde, depois de ter almoçado frutas no Mercado Municipal, sem interesse pelos restaurantes de lá, resolvi preencher o resto do dia com uma volta de carro. Em janeiro, a cidade permite essa distração motorizada. O meu era um carro popular, sem direção hidráulica ou ar-condicionado, com um motor que urrava nas ladeiras. Longe estava de ser propriamente um carro, era apenas um utilitário. Havia vários raspões em sua carroceria, sinal de afeição dos vizinhos do prédio e dos professores com quem eu dividia o estacionamento da universidade. Enfim, um veículo que não se prestava a satisfações proprietárias.

O meu prazer não estava em dirigir, mas em ver a cidade, ainda vazia, antes da volta da horda de veranistas, esses sim com seus carros modernos e caros, que ocupariam ruas e avenidas, exigindo muita velocidade de todos. Eu percorria as ruas sem roteiro, procurando a outra cidade, aquela que me pertencia.

Foi assim que descobri um sobrado onde houve uma orgia na época da faculdade. Para não pensar no que tinha acontecido ali, acelerei o carro e fui a outro canto da cidade, procurando um bar em que jogávamos sinuca. A mesa era imensa, de mármore, os tacos muito lisos por causa do atrito de tantas mãos e do suor engordurado de quem perdia e também daquele que estava ganhando e, tenso, aguardava a vitória. Só podíamos usar a mesa quando os profissionais não jogavam a dinheiro. Existiam bares em que se disputava apenas a conta, mas o prazer era ocupar aquela mesa, como se também estivéssemos numa grande partida.

Era uma mesa com história. Depois de perder muito dinheiro, um jogador ofendeu o adversário e recebeu um murro como resposta. Jogo é pra homem, não pra menino arrependido. O perdedor foi ao carro, pegou o revólver e, da porta, disparou dois tiros. Um acertou a prateleira de bebidas, fazendo voar muito caco, e o outro pegou um rapaz que assistia às partidas. O assassino fugiu e o rapaz morreu alguns dias depois, no hospital.

Parei o carro em frente ao bar. Ele não tinha mudado. A mesma cor (isto é, a mesma falta de cor), os mesmos balcões. Mas não vi a mesa, apenas máquinas de jogos eletrônicos e, nos fundos, atrás de um tabique, um caça-níqueis. Aproximei-me do balcão, pedi pinga com cinzano e cerveja, o garçom me serviu, bebi a pinga de uma vez e, com o copo de cerveja na mão, mas antes de tomar o primeiro gole, perguntei pela mesa.

— Não sei de mesa nenhuma, já era assim quando comecei a trabalhar aqui.

Bebi apenas o primeiro copo, paguei a conta e saí.

Só então me dei conta de que estava perto do lugar onde Solange morou com Pedro. Ficava a umas duas quadras. Eu poderia fazer o trajeto a pé, para rever o bairro.

Logo depois do casamento, ainda sofrendo sua ausência, eu passava por ali na tentativa de vê-la. Cheguei a divisar vultos no jardim, sem saber se era ela. Depois de alguns meses, desisti de vigiar amorosamente Solange, e logo ela ficou grávida, deixando de ser a mulher por quem eu tinha me apaixonado.

Resolvi refazer o périplo juvenil. O bairro estava mudado. Prédios e estabelecimentos comerciais ocupavam o lugar das casas. Uma antena de celular tomava conta de um terreno, com sua feia torre e seu contêiner brilhando ao sol. A zona toda se transformara, o móvel mundo não cessava de se modificar. No meio de casas bem-cuidadas, vi uma pequena selva, com árvores em desespero, trepadeiras subindo por elas, pelos muros e pelas paredes. O portão de ferro, mesmo coberto de ferrugem e limo, mostrava sinal de estar sendo usado. Olhei as calçadas de pedra, os beirais caindo, telhas soltas, lixo espalhado por tudo.

Era a casa de Solange. O abandono da construção, em área tão valorizada, impressionava. Algo tinha morrido ali. Algo não se movera num mundo que não parava um minuto. A casa era o túmulo de um tempo, de uma história, de um amor. Do meu amor — pensei.

Com o direito que o amor nos dá, um direito que ultrapassa limites, aproximei-me do muro, apoiei o pé direito sobre a base de alvenaria e alcei o esquerdo até o primeiro nível da grade de ferro, onde minhas duas mãos estavam presas. Jovem que saltava a cerca para visitar às escondidas a amada, entrei naquele jardim para sentir a presença de Solange. Ninguém me viu nessa invasão autorizada por um sentimento que não se intimidava mesmo diante de ruínas. Fui favorecido pela cidade vazia, um presente de janeiro aos que não querem encontrar novos amigos, vivendo à sombra úmida dessa vegetação descontrolada que é o passado.

Andando como um ladrão no meio do matagal, eu me sentia protegido pela sombra quando o resto da cidade estava sob a inclemência do sol. Todos viviam o dia, mas aquela casa e eu estávamos numa era primitiva, num tempo em que o homem ainda não tinha domesticado a selva. Aquele pequeno quadrado de mato era um oásis e eu me sentia bem em seu coração. O que eu queria? — eu me perguntava, enquanto ia pela estreita trilha que levava ao fundo da casa, pois a outra, a da porta principal, fora tomada por capim, cipós, folhagens e galhos; mesmo a fachada da casa não tinha um único centímetro descoberto. Galhos interrompiam a passagem, ora à altura do rosto, ora no chão, o que me obrigava a avançar lentamente, com cuidado para não me machucar. Encontrei um banco de madeira sujo e meio podre, devia ser onde, nas tardes quentes de verão, Solange se sentava, primeiro apenas com Pedro, depois com o filho, para descansar e aproveitar o frescor do jardim. Tudo agora era assustador, as plantas ganharam uma fúria incontrolável, havia troncos no chão, formigas carregando eternamente suas bandeiras verdes e pássaros escondidos na folhagem. Eu queria me colocar ali, naquele mesmo lugar onde Solange passou suas tardes antigas. Sentia um desespero que vinha não só da mata rebelada e da casa em ruína mas também de minhas dúvidas sobre o que fazer. Seguir cegamente a velha paixão que retorna ou retomar o isolamento? Sentei-me no banco, apoiei o rosto nas duas mãos, os cotovelos no joelho e fiquei olhando aquela paisagem que não me trazia nada — resposta, esperança e muito menos alívio. Eu ocupava um lugar que não era nem nunca fora meu. Na verdade, eu estava sempre numa situação de assaltante, invadindo terrenos que pertenciam a outras pessoas, tirando algum prazer dessa posse provisória, mas sem poder explorá-la como proprietário.

Fiquei sentado alguns minutos, imaginando de quem seria hoje a casa. Solange não manteria este lugar como memória do filho morto, e ela lutava para acreditar que ele estava vivo, embora agora essa certeza tivesse se tornado um tormento. A casa devia ter sido abandonada pelo casal, e estava ali sinalizando uma ausência, um tempo paralisado.

Levantei-me e resolvi ver os fundos. Passando pela entrada lateral, encontrei o telhado da garagem. A porta de madeira tinha caído e se desfazia no chão, coberta de mato. Olhei para dentro, onde a sombra era mais espessa, e vi uma bicicleta infantil pendurada na parede. Havia muitos anos ela não saía daquele lugar, talvez tivesse sido guardada ali depois de uma tarde de brincadeira, antes do desaparecimento de Alexandre. E permaneceu intocável, apodrecendo mais lentamente do que a casa. Aquela bicicleta colorida no meio de tanto bolor me comoveu. Era a infância que se recusava a morrer, destoando de tudo. Ali estava um tempo mais parado ainda, um objeto que ficara sem função ao perder seu dono. A bicicleta quieta na parede convocava a memória de movimentos interrompidos. Toda a casa era isso, suspensão do tempo, embora o tempo continuasse agindo da forma devoradora que ele sabe agir. Como talvez não existissem os anos que se passaram, a bicicleta esperava o menino que voltaria a andar nela. Para o seu aço, 20 anos não eram nada; com o retorno da criança, ela retomaria sua natureza primitiva de brinquedo.

Cruzei a garagem e saí pela porta que dava para os fundos, onde havia, além do mato, umas poucas árvores nascidas de sementes nômades. Contornei o canto da casa, encontrando uma porta aberta, meio desconjuntada, que dava na entrada da cozinha. Os drogados deviam usar o lugar. Poderia até haver algum deles no interior da casa, e eu estava correndo o risco de um confronto. Tudo me dizia para eu sair daquele espaço inexistente, mera passagem para outro tempo. A casa soturna e a cobertura verde, com árvores altas e matagal cerrado, silenciariam pedidos de ajuda. Eu não seria ouvido se precisasse de socorro. Poderia ser morto e abandonado no quintal, e apodreceria como aqueles troncos de árvores, tomados por formigas e insetos, esquecidos no meio do capim. E nunca seria encontrado, pois meu carro estava longe, nada levaria ao meu paradeiro.

Então percebi que aquela casa poderia ser meu túmulo. Ela estava me esperando. Eu tinha vivido tanto no passado, sem jamais aceitar as mudanças, que o passado se materializava na forma de uma mata, com sua voracidade verde, que me consumiria depois de um mendigo violento me acertar com uma madeira a cabeça e me arrastar para o meio das plantas, para que eu fosse estraçalhado pelo bico das aves e absorvido pelas raízes das gramíneas.

Por que eu não ia embora? O que aquele lugar tinha para me dizer? Eu sabia que havia algo para mim ali, só não sabia o que era. Talvez fosse a morte. E isso me deixava com a sensação estranha de que, atrás de cada folha, olhos me espiavam. Imaginei a volta, os mais de 40 metros que deveria vencer antes de chegar ao portão, os muitos obstáculos e, por fim, o muro. Tanto fazia sair correndo ou andar lentamente, o risco, se houvesse, era o mesmo. Poderia também entrar e ver os lugares em que Solange vivera com o marido. Aquela bicicleta dizia que era preciso olhar tudo, procurar as marcas da outra época, carregá-las comigo, adquirindo uma intimidade com aquele tempo, para conhecer o que Solange tinha vivido entre aquelas paredes, mesmo que elas já não guardassem nenhum sinal dela. Algo estava me empurrando para dentro da casa, a mesma energia que me fizera escalar o muro, cruzar o jardim e encontrar a porta aberta. Os pássaros pulavam de um galho a outro, num tropel infernal, meio que zombando de meu medo. Queriam que eu entrasse ou que fugisse?

Andei um pouco mais, pisando as cerâmicas soltas da calçada onde um dia aquela bicicleta correu sob o comando de Alexandre. Devia haver riscos do guidão na parede, mas eram imperceptíveis no meio de tanto estrago. As lajotas, ao serem pisadas, faziam um barulho seco, anunciando minha chegada. No batente da porta, parei e fiquei olhando o interior da casa. Não dava para ver nada, mas o cheiro de sujeira e de material em decomposição tomava conta de tudo, saindo por este único respiro. Por dentro, a casa também estava se desfazendo. A podridão era mais intensa onde a sombra adquiria espessura.

Entrei na cozinha e fiquei parado mais uns instantes, acostumando-me com a nova escuridão. Meus olhos ainda não viam muita coisa, pois as janelas estavam lacradas por heras selvagens, e não havia outro foco de luz a não ser o que entrava pela porta. Ali Solange preparara as refeições, era o lugar onde ela mais ficara, indo de um móvel a outro durante o dia e também à noite, quando devia fazer um chá ou uma mamadeira para o filho, que estava sem dormir ou com cólica. Aquele era o espaço mais impregnado de sua presença. Não enxergava nada, mas eu a sentia e por um momento pensei que fosse esbarrar num corpo que se movimentava atarefado na função de mãe e esposa, cuidando do leite no fogão, procurando o açúcar no armário, esterilizando a mamadeira. Solange estava ali, um lapso de tempo nos separava, mas eu a via como a mãe dedicada ao filho. E, como se eu abrisse lentamente os olhos, depois de ter mantido as pálpebras cerradas com força, o interior da cozinha foi surgindo. Eu podia ver papéis pelo chão, jornais velhos, vasilhas amassadas numa pia imunda, coberta pela poeira e por insetos mortos, e portas de armários abertas. A geladeira, escancarada como um cofre abandonado pelos ladrões, guardava o próprio vazio. O dele e o nosso. A mesa perdera parte de uma perna e estava ajoelhada no piso, circundada por cadeiras com estofado comido e espaldares sujos de dejetos de pássaros, que deviam ser os verdadeiros donos de tudo. Então descobri o corredor. Não tinha como não percorrê-lo, agora que a escuridão se abrira para mim como o mar a Moisés.

Os tacos soltos rangiam sob meus sapatos. Se alguém estivesse ali não havia como não notar minha aproximação. Eu sentia a opressão da umidade das paredes, como se elas fossem uma continuação da mata em torno da casa. Enquanto avançava, olhei para cima e vi o forro de madeira caindo. Tropecei em uma tábua e me desequilibrei, apoiando-me na parede tingida de limo. A casa se desfazia como útero podre. Por que ir adiante? Nada ali me daria notícias de Solange ou de Alexandre. Mas eu tinha que seguir. A sala, um quadrado imenso, fora tomada por caixas de papelão, sacolas plásticas, garrafas, roupas velhas, móveis quebrados e pó. Era um verdadeiro depósito de lixo. Provavelmente algum catador usava a construção para armazenar suas colheitas. Mas mesmo um catador daria a mínima ordem aos detritos; e a impressão que eu tinha era de que tudo ali se acumulara sem nenhum esforço de ordenação. Alguns montes subiam até perto do teto, impossibilitando uma visão geral do cômodo, cujo centro podia ser atingido por uma trilha no meio de monturos, sinal de que alguém continuava freqüentando o lugar.

Sem temer uma agressão, segui a senda aberta e saí numa pequena clareira, encontrando um ancião numa poltrona, indiferente a tudo.

Eu o via de lado, cabelos imensos e sujos, apenas grisalhos, demonstrando que sua idade não era tão avançada quanto anunciava sua magreza. A face visível para mim era funda, os ossos saltavam acima da barba. Até o cérebro tinha emagrecido. Eu só vira um emagrecimento assim em pacientes terminais de câncer, quando os tumores confiscavam toda substância nutritiva, deixando o doente à míngua. As mãos do velho estavam sobre os braços da poltrona. Eu podia enxergá-las, magras e mortas. Mesmo a respiração era quase inexistente. Ele parecia uma escultura do Aleijadinho, com veias e nervos expostos. No entanto, ainda havia vida.

Contornei a poltrona e fiquei bem na frente dele. Não se mexeu. Quando me abaixei, nossos olhos se encontraram e tive um susto, recuando um pouco. Era Pedro, reconheci o mesmo olhar sofrido que me ficara da foto do jornal, a mesma expressão de dor. Ele continuava ali, não tinha abandonado a casa, era como a bicicleta pendurada na garagem. Esperava o filho. O pai tinha sido destruído por aquela perda, fora reduzido a um espantalho. Desistira de tudo para esperar.

A pele dele era mais branca do que papel. No chão, ao lado da poltrona, um pacote plástico com fatias de broa preta e uma garrafa de água mineral pelo meio. Vários frascos vazios restavam espalhados pelo assoalho. Aquele lixo fora acumulado durante os anos. Ele mesmo devia sair para comprar comida e água ou alguém lhe trazia isso periodicamente.

Quanto tempo um pai pode esperar o filho? — eu me perguntei. Se houver eternidade, o pai espera o filho eternamente. A espera pode consumir mais ou menos energia de uma pessoa, mas sempre causa prejuízos irreparáveis. Todo minuto pode ser a hora do retorno. Pedro estava de prontidão, não sairia de seu posto. Ele não guardava a casa contra os invasores, deixando-a com a porta aberta. A pessoa que traz sua comida, eu cheguei à conclusão de que alguém realmente o alimentava, esta pessoa fechava o portão com o cadeado, cadeado e corrente eram novos, mas Pedro não sabia disso porque não saía de casa, exigindo a porta sempre aberta, para que o filho pudesse entrar. Era uma história trágica. Solange sabia disso, e não tinha me contado. Talvez por vergonha. Pousei minhas mãos sobre as dele, sentindo os ossos sob a pele fina, e apertei em sinal de solidariedade. Eu queria dizer que entendia tudo, o sofrimento dele, a força da renúncia, mas ele não desejava conversar. Talvez tivesse perdido a fala, não por algum motivo clínico, mas por desuso. Eu desejava me comunicar sem o recurso das palavras. Fiquei uns minutos assim, segurando-o. Ele não saía da poltrona nunca, apenas para as necessidades fisiológicas, que deviam ser mínimas, pois quase não se alimentava.

— Sou amigo da Solange.

Ele mexeu o olho, indicando que agora eu entrava em seu campo de visão.

— Alguma notícia? — perguntou com a voz fraca, movendo minimamente os lábios.

Não tive coragem de responder. Ele não queria notícias de Solange, mas do filho. Eu poderia dizer que aparecera um rapaz dizendo-se Alexandre. Isso lhe daria alento, mas era quase certo que se tratava de uma história falsa. Melhor calar-me. Não dizer mais nada. Como eu não respondia à sua pergunta, ele fechou os olhos para não me ver. Devia ser uma forma de expulsar as raras visitas.

Levantei-me e contornei os montes de lixo, venci o corredor e saí da cozinha. A volta era sempre mais fácil. Logo estava escalando o muro. Quando atingi o topo, eu me virei para a casa e vi, na lateral do jardim tomado por trepadeiras, um balanço vermelho. Tudo aguardava o menino. Mesmo se estivesse vivo, o Alexandre que eles esperavam nunca voltaria.

Em janeiro, eu também mexia em velhos escritos pensando na possibilidade de publicar alguma coisa. Havia tanta anotação para contos que um livro surgiria facilmente. Bastavam algumas horas diárias de escrita. Eu fazia as contas. O tempo gasto com as ex-alunas e com a leitura de jornais e revistas seria suficiente, ao longo de um ou dois anos, para escrever um livro como *Ana Karenina*. Só havia um problema: os grandes livros já estavam escritos, e tudo que a literatura das últimas décadas vinha fazendo era apresentar versões das obras essenciais. O mundo ocidental tinha se transformado num império de comentadores. Eu imaginava uma literatura contemporânea que fosse tão profunda como os grandes livros da modernidade, mas via, a cada lançamento, mesmo dos autores mais elogiados, tanto os nacionais quanto os estrangeiros, um sussurro tímido ou uma perversão constrangedora. Meu poema "Jardim em chamas" também era um comentário, e isso me afastava ainda mais de qualquer projeto de escrita. Preferia ler, e janeiro era a temporada ideal para os livros.

Pelo menos tinha sido até este janeiro em que fiquei entregue à história do desaparecimento do filho que nunca tive. Um filho que eu adotara por amor a quem o gerou. E agora também por piedade de quem renunciou a viver sem o que lhe fora tirado.

A imagem de Pedro envelhecido e definhando numa casa podre, a certeza de que aquela porta da cozinha não fechava nunca, nem nas tempestades, e a memória daqueles brinquedos que aguardavam a criança, tudo isso tinha o poder de me prostrar de uma forma que nenhum outro sofrimento pessoal conseguira. Era como se o pai fosse eu. Herdar esse filho aos 40 anos vinha modificando minha forma de olhar a vida. Eu deixava de ser o eterno desistente, debruçado sobre seres imaginários, para ocupar um lugar no mundo das afeições.

O mês estava completamente estragado, não havia como retomar os rituais de misantropia. Ao visitar a casa em que Pedro e Solange foram felizes por um tempo, uma felicidade que eu não poderia ter dado a ela, não experimentei o menor sentimento de satisfação, não me alegrava saber que aquele mundo ruíra e hoje era um monturo. O lixo da casa denunciava o desinteresse do pai por tudo que não fosse seu filho, mas era também o resíduo de um tempo que, por ser de ausência, não tinha valor.

Quando eu ainda morava com minha mãe, aconteceu uma pequena tragédia em nossa rua. Mais velho do que eu, o filho único de nossos vizinhos, um jovem que acabara de formar-se em medicina, depois de uma carreira escolar brilhante, começou a sentir dores no abdômen. Retardou os exames médicos, ele que trabalhava num grande hospital, até render-se e descobrir que tinha um tumor maligno. Fizeram mais alguns exames, internaram o rapaz e ele morreu na mesa de operação, tudo em menos de uma semana. O jovem não era meu amigo, mas a proximidade com a morte criou uma comoção em toda a rua. No velório, observei os pais desolados. A mãe narrava a doença, chorando constantemente. Mas o pai sentou-se em uma cadeira ao lado do caixão, abaixou a cabeça, fitando o assoalho da capela, e não recebeu os pêsames nem fez o menor movimento. Seguiu o corpo do filho ao cemitério sem ver ninguém, indicando não querer a comiseração de tais momentos.

Menos de uma semana depois, a mãe do rapaz já lavava o carro na frente da casa, esguicho da mangueira na mão esquerda, esponja na direita. Era como se o mundo tivesse voltado ao normal. Passados alguns meses, ela até trocou de carro, e eu sempre a encontrava passeando com seu automóvel novo. Raramente via o pai. De vez em quando, a janela da sala deles ficava aberta e eu olhava para dentro. Em uma dessas pesquisas, flagrei-o na mesma posição do dia do velório, a cabeça voltada para baixo. Dava para identificar as luzes da tevê refletindo na sala meio escura, mas ele não prestava atenção ao que acontecia no mundo. O mundo, desde aquele dia, tinha acabado. Depois que saí de casa, não me lembrei de perguntar deles, hoje já deviam estar mortos. Aquela era a verdadeira dor paterna e influenciou em minha recusa de ter filho. Agora eu descobria que essa dor podia ser muito maior.

Perdido completamente o paladar para os livros, sobrava-me a vida, que eu não sabia como apreciar. Eu tinha fugido dela e nada mais restava do que pessoas esquivas, acostumadas a existir longe de mim. Um janeiro sem ninguém com quem conversar e sem o que fazer era um castigo. O que eu estava esperando? Que as pessoas voltassem, para que tudo retomasse seu ritmo. Isso eu dizia para me enganar, pois aguardava mesmo o retorno de Solange. Deixara de ligar para o escritório, evitando revelar minha solidão. Não entendia a ausência de Solange, mas amar era andar sempre em busca da pessoa amada, sem nunca encontrar. Encontrar quem se ama tinha outros nomes: casamento, união, velhice, aposentadoria. Eu queria o amor-paixão, que só existia nesse jogo de esconde-esconde.

Para chegar a ela, eu tinha que me aproximar mais de Alexandre. E era preciso me empenhar um pouco na busca de informações e tentar fazer algo planejado, mesmo que isso acabasse se revelando inócuo, como todas as minhas ações até agora. Eu era literalmente um amador. Estava fazendo o papel de detetive não apenas com amadorismo mas por amar Solange.

Na internet, procurei informações sobre Alexandre. O *site* da polícia fornecia dados mínimos, as projeções envelhecidas dele, que eu já conhecia, e a data do desaparecimento. Não precisei anotar a data, memorizada na hora. Tinha resolvido ir à biblioteca pública pesquisar as matérias nos jornais da época, sem saber no que isso me ajudaria.

Não foi difícil localizar as reportagens que falavam do desaparecimento. Algumas eram apenas notas breves, com o nome da criança, a roupa que ela usava, o local, a hora, a data e o telefone dos pais. Dias depois, o maior jornal da cidade fez uma matéria com a foto dos pais, era dessa foto que eu me lembrava. A jornalista produziu um texto minucioso a partir de perguntas ao casal. Li toda a matéria e pedi uma cópia ao serviço de microfilmagem. Em casa, fiquei olhando a reprodução em preto-e-branco e a foto escurecida dos dois. As descrições do menino eram minuciosas. "Três anos de idade, olhos verdes, cabelos claros e lisos, vestia camiseta branca e calção vermelho, estava usando uma sandália de couro cru, e atende pelo apelido de Ale." Havia vários detalhes, como a paixão pelos gatos, os desenhos de que gostava, o tipo de chocolate que comia e outras coisas que não me chamaram a atenção. Fixei-me nas circunstâncias do desaparecimento, eu não me lembrava delas. O pai estava no escritório, eram quatro horas da tarde, a empregada tinha ido embora mais cedo e a mãe resolveu levá-lo ao mercado próximo. Envolveu-se em tarefas, pedir o pão no balcão da padaria, o presunto e o queijo, depois de ter esperado alguns minutos na fila. Só deu falta do filho quando foi guardar os produtos no carrinho. Na hora, saiu procurando entre gôndolas, primeiro sem se desesperar, ele tinha apenas ido ver alguma coisa, ela pensou, depois começou a chorar, percorrera tudo em vão, as pessoas inquiridas (era a linguagem da jornalista) declararam não ter visto uma criança com aquelas características. O sistema de som do mercado pediu para Alexandre procurar a mãe na seção de chocolates, que, segundo Solange, era um lugar que ele conhecia. Mas não apareceu. Talvez esteja em casa, ficava a menos de duas quadras. Saiu meio correndo, com uma sensação horrível, declarou; as pessoas deixavam o mercado com carrinhos cheios de coisas, de verduras, papel higiênico, pacotes de bolacha, ela chegou a ver um brinquedo no carrinho de uma mulher, e Solange tinha que ir embora sem o filho. Uma sensação de absurdo fez com que quase enlouquecesse. Ao chegar, descobriu que o filho não estava lá. Lembrou-se de que não havia ninguém em casa. Quando viu o portão fechado, a chave estava com ela, suas pernas fraquejaram. Encostou-se no muro, respirou um pouco, tinha corrido todo o trajeto, destrancou o portão e subiu as escadas do jardim até a porta, que foi aberta com as mãos trêmulas, para procurar Alexandre por toda a casa. Talvez tivesse esquecido o filho na sala, era apenas uma ilusão achar que o levara ao mercado. Ligou ao marido para saber se Ale estava lá. Tudo era tão improvável. Ela tinha perdido a noção de realidade, declarou à jornalista. O pai veio em minutos, já com a polícia; amigos e vizinhos saíram à procura de Alexandre, que não foi encontrado. Nem mesmo uma pista ele deixou.

Duas coisas ficaram latejando em minha mente. O apelido de Alexandre. Em nenhum lugar, nem mesmo no *site* da polícia, havia referência ao apelido. Solange não falara nisso. Devia ter esquecido ou evitado, para não reviver momentos de intimidade com a criança. O outro detalhe era que em nenhum momento a jornalista transcrevia qualquer declaração de Pedro. Quem falava era apenas Solange.

Talvez tivesse sido sempre assim. Pedro quieto em seu alheamento, sem sair de casa, à espera do retorno. Solange dando entrevista, organizando entidades de pais de crianças desaparecidas, pressionando governantes. Ele ficou de prontidão no velho endereço. Ela foi às ruas. Um se anulou. Outro se fez personalidade pública. Eram dois métodos antagônicos de procurar o filho. Eu não sabia qual o mais correto e eficaz.

Você sabe que janeiro está acabando quando começa a reencontrar pessoas que tinham deixado a cidade. A primeira surpresa aconteceu em meu prédio mesmo. Em uma de minhas saídas para comprar pizza, vi que seu José voltara, o radinho já estava sintonizado nos velhos programas. Ele limpava o vidro da porta de entrada, provavelmente censurando seu substituto.

— Como foram as férias, professor?

— Não tão boas quanto as do senhor, pelo que vejo — ele estava com o rosto queimado de sol e o ar saudável próprio desse período.

Seu José riu, parou de esfregar o produto de limpeza no vidro e se preparou para me narrar alguma coisa. Era uma preparação comum em todas as pessoas que gostavam de contar histórias. Sentiam necessidade de suspender as ações em volta delas e criar outra temporalidade. Eu queria ir logo ao mercado, pegar umas pizzas prontas, voltar ao apartamento e me dedicar à espera de certo telefonema. Ainda não tinha resolvido nada do caso Alexandre, mas não suportava o desaparecimento da mãe dele. De certa forma, não havia muita diferença entre mim e Pedro. Nós dois tínhamos abandonado tudo para aguardar alguém. A diferença era que eu ainda estava me iniciando na arte de esperar.

Seu José se aproximou, olhou-me com olhos francos e começou a história. Todo mundo tinha uma história. Somos uma nação de narradores. Por isso talvez a literatura escrita não seja respeitada, qualquer um se sente escritor em potencial, não domina a escrita mas sabe contar uma boa história. E a profusão de piadistas confirma tal hipótese. Seu José queria ser ouvido.

— Sabe, professor Carlos, eu não gosto desse negócio de praia.

— Pensei que tivesse ido pro litoral — ironizei.

— Não, não. Praia é para jovens como o senhor. Na minha idade, bom mesmo é o quintal. Depois das festas, a gente gosta de comer um leitãozinho, sabe, tradição nossa, nada desses modernismos de peru. Mas o descanso acabou aí. Aproveitei o tempo livre e a ajuda de um compadre para trocar o telhado de casa.

— O senhor foi também ajudado pelo sol que fez este mês — eu queria interromper a história.

— Onde o senhor esteve, professor?

Fiquei constrangido com a pergunta, embora o porteiro não tivesse intenção nenhuma de me ofender. Foi uma pergunta espontânea, que ele logo complementou.

— Choveu demais nos últimos dias. Um inferno. Trabalhava um pouco e descia água. Tinha que cobrir tudo com uma lona que um vizinho me emprestou.

Eu tinha passado o mês praticamente no apartamento. As cortinas permaneceram fechadas, não poderia imaginar que janeiro tinha sido de chuva, embora me lembre de algumas delas, principalmente dos raios e trovões.

— Mas conseguiu terminar o serviço? — perguntei, ameaçando ir para a porta.

— Terminar mesmo não terminei. Troquei o telhado, mas ainda falta mexer no forro. Nas próximas férias eu faço isso e pinto a casa. Vou começar a juntar dinheiro para o material.

— É um ótimo projeto — dei os primeiros passos.

— Tem gente que gasta o 13º salário com festas e com viagens, eu prefiro investir na casa. Um homem precisa cuidar do que é seu.

— É verdade — eu disse, indo enfim para a porta.

Não sabia o que fazer com o meu 13º, não tinha casa própria. Bem-aventurados os que davam uma destinação previdente às suas economias. Talvez por não ter casado eu não seguisse o exemplo de seu José, e fosse, para ele, esse perigoso esbanjador.

Eu já estava no portão, apressando o passo, quando o porteiro, segurando a porta, que permanecia aberta, disse:

— Mas não pense que só trabalhei. Tirei um domingo para pescar com a família.

Não olhei para trás e segui sem saber se ele tinha ou não pescado muito peixe. Nem imaginava em que rio ele fora e se a mulher levara aquela vizinha que também gostava de se distrair à beira de um rio. Eu não me distraía nunca.

No caminho para o mercado, sentindo-me irritado com aquela conversa cheia de lugares-comuns, parei em um bufê para almoçar, desistindo das pizzas. Jamais gostei de comida a quilo, embora seja um animal sem o menor requinte culinário. Os restaurantes *self-service* oferecem uma variedade alimentar que acaba intensificando nossa mania de misturar coisas e não sentir o gosto de nada. Põe-se de tudo no prato, até frutas em calda, e o que se come é uma espécie de lavagem requintada, sobra de todas as panelas. Eu me servi apenas de arroz, feijão, um pedaço de carne e tomate. Na hora de pesar a comida, uma das operações mais odiosas desse tipo de restaurante, pois era uma oportunidade de devassarem nossas preferências, quem me atendeu olhou com desprezo o meu prato. Os outros eram coloridos, quase um parque de diversão. O meu tinha uma monotonia de cores. Ele devia ter pensado taí um que não sabe apreciar a vida. Tanta coisa diferente e eu escolhendo o de sempre. Entregou-me o tíquete com o peso de minha refeição sem sequer me oferecer um refrigerante, como fazia aos demais.

Sentei-me em uma das mesas e comi o mais rápido possível, para abandonar aquele lugar em que a vulgaridade ficava estampada na grande festa de cores e calorias, numa mistura de cheiros que lembrava fim de feira.

Comprei as pizzas, concluindo que elas eram a miniaturização desses restaurantes, havia de tudo sobre as massas. Eu me submetia a isso por comodidade ou por falta de iniciativa. Mas tanto fazia ir a um *self-service* ou me alimentar com pizza, tudo a mesma coisa.

Com a sacola de mercado na mão, ao entrar em meu prédio, tentei tomar logo o elevador, mas ele estava parado na cobertura. Pensei em subir pelas escadas, mas seu José já tinha abandonado o balcão e se aproximava.

— Sabe quem voltou?

— Não — respondi, meio assustado.

Esta pergunta me fez interromper a fuga. Seu José agora fazia um pequeno suspense, revelando poder sobre mim. Abaixou-se, pegou um toco de cigarro do chão e jogou na caixa de areia. Esperava que eu o adulasse um pouco.

— Então, seu José, quem é que voltou?

— Eu estava hoje sem ter o que fazer — ele começou a narrar, com as voltas que prolongavam seu poder. — Gosto de cuidar de todo o serviço, mas depois, se dá, ouço os programas de rádio, sem tirar o olho da portaria e da entrada da garagem. O senhor sabe que a pessoa que ouve notícias tem menos chance de ficar esclerosada?

— Faz sentido — eu disse, já desanimado com tudo que teria que ouvir. Talvez ele tivesse tido alguma notícia de Solange pelo rádio.

— Pois então, eu estava sintonizando minha estação predileta, que é a líder na cidade. Tem 83% de audiência entre as nove da manhã e o meio-dia. Acho que a gente tem sempre que buscar o melhor.

— Com certeza — eu disse.

Esta rádio não era a melhor, era a que tinha os piores programas da cidade, por isso a audiência. Novamente a história dos restaurantes a quilo e da pizza.

— O meu rádio é meio velho, ainda não pude comprar um novo, como o senhor sugeriu.

Só agora me lembrei de que ele recebera dinheiro para me proteger e logo depois tirara férias. Corri o risco de abrir a porta a um assassino. Ele continuava me enrolando.

— E a voz me pareceu familiar. Uma voz mais fraca, de alguém doente.

— Doente?

— Sim, doente, mas uns minutos depois de começar o programa já estava normal. Sabe, é a segunda vez que tentam matar o Porrada.

— Porrada voltou ao programa?

Minha surpresa não seria maior se soubesse que alguém tinha dado uma entrevista na tevê, dizendo-se filho de Solange. Seu José prosseguia.

— Ele disse que mesmo ferido continuará perseguindo os bandidos e pressionando a polícia, que até agora não descobriu os autores dos tiros. Ele gritou, no final, que não tinha medo de ninguém. Ninguém. Ficou apenas uns minutos no programa, vai voltar aos poucos. É um homem corajoso, não é?

Concordei com um movimento de cabeça. Nesse momento, o elevador chegou e abriu as portas, vazio. Apertei o botão do meu andar.

Novamente veio a sensação de algum recado na secretária eletrônica. Deixei as pizzas na geladeira, tinha provisão para alguns dias, dobrei a sacola de mercado e a guardei num armário da pia. Eu tinha herdado esse hábito de minha mãe. Ela não conseguia jogar fora as vasilhas. Vinha de um tempo em que tudo contava com uma sobrevida doméstica. Os sacos de açúcar, a família era imensa, viravam panos de prato. A lata de margarina servia para guardar coisas nas prateleiras. Os pacotes de papel eram dobrados e estocados na despensa. Não havia campanhas de reciclagem, pois tudo era usado até seu destino final — a dissolução. Dona Ilza também guardava as sacolas, os copos de massa de tomate, as caixas de sapato e de camisa. E, sempre que precisava de uma embalagem, tinha algo à mão, por mais estranho que fosse o formato.

Eu jogava quase tudo fora porque havia a indústria social dos catadores. Mas de algumas coisas eu não me livrava. As sacolas de mercado, por exemplo. Apesar de não fazer quase compras, tinha um estoque que não seria usado nos próximos 40 anos. Arames de fechar pacotes de pão se acumulavam em minhas gavetas. Até as rolhas de vinho ficavam no armário, sem função. De certa forma eu dava continuidade à existência previdente de meus avós, colonos que viveram em estado de privação.

Nunca acreditei nessa história de progresso material. Renunciei a tudo por não concordar com a idéia de consumo. Se toda a população do mundo ganhar bem, haverá uma falência instantânea do planeta. Não há matéria suficiente para satisfazer os delírios de consumo de uma população ávida por coisas que serão descartadas momentos depois. A sobrevida do planeta dependerá de um espírito de pobreza digna, cada vez menos provável neste império da posse espalhafatosa.

Olhei as centenas de sacolas de mercado dobradas no armário. Não resolveria nada esse meu gesto, mas tinha algum simbolismo. E eu vivia de simbolismos.

Voltei à sala. Tanto tempo esperando e eis que aparece uma mensagem na secretária. A luz vermelha piscava anunciando recados. Poderia aguardar mais um pouco. Resolvi tirar os sapatos. Sentei-me no sofá, apertei um calcanhar contra o outro, só usava sapatos sem cadarço, abaixei a mão direita e tirei a meia de um pé e depois, com a esquerda, a da outro. Senti a transpiração quente, esfreguei os pés no tapete, como se ali fosse um terreno fértil. Deixei os dedos vergados em posição de cavar o solo, mesmo sabendo que eles não afundariam mais do que os poucos milímetros permitidos pela maciez do tecido. Depois de ficar uns minutos assim, nesse falso contato com a terra, eu me virei para o telefone e apertei a tecla que libera as mensagens.

Era minha mãe, as semanas no Nordeste foram ótimas. Tinha trazido um presente para mim, que eu passasse lá quando pudesse. Este "quando pudesse" trazia uma repreensão nada velada, bem no estilo de dona Ilza. Eu poderia ligar agora mesmo e marcar uma ida à sua casa, mas não tinha autorização para me ausentar de meu posto.

E janeiro já não existia.

A vantagem de morar em apartamento é que, além de serem anunciadas pelo porteiro, as visitas ficam desprotegidas diante do olho mágico. Eu ainda estava descalço, tinha dormido mais de uma hora no sofá depois do recado de minha mãe, quando tocou o interfone. Seu José disse aquela menina está aqui. Sim, podia subir. E fiquei esperando o toque da campainha. Olhei longamente Lírian antes de abrir a porta. Vestia uma camiseta preta e uma saia da mesma cor. Não dava para ver o calçado, mas devia ser uma sandália baixa.

— Abra de uma vez, Carlos — ela ordenou.

Virei a chave, abri a porta e encontrei aquele corpo branco, mais branco ainda pelo contraste com a roupa preta. Fixei-me nas pernas dela, leitosas como as de uma mulher do século XIX.

— Não vai me convidar para entrar?

— Ainda não estou acreditando.

— No quê? — ela falou, entrando e deixando sobre o sofá uma mochila que eu nunca tinha visto.

— Você foi reprovada por falta em minha disciplina?

— Que pergunta mais boba. Sabe que me formei.

— Então por que está de volta?

— Não vai me beijar?

Eu a beijei, imaginando que o frescor de sua boca seria o mesmo que eu encontraria em sua vagina. As melhores mulheres tinham o beijo frio no verão e quente no inverno. Eu não sabia cientificamente se isso era possível, mas algumas apresentavam tal particularidade, talvez por um distúrbio biológico.

— Voltei para me matricular no curso de pós-graduação.

— Não dou aula na pós.

— O que está acontecendo com você? Não estou na sua sala de orientação. Estou no apartamento de meu namorado.

— Pensei que estes dois espaços se confundiam.

— Chamei você de professor Carlos Eduardo? Vim trazer algum trabalho? Pedir bibliografia? Cara, você está me descartando?

— Não, eu é que sou descartável. Prazo de validade de um ano. O que já é bastante.

— Você tem alguma coisa pra comer?

Ela interrompeu a conversa, que estava ficando franca demais, e foi para a cozinha. Ouvi o barulho da geladeira, um plástico sendo rasgado, o ranger da porta do forninho e depois o do acendedor automático.

— Este vinho ainda presta?

Tinha aparecido na porta com uma garrafa de vinho tinto que restara aberta na geladeira.

— Vou abrir outro — eu disse, já indo para a cozinha.

Encontrei um vinho um pouco melhor, mas que também não era grande coisa. Tirei a rolha, produzindo o mesmo barulho que eu fazia com o dedo apertado contra a parte interna da boca, e esta lembrança me deixara alegre, bestamente alegre.

Escolhi uns copos bons e servi.

— Agora está gentil demais. O que tá acontecendo?

— Estou apaixonado.

— Por quem?

— Ora, por você.

E tirei sua saia enquanto ela se esforçava para beber o vinho sem derramar. Umas gotas caíram em seu peito quando ergui a camiseta, ela tentando passar o copo pela manga apertada. Sorvi, guloso, as gotas deslizantes.

— O vinho melhora em recipientes de qualidade — eu disse.

Lírian sorriu e encheu de novo o copo. Tinha o corpo mais branco que eu jamais vira. Umas pintas pretas nas costas e nas pernas destacavam ainda mais a brancura. Lembrei-me dos cravos num prato de arroz-doce. Mas não ia falar isso para ela. Não ia falar nada.

Fizemos amor na cozinha, ela apoiando as duas mãos na pia. Depois, ela se sentou sobre a mesa e continuei em pé. Por fim, deitei no chão e ela me cavalgou. O ladrilho frio e branco era uma extensão do corpo de Lírian, e eles me despertavam arrepios.

Vencidos, comemos a pizza na mesa sem toalha, segurando os pedaços com as mãos, que guardavam a essência ardida de nossos sexos. E bebemos o resto do vinho, menos aromático do que o suor de Lírian.

4.

Ele
És tão formosa, amiga minha.
Entre os alvoroçados cachos
teus olhos delicados alumiam
feito fossem tímidos pássaros.

E ver teus cabelos é ver ovelhas
pastando em região montesina.
Reluzem tanto os teus dentes
quanto as ovelhas que, deixando
o lavadouro, depois da tosquia,
abandonada ali a lã tenra,
se tornam gêmeas idênticas.

Teus lábios, cicatrizes do desejo,
emitem palavras doces como beijos.
Tua fronte é fresca romã
coroada por essas tranças.
E teu pescoço é a torre delgada
onde heróis penduram suas armas:

mil espadas viris dela pendem,
todas pertenceram a valentes.

E quem olha em teu peito as saliências
vê logo duas metades de limão-taiti
— a mesma frescura, a mesma consistência.
Antes que esfrie o dia e venham as sombras
visitarei teu monte, endereço de odores,
para me batizar com a resina do amor.

Vem comigo para a cidade, minha amada,
vem comigo para os jardins, para as praças,
deixa para trás tua vida de colona,
para que a sombra a brancura te devolva.

Pegaste meu coração, ó querida,
com as hábeis mãos das putinhas,
esses teus olhos eram só malícia,
e sem se importar nem um pouco
tiraste-o, como a um colar do pescoço.
E, mesmo assim, belos são teus amores,
muito melhores que qualquer vinho
— só teus odores já me inebriam.

Favos de mel manam de teus lábios
e é leite com mel que encontro ainda
na caverna úmida sob tua língua.
Apenas o cheiro de teus vestidos,
essência oriental, olor do Líbano,
já desperta a minha libido.
Favos de mel manam de teus lábios
e é leite com mel que encontro ainda
na caverna úmida de tua vagina.

Jardim fechado és tu, irmã minha,
manancial de águas represadas,
fonte mantida interdita.
Como um pomar de tangerinas,
tens frutos aromáticos, irmã minha.
És enfim tudo que incensa,
folha de limão, casca de mexerica,
hortelã, cravo, canela e vagina
— quem de ti se aproxima
prova de todas as especiarias.
És essência de jardins agradáveis,
poço profundo de águas vivas
que em si mesmas não se cabem.

ELA
Ergue-te, vento norte, e vem tu,
vento frio do sul,
assoprar meu jardim em chamas,
para que se derramem
todos os meus aromas.
Só assim encontrará meu endereço
o meu amado distante
para que se farte com frutos frescos
e se afogue em minha fonte.

Assim como apareceu, Lírian sumiu, tinha que cuidar de algumas coisas. Estava com sua máquina fotográfica digital e fiz várias fotos. Eram imagens dela nua contra a parede branca da sala ou no sofá de tecido preto. Seu corpo brilhava no primeiro conjunto de fotos como lua que aparece durante o dia; no outro, como lua em noite sem nuvem. Batizei de Deusa Branca o arquivo em que ficaram suas imagens em meu computador.

Assim como a lua, ela sumiu de meu campo de visão, mas, se fosse mesmo a lua, voltaria para repetir infinitamente seu ciclo. O máximo que poderia ocorrer era ela ficar alguns dias encoberta. Na manhã seguinte, ainda sentindo o cheiro de seu corpo na cozinha, preparei um Nescafé e bebi diante da pia, olhando os copos sujos de vinho, sem me sentar à mesa onde eu tinha possuído seu corpo.

Senti-me na obrigação de fazer uma visita ao Porrada. Antes, ainda na garagem, liguei o rádio do carro para acompanhar o programa. Continuava o outro apresentador, tentando imitar o estilo agressivo do titular, mas sem a indignação do Porrada, que não fazia teatro ao gritar contra os donos do poder.

Ele ainda não retomara o dia-a-dia do programa. Eu o encontraria em sua casa, cujo endereço me dera em uma de nossas conversas no bar. Estava anotado na capa do talão de cheques. Ficava próximo da emissora, em uma região antiga, onde surgiam os primeiros prédios. Parti percebendo a mudança do trânsito. Engarrafamentos, um nervosismo acentuado pela sensação de ter perdido tempo no litoral, um espírito baixo de competitividade. Alguém ultrapassava você numa manobra perigosa, fazendo o motor do carro uivar numa marcha pesada, para frear 20 metros adiante, num sinaleiro que todos tinham visto fechado.

— Os bárbaros estão de volta — pensei.

A casa do Porrada era antiga e guardava um ar de tempos mais folgados. Não possuía garagem por falta de quintal, indicando que o terreno fora sendo vendido aos poucos. Restou a casa com água-furtada estilo anos 40, telhado com alguma imponência e minijardim com plantas viçosas. Com certeza, a jardinagem era o *hobby* da mãe, que zelava de flores com a mesma dedicação destinada ao filho. Parei o carro na frente da casa, desci, sentindo o cheiro de terra revolvida, um perfume doce que me levava ao quintal de nossa casa, quando minha mãe virava o solo para plantar beijinhos, margaridas e rosas. Ao me aproximar do portão para tocar a campainha, vi que alguns canteiros eram novos, por isso o odor reconfortante. Embora tivessem perdido o quintal, restavam os poucos metros do jardim, que garantiam ainda o vínculo a velhos hábitos. Toquei a campainha com calma, para não ser confundido com os pedintes, que esquecem o dedo no botão, criando uma irritação prévia em quem vai atendê-los, nunca soube se com intenção de perturbar os proprietários, para dizer que ali havia alguém com necessidade, ou apenas pelo prazer de ouvir o barulho eletrônico.

Como ninguém aparecesse, apertei de novo a campainha. Na cortina da janela da sala, surgiu um rosto enrugado, meio protegido pelo reflexo do vidro. Acenei para a mãe do Porrada, como se fôssemos amigos. E logo ela estava abrindo a porta e caminhando pela calçada.

— O jardim está muito bonito — elogiei.

Ela olhou para os dois lados, ainda não tinha me reconhecido, mas estava constrangida de perguntar quem eu era e o que queria, temendo pelo filho.

— Sou eu mesma que cuido — ela disse.

— Desde que estive com o Luiz no hospital estou para fazer uma visita. Desculpe não ter avisado, mas soube que ele já está melhor.

— Bem melhor, meu filho — ela disse, abrindo o portão.

Toda mulher que fez da maternidade a razão de sua vida desenvolve a mania de chamar as pessoas mais jovens de filho ou filha. Era algo natural na fala delas e revelava um afeto por este papel maior do que todos os outros.

— Entre, entre — ordenou, indicando a porta, enquanto trancava o portão.

Segui na frente, mas parei na pequena varanda. Ela tocou meu ombro com a mão, num gesto leve, empurrando-me para a sala. Havia toalhinhas de crochê sobre os sofás e poltronas, um caminho de mesa com o mesmo desenho das toalhinhas, o balcão de madeira escura com licores em vidros trabalhados, formando conjunto com pequenos copos.

— Sente-se um pouco, filho.

Eu me sentei no sofá e ela foi ao balcão, para buscar uma dose de licor. Era uma mulher magra, com roupas antiquadas como a casa, tudo bem-cuidado. Ela me serviu a bebida, mesmo sendo de manhã:

— É de ameixa, experimente.

Só depois de deixar a bandeja vazia na mesa de centro ela se sentou. Bebi em golinhos o líquido muito doce, mas com sabor agradável. Tudo combinava nesta casa, menos o filho, esse fruto torto.

— E como ele está?

— Agora dorme. Os remédios dão muito sono. Os ferimentos fecham rapidamente, mas o médico acha que ele ainda não deve se esforçar.

— Não descobriram o responsável?

— Não resolve nada saber quem foi. Eu queria apenas que ele largasse esse emprego. Mas conheço meu menino, vai ficar mais agressivo.

Na parede, havia uma foto de mulheres jovens com roupa de formatura na Escola Normal. Uma foto antiga. Dava para reconhecer a mãe do Porrada.

— A senhora fez Escola Normal?

— Faz muito tempo. Já estou aposentada. Eu amava meus alunos como se fossem filhos. Acho que dei muita atenção pros filhos dos outros e deixei o meu de lado.

— Não acredito.

— Quando a gente divide o afeto com tantas crianças é natural que sobre menos pro próprio filho. Agora só me dedico a ele.

— O magistério é realmente terrível.

— Não, não me queixo. Eu só parei de lecionar aos 60 anos. Mas depois, sem nada para fazer, o Luizinho nessa vida, eu saía de casa e parava na frente da escola, só para matar a saudade dos alunos.

Eu não sabia o que era isso. Detestava o magistério e nunca tinha lecionado para crianças, só para adultos. Era um depoimento bonito mas estranho para mim. As crianças e eu não tínhamos tido nunca uma proximidade física ou afetiva.

Ela se levantou depois que ficamos em silêncio, esgotadas as poucas possibilidades de assunto.

— Vou chamar o Luizinho.

— Posso voltar outra hora.

— Ele vai gostar de ver o senhor.

Entrou por um corredor, rápida e firme para seus mais de 70 anos. Devia ter tido o filho depois dos 30, e talvez não tivesse se casado nunca. Não havia a foto de casamento tão comum nesse tipo de casa que é um museu da família. E numa outra foto, na mesa de canto, ela aparecia sozinha com Luizinho. Professora ousada, resolvera ter um filho sem passar pelo matrimônio ou engravidara de algum homem casado. Isso explicaria também a revolta do filho.

Em minutos, ela reapareceu, encaminhando-se para a cozinha.

— Ele já vem, vou passar um café novo.

— Não precisa — eu disse.

Mas já estava no outro cômodo e eu ouvia barulho de água, portas de armários sendo abertas e fechadas, a música reconfortante de uma casa durante a manhã. O café não era apenas para mim, mas para o filho que acabava de acordar.

Porrada foi anunciado pelo barulho dos chinelos que se arrastavam no corredor. Ele apareceu de pijama velho, cabelos amassados, olhos vermelhos, curativos nos braços e bom humor.

— Bom dia, professor — disse, aproximando-se.

Eu apenas respondi com um sorriso enquanto ele se sentava com expressões de dor. Seu corpo pesado fez com que o sofá rangesse.

— Foi a deputada que mandou você aqui? — mas ele não deixou que eu respondesse. — Eu queria agradecer pessoalmente.

Eu não sabia do que ele estava falando e tinha vergonha de confessar que não via Solange desde o *réveillon*, sinal de que eu estava desprestigiado. Era melhor mudar de assunto.

— Ouvi dizer que você vai voltar ao programa.

— Meu lugar sempre foi na trincheira. E agora o programa está mais forte, aumentou a audiência e o número de patrocinadores — e olhou com malícia para mim.

A mãe chegava com duas xícaras de café e mais umas bolachinhas na bandeja, que ela deixou na mesa de centro.

— Você não se trocou, Luizinho? — ela o repreendeu.

— O professor é de casa. E se eu tivesse me vestido ele ia se achar importante.

Pegamos as xícaras e uma bolacha enquanto a mãe do Porrada ficava em pé, ao nosso lado. Elogiei o café, eu quase não tomava café caseiro.

— É dona Aurora quem torra e depois mói. Café como esse é difícil de achar na cidade — era um elogio, mas ele em seguida se virou para ela. — A senhora não tem que arrumar os quartos?

— É verdade — ela disse, saindo.

— Dona Aurora é muito preocupada, melhor que não ouça nossa conversa.

Concordei com um olhar de mistério, embora não tivesse nada para falar em segredo com Porrada, aquela era uma visita de "amizade", eu tinha me afeiçoado a ele. Ao conhecer sua casa e sua mãe, tive certeza de que não poderia estar envolvido com as ameaças que Solange vinha recebendo.

— Quem poderia ter feito isso? — e olhei para os ferimentos.

— Seja quem for, não queria me matar.

— Não?

— Não. Parei o carro e não percebi a moto do outro lado da rua. Eu tinha bebido algumas cervejas e estava com sono. Quando abri a porta, o interior do carro se iluminou. Daí surgiu um homem de capacete, que abriu o zíper de uma bolsa-coldre israelense.

— Como é isso?

— Uma pochete um pouco maior, que passa despercebida. Eu vi quando saiu a primeira bala, que me atingiu nesse braço — apontou o direito. — Eu ainda me levantei, para tentar fugir, daí vieram os outros tiros. Eles poderiam ter me matado, mas queriam só dar um recado. Um recado escrito com furinhos em meu corpo. Daquela distância e com a luz interna do carro acesa, ele teria acertado minha testa, se quisesse.

— Você acha que voltarão?

— Difícil saber. Mas tem muito neguinho querendo me ver debaixo da terra. Você diga para a deputada que serei sempre grato. Se não fosse ela, não sei como seria.

— Vou dar o recado — falei, concluindo que Solange não tinha nada com a tentativa de eliminar o radialista.

— Minha mãe acha que foi você que acertou tudo.

— Você não foi procurado por ninguém do partido?

— Ainda não. Pagaram a conta sigilosamente, no velho esquema. Mas por esses dias, quando eu voltar ao trabalho, aquele patrocínio deve sair, não deve?

— Com certeza. Assim que Solange chegar, falo com ela.

— Dizem que estão reunidos em Caiobá, para definir detalhes da candidatura.

— A coisa começa a ficar quente agora — falei, tentando esconder minha frustração por nem saber onde Solange estava, quando Porrada e outras pessoas menos próximas sabiam. Tinha que começar a ouvir os programas e ler os jornais locais. Fiz um gesto de que ia embora, olhando o relógio em meu pulso.

— Dona Aurora! — ele gritou.

Segundos depois, ela aparecia.

— O professor Carlos já está indo.

— Deixa que eu abro a porta — ela se ofereceu.

Eu me despedi de Luizinho e segui dona Aurora, que me abriu a porta e depois o portão. Eu estava saindo quando ela disse:

— Você tem coração grande, filho.

Entrei no carro com receio. Ao me aproximar do Porrada estava correndo risco. Muitas pessoas tinham interesse em eliminá-lo, e eu poderia herdar seus desafetos. Saí rapidamente daquele lugar, dei umas voltas sem rumo pela cidade, pegando trajetórias tortas para despistar um eventual perseguidor.

Em determinado momento, talvez movido pelo sentimento familiar que experimentara na casa de dona Aurora, lembrei-me de minha mãe. Eu tinha o pretexto de ir pegar o presente trazido do Nordeste. Recusamos a casa em que fomos criados porque ela não guarda mais as medidas de quando éramos crianças. Voltar a este ambiente estranhamente encolhido desperta nossa claustrofobia. Mesmo assim, eu tinha vontade de ficar algumas horas com minha mãe. Durante anos varri de mim esses sentimentos de felicidade familiar, mas agora estava precisando deles. Logo eu que sempre fui um solitário habitante da biblioteca, empenhado em fazer de tudo para que meu apartamento não tivesse a menor semelhança com um lar.

Eu poderia lutar contra esse desejo e passar o dia com Lírian em seu apartamento ou numa fuga rápida ao campo onde faríamos amor e seríamos picados por mosquitos. Poderia ainda ir para alguma casa de massagem e me entregar a uma prostituta.

Qualquer coisa que fosse a negação da família. No entanto, enquanto pensava isso, ia tomando uma senda antiga.

Parei na calçada, o carro de frente para a casa. Como tinha as chaves, desci e abri o velho cadeado, empurrando as folhas do portão, que rasparam na calçada. Guardei o carro sob um caramanchão tomado pelas flores rosadas, em forma de cone, das sete-léguas. Quando estava voltando para fechar o portão, ouvi o barulho da porta da sala e me virei para descobrir dona Ilza olhando para mim.

Fazia tempo que eu não estacionava o carro ali. Ela se abriu num sorriso que me fez lembrar de quando eu era criança.

Segui calmamente para a porta, aproveitando cada imagem do jardim e da casa, parando diante de uma lajota solta na calçada, como se eu fosse arrumá-la. Eu não faria isso, não tinha habilidade nem me incomodava com a deterioração das coisas. Mas naquele instante eu me encontrava no papel do proprietário, que cuida da casa, zelando tanto da família quanto dos bens.

— Tem que consertar isso, senão alguém se machuca — eu disse.

Minha mãe estranhou aquela preocupação súbita com a casa, que no geral estava bem-conservada, com pintura recente e jardim impecável, embora sem sinal de dedicação diária. Eu me aproximei e dei um beijo em seu rosto.

— Devia avisar que vinha pro almoço.

Só então percebi que ela estava com um avental e tinha as mãos sujas de massa. Mesmo morando sozinha, não renunciava ao ritual de preparar diariamente as refeições, obrigando-se a doar as sobras. Havia já uma clientela fixa, pedintes que passavam à tarde para levar os restos armazenados em vasilhas reaproveitáveis. Ela dizia que se parasse de cozinhar não se sentiria em casa.

— Queria fazer uma surpresa — falei.

Eu estava, na verdade, me surpreendendo comigo mesmo. Não gostava de casa com cheiro de comida, isso me irritava violentamente.

— Se soubesse, teria feito um prato especial.

— Estou com saudade de seu tempero — eu disse, e não era uma mentira. — A senhora não vai me convidar para entrar?

Ela então se afastou e fui envolvido pelo cheiro de comida. Ouvi minha mãe fechar a porta e logo ela acendeu a luz da sala, como se eu não pudesse ficar no escuro.

— Vamos para a cozinha. Vou ajudar você.

Ela apagou as lâmpadas sem falar nada e entramos na cozinha.

— Eu ia fazer quibe.

— Ia, não: vai fazer.

Riu da minha repreensão amigável. A carne estava numa travessa. A farinha de quibe descansava na água quente. Peguei a cebola e cortei em pedaços bem pequenos. Era assim na minha infância. Eu ficava sempre com essas pequenas tarefas.

— Ainda tem aquele canteiro de hortelã lá no fundo?

— No mesmo lugar.

Fui buscar umas folhas de hortelã e me reencontrei com o pé de limão-galego totalmente carregado. Colhi os limões que começavam a amarelar e levei à cozinha.

Minha mãe mexia a massa de carne e farinha com as mãos, fazendo um barulho reconfortante, como se apertasse barro, a massa vazando entre seus dedos. Lavei as folhas de hortelã e as rasguei num pratinho de sobremesa. Ela pegou pequenas porções de folha e foi misturando à massa. Acrescentava sal e pimenta-do-reino moída. Levava um pouco da massa à boca, mastigava várias vezes e depois engolia, acrescentando mais condimentos, numa operação bonita de ver.

— Está faltando um pouco de sal.

E acrescentava mais uma pitada, amassava tudo de novo e mais uma vez provava o quibe.

— Vi num filme que a gente pode acrescentar canela às almôndegas. Poderíamos fazer o mesmo com o quibe.

— Não, mãe. Faça como a senhora sempre fez.

Não sei por que, mas nós rimos e ela continuou com as mãos na bacia, neste trabalho ancestral de preparar a comida para o clã, um clã composto pelo único filho, que quase não aparecia.

— Prepare o tabule para mim — ordenou, alegre com a novidade de poder novamente me comandar.

Tinha sobrado um pouco da farinha. Fui à geladeira e peguei dois pepinos pequenos e tomates crioulos, com um formato mais comprido. Lavei com bastante água e, na tábua ainda cheirando a cebola, piquei bem fininho e cortei mais uma cebola, misturando tudo à farinha numa travessa de vidro. A mãe dava as ordens na hora de temperar.

— Bastante azeite de oliva.

E reguei fartamente, vendo um fio verde e espesso escorrer.

— Mais sal.

E eu distribuía pequenas quantidades de sal.

— Agora limão.

E cortei dois limões que acabara de colher e espremi sobre uma peneirinha de chá.

— O bom cozinheiro é generoso — disse a mãe.

Guardei o tabule pronto na geladeira, cobrindo a travessa com um plástico aderente.

A mãe já estava enrolando pequenas quantidades de massa. Antes de terminar, ela enfiava o indicador no centro daquele bolo, criando um buraco, e enchia com manteiga, depois fechava e dava um formato alongado ao quibe, colocando-os em uma travessa, todos iguais.

Sem que pedisse, enchi de azeite uma panelinha velha e funda, preta de tanto uso, e deixei no fogo alto.

— Essa não, está muito velha — a mãe reclamou, mas era a panela usada no dia-a-dia e eu não queria nada especial.

Coloquei água na leiteira e deixei no fogo alto. Abrindo o armário, retirei do pacote uma xícara de arroz branco; lavei o arroz longamente no escorredor, até parar de sair a água leitosa. Peguei um pacote de macarrão cabelo-de-anjo, quebrei três cachinhos, reservando-os num prato fundo. E já cortava uma cebola em rodelas grossas.

— Você vai acabar com o estoque de cebola — ela me repreendeu.

Numa outra panela, fritei a cebola até dourar, acrescentando o macarrão e depois o arroz. O cheiro que a panela liberou quando despejei água, lentamente, reconciliava-me com a vida.

Enquanto o arroz cozinhava, a mãe foi fritando os quibes. Eu lavava a louça e já tinha arrumado a mesa da cozinha para que almoçássemos ali. Ela não falou nada, entendendo que eu fazia uma viagem à infância. A mesa era de madeira, com pés redondos e tampo com o sinal de faca e um queimado de ferro de passar. Ali, a mãe cortava os alimentos, deixava panelas quentes e passava a roupa, protegendo a madeira com um cobertor. Cobri essa mesa imemorial com uma toalha xadrez e coloquei os pratos velhos, com bordas lascadas e riscos de faca no fundo.

O cheiro da fervura do arroz se misturava com o do quibe frito. Senti fome.

— Tem pão no armário?

— Só pão velho. Levantei tarde e não fui à padaria.

Abri o armário e encontrei o cartucho de papel pardo com dois pães meio secos. Rasguei a metade de um deles, destampei a panela de arroz, o vapor quente me fez recuar um pouco, e molhei o pão na água e comi como se fosse o menino faminto que ataca as panelas. Tinha sido assim durante anos.

— Você vai estragar o almoço — a mãe disse.

Senti remorso. Não me custava nada dar à dona Ilza esse pequeno prazer de cozinhar para o filho. Na hora de sentar à mesa, enquanto o quibe esfriava numa travessa forrada com um guardanapo de papel, para que a gordura escorresse, ela quis abrir um refrigerante, mas eu já estava preparando uma limonada com bastante açúcar.

Logo almoçávamos. Quando mordia o quibe, segurando-o com a mão, a manteiga vazava, lubrificando a carne e a farinha.

— Não vai querer pimenta? — ela perguntou.

— Não precisa — eu tinha os lábios reluzentes de manteiga.

Depois lavamos a louça e a mãe fez café. As sobras do quibe ela guardou numa vasilha de vidro, para eu levar, colocando-a numa sacola plástica.

— Os seus fregueses não vão ter nada hoje.

— Arranjo umas bolachas.

Com a travessa na mão, fui ao caramanchão. Destravei o carro, acomodei a sacola no banco e abri o portão.

— Você estava esquecendo disso — minha mãe me deu um pacote, amarrado com barbante.

Rompi o embrulho e vi uma rede nordestina, de uma única cor, amarela. Com um beijo, agradeci o presente e me despedi.

— Qualquer dia apareço de novo.

— Me avise antes.

— Nem pensar.

Entrei no carro, dei marcha a ré e depois peguei o sentido de casa. Cansado, sem ter no que me ocupar, restou-me mexer nos livros. Os quibes foram guardados na geladeira como tesouro em cofre. Na manhã seguinte, na hora do café, acendi o forno do fogão, esquentei os quibes por uns minutos e comi todos de uma só vez. Estavam ainda mais saborosos. Por causa da manteiga, pensei.

Em uma tarde de sexta-feira resta ao solitário beber. E beber à tarde só em botecos, nesses em que os bêbados em fim de carreira compram sua meia-dose de pinga, apertando contra o balcão a moeda de 50 centavos, passaporte para uns minutos de tonteira.

Era entre eles que eu devia passar o período de espera, quando tudo poderia estar acontecendo, nada no entanto com minha participação. De toda essa história, eu tinha ficado com a amizade do Porrada e com a lembrança de algumas horas de amor. Como contrapeso, herdava a imagem insana de Pedro e minhas próprias neuroses. Começamos a procurar alguma coisa totalmente distante, como o filho desaparecido de uma ex-namorada, e acabamos sempre nos defrontando com nossos fantasmas. Todos os caminhos levam a nós mesmos. Não há como fugir. Se vemos uma matéria sobre uma sonda em Marte, acabamos pensando no lugar do homem no universo, na insignificância do planeta e na falta de sentido de nossa própria vida. Somos o início e o fim de todo pensamento. Eu estava me encontrando com coisas que julgava mortas.

Tomei o caminho do Centro. No último mês, eu tinha vivido um caso de amor com meu carro. Passara com ele mais tempo do que com qualquer pessoa, e isso ajudava a compreender por que os carros se tornaram tão presentes em nossa vida. São as grandes amizades de quem se sente sozinho e é obrigado a mover-se de um canto a outro da cidade. Carro-útero. Carro-vagina. Nele, o ato de amor dispensa o sexo, é apenas uma sensação de pertencimento. Está ali disponível, quando você se cansar poderá procurar outro modelo ou simplesmente passar um tempo com alguma pessoa. Meu carro e eu estávamos vivendo nossa lua-de-mel, mais uma novidade para quem nunca precisou desse tipo de compensação psicológica.

Na frente do bar havia uma vaga. Preenchi o cartão de estacionamento e entrei no Bar Preciosa. À tarde, somente os bêbados mais assíduos e os desocupados aparecem.

— Como vai o professor? — Tufi perguntou, já pegando uma tulipa e trazendo para a chopeira.

— Com calor — era uma forma de disfarçar o desejo incontrolável de provar de todos os venenos.

— Acho que vai chover — ele prosseguiu sua conversa vazia, para não causar constrangimentos ao freguês e, ao mesmo tempo, demonstrar amizade.

Um homem quieto bebia num canto. Tinha uma dose de pinga na sua frente, mas não olhava para ela nem para nada. Olhava para dentro. A bebida, mais do que os livros, nos abria para nós mesmos. Era pretexto para nos debruçarmos sobre as misérias íntimas, evitando dar satisfações aos outros. Além do bêbado, um velhinho lia os jornais na mesa do fundo, a cada matéria finalizada ele tomava uma pequena dose de sua pinga. Num banco em frente ao meu, um guardador de carros falava sobre a melhor cera para polir automóveis. Estava se insinuando, pois meu carro tinha a pintura queimada. Ele me vira estacionar e tentava pegar o pequeno serviço, que eu poderia pagar e que, para ele, serviria para levar meio quilo de carne de segunda ou um pacote de arroz para casa. Mas meu carro e eu não precisávamos de embelezamentos. Estávamos bem assim, com a lataria desbotada.

O chope chegou, dei o primeiro gole — inigualável. O primeiro gole de chope quando você está insatisfeito com o mundo é um convite para acreditar na humanidade. Somos algo além da matéria que se cansa sob o sol e sob a lua, temos uma alma, que reluz ao toque daquele líquido.

— Mais alguma coisa?

— Uma vodca.

Tufi me serviu num copinho pequeno, quase um dedal, dizendo que era a quantidade ideal para quem começava os trabalhos. Virei o dedal e tomei um longo gole de chope, que desceu mais agradável ainda do que o primeiro. Daqui para a frente, todos os chopes seriam pouco apreciados, já faziam parte do processo de cura.

Um boteco era também um lar, um lar às avessas, em que as pessoas se encontravam com sua família espiritual. Ninguém vai ao boteco para exibir roupa nova ou ascensão social, ali o que se procura é esse outro útero, uns momentos de proteção, de fuga. Os bares não fazem parte da cidade, são uma negação dela, e existem para torná-la suportável. Alguns querem conversar nessas horas de exílio, mas a maioria deseja apenas sossego, antecipação do sono profundo em que cairá ao chegar em casa. Bar deve ter por isso jornais, para que a gente disfarce folheando as notícias, acompanhando os assuntos mais irrelevantes, como o índice de inflação, a queda de um ministro, a festa na casa de certo empresário e as prévias da convenção de um partido.

Com o jornal na mão, vi que, em Caiobá, os principais líderes do partido aclamaram o nome de Solange Ribas Fonseca como candidata.

Na foto, Solange aparecia com um vestido preto, os cabelos soltos na sua face alongada, que lembrava ligeiramente o rosto de um cavalo, e um sorriso de dentes tratados e corrigidos. Era a imagem da mulher forte e decidida. Li toda a matéria e fiquei namorando a foto, depois não tive paciência com o jornal e, mal começava uma matéria, eu me irritava e ia para outra. Há notícias que suspendem o mundo. E para suspender todas as notícias existia, entre outras coisas, o álcool.

— O senhor tem visto o Porrada? — Tufi tinha se aproximado.

— Estive na casa dele ontem.

— Dizem que já se recuperou.

— Não o suficiente para uma bebedeira.

— Nunca vai parar de beber. Tem uma sede sem fim. E é um falso-corajoso. Bebe para poder fazer o programa.

— Talvez endireite.

— Quando sair de casa, volta pra bebida. Lá, tem a proteção, mas e na rua? Dizem que anda dormindo com a mãe, está com medo de ser morto. Já estaria recuperado, mas não tem é coragem de sair. A primeira escapada vai ser para um porre.

Era exatamente para isso que eu estava ali. Pedi mais um chope e fiquei olhando o movimento do bar. Os mendigos que esmolavam nos sinaleiros chegavam, de tempos em tempos, para dissipar a pequena fortuna em cachaça. Não sobraria nada no fim do dia, quando eles ao menos estariam tão bêbados que não perceberiam a diferença entre a calçada e um colchão. Alguns traziam o rosto machucado, vestindo roupas de inverno na tarde quente de fevereiro, e queriam mais uma dose para esquentar. Tufi servia da garrafa da prateleira, temperatura de 32 graus, o que não seria suficiente para tirar desses bêbados a sensação de frio. Conversavam com os outros clientes, arriscando uma tirada sagaz sobre assuntos cotidianos. O bar e a rua eram suas casas, mas alguns bares não os aceitavam, tinham que procurar lugares mais distantes de seu ponto de mendicância e passavam olhando com raiva para o balconista e os freqüentadores do boteco, como se ali fosse um reduto inimigo.

Uma coisa misteriosa era a freqüência dos vendedores de bilhetes da loteria, sempre oferecendo a sorte grande. Ninguém comprava. Um velhinho xiita, que quase não falava português, me ofertou pela segunda vez seguida o bilhete e depois disse que gastava em jogo mais do que recebia de comissão.

Eu olhava Tufi lavando os copos na pia, ele apenas esfregava as bordas sob a água, sem usar detergente, e depois deixava os copos de borco num guardanapo sujo sobre a pia, de onde os tirava ainda úmidos para nos servir. Eu tinha me aproximado da boca perebenta daqueles bêbados e esta era uma forma de comunhão com o país.

Mesmo diante do rosto estropiado do derradeiro bêbado, pedi mais uma vodca, que veio no copinho em que ele havia sorvido seu fel. Tomei em um gole só. Mulheres passavam pela calçada, sem saber que ali, naquele corredor fundo, uma fauna lambia feridas. Todos os freqüentadores de boteco, mesmo os mais felizes, falsamente felizes, são iguais aos mendigos que se embriagam, todos querem anular o corpo e suas dores, a alma e suas mágoas. No Bar Preciosa, às cinco da tarde, derrubávamos mais umas gotas de álcool sobre frustrações que ulceram fundo.

Um bar é um lar de abandonados que desconhecem outro endereço. Por isso vamos ficando, pedimos mais um chope ou uma pinga, comemos uma empada, um bolinho de carne com muita pimenta, a bebida já apagou o paladar, um courinho de porco, na ilusão de que os bares nunca fecham.

Mas os bares fecham bem antes de nossas feridas, e aí temos de voltar para casa, expulsos novamente do útero.

Fui para meu apartamento, dirigindo lentamente. Pensava na cena vista em uma de minhas recentes noites de insônia. Da janela de meu quarto vi o bêbado que sempre dormia na marquise de uma loja próxima. Ele fazia movimentos estranhos, como se estivesse sentindo dores.

É um bêbado conhecido, patrimônio da rua. Vivia com uma garrafa de bebida na mão, comendo o que os moradores lhe davam. Forte, aparentava vir do campo, por suas mãos imensas e rudes, seu corpo forjado no trabalho ao ar livre e sua pele queimada de sol. Uma vez ou outra os assistentes sociais o levavam a um albergue, para um banho e roupas limpas. Sempre foi magro, mas agora, perto dos 40 anos, começou a inchar. Mãos vermelhas e rachadas, pés tomados de feridas e enrolados em faixas.

Recusou o recurso de buscar no bar a casa perdida. Apenas compra a garrafa inseparável e fica pelas esquinas, esperando o sono.

Naquela noite, pensei que ele estivesse tendo um ataque, mas logo vi que se masturbava com um ânimo que, em todos esses anos, nunca encontrei em seus movimentos. Deitado num degrau, tinha a calça abaixada e mexia violentamente o sexo, talvez lembrando de alguma mulher que passara pela rua, de uma paixão perdida na memória. Mesmo com as mãos apodrecidas, ele ainda a usava para procurar, nesse restinho de recordação, nos neurônios não destruídos pelo álcool, o abismo do prazer. Aquela memória era sua casa, conforto e afeto. Enquanto tivesse as mãos podres, ele poderia viver a nostalgia de pertencer a algo.

Quando enfim se aliviou, esguichando a gosma na outra mão, passou-a carinhosamente nos cabelos. Pacificado, ergueu a calça, procurou a garrafa ao lado, para descobri-la vazia, o que o deixava irremediavelmente só àquela hora da madrugada.

Acordei com dor de cabeça e ânsias de vômito. Fui para a cozinha e não achei nada que pudesse aliviar estes incômodos. Na juventude, quando acordava de ressaca, encontrava suco de laranja preparado por minha mãe. Se não tivesse laranja em casa, ela saía alegremente em busca das frutas. Espremia as laranjas, deixando a jarra e um copo ao lado de minha cama. Era só me sentar e tomar o suco, esperando o estômago estabilizar e a dor de cabeça diminuir. Depois do banho encontrava uma canja de galinha, feita com cenoura, mandioca, batata e cheiro-verde. Em pouco tempo, não havia o menor resquício da bebedeira. Sempre pensei que ela tivesse aprendido isso para curar as ressacas de meu pai, e que eu repetia uma história biológica de fraqueza para o álcool, dando a oportunidade para que ela revivesse seus dias de esposa dedicada e amável. Quando eu já não estava mais em casa, ela falava dos defeitos de meu pai, de sua incapacidade crônica para os negócios, o que tinha determinado a falência de várias empresas que a família abrira para ele. Um dia, comentei que ainda havia o problema da bebida.

— De onde você tirou essa idéia? — repreendeu-me, carinhosamente.

— O pai não bebia?

— Nem mesmo nas festas.

Com quem então minha mãe tinha aprendido a curar ressacas? Na família dela não havia histórico de alcoólatras. A resposta mais provável era: com um de seus casos amorosos. Mas eu não queria pensar nisso.

Agora eu estava passando mal e não havia quem fizesse suco para mim. Nem quem preparasse uma canja, coisa impossível de encontrar em um restaurante às nove da manhã. Se ao menos houvesse na geladeira água com gás... Restava-me tomar um banho, controlando as ânsias, e seguir para a padaria. Troquei-me e desci pela escada, com medo de ficar sufocado no elevador. Passei pelo porteiro e já estava na rua em busca de um suco de laranja urgente.

Foi isso que disse para a balconista, pedindo que fosse com gelo e sem açúcar. Ela demorou o máximo que pôde para preparar o suco e a flagrei acrescentando açúcar no copo.

— Sem açúcar — eu disse.

Ela fez que não me ouviu e, depois de colocar um canudo no copo, trouxe-o com uma camada branca no fundo.

— Eu tinha pedido sem açúcar.

— É só não mexer.

E foi atender outra pessoa. Fiz o que ela me sugeriu, percebendo que o suco estava morno. Mesmo assim, bebi tudo em segundos.

— Mais um, agora sem açúcar e com muito gelo — pedi.

E o segundo copo veio de acordo com meu pedido, mas não conseguiu diminuir meu mal-estar. Voltei para casa com enjôo. Deitei-me na sala esperando que tudo passasse e eu pudesse ir a algum restaurante de comida caseira, mesmo sabendo que não existem restaurantes assim.

Dormi algumas horas e fui acordado pelo telefone. Era do escritório de Solange.

— Quem está falando é o doutor Jacinto — eu achava estranho todos serem chamados de doutor no meio político, mais estranho ainda era a própria pessoa se chamar de doutor.

— Como vai o senhor?

— Bem, apesar do muito trabalho. Mas é por uma causa nobre.

A causa nobre era a eleição de Solange, que lhe traria poderes políticos para negócios que eu não queria nem podia imaginar. Ele trabalhava teoricamente para Solange, mas na realidade cuidava do próprio futuro, por isso a dedicação. E as perspectivas eram ótimas, pois Solange concorreria com adversários desgastados por escândalos. Doutor Jacinto tinha, portanto, interesse pessoal em Solange — pensei nisso e fiquei intrigado com o duplo sentido da frase. Ele estava também saindo com ela, mas talvez até isso fosse mais em função do seu projeto de poder do que por desejo.

— Como está Solange?

— Chega hoje de Caiobá e está muito contente com o consenso dentro do partido.

Desde minha curta militância na política estudantil, eu sabia que não existiam partidos com consenso, venciam os interesses majoritários. Solange e seu grupo tinham conseguido sufocar as oposições internas. Mas não diria isso ao tesoureiro tão empolgado com a eleição.

— Li nos jornais — eu disse.

— Ela quer contar tudo para você, mas não sabe quando poderá fazer isso. Então pediu para que eu passasse algumas notícias. Com quem você vai almoçar?

— Nem sei se vou almoçar.

— Está com algum serviço?

— Sim, um serviço urgente.

— Mas poderia gastar um tempinho para falar sobre Solange?

— O problema dos telefonemas?

— Exatamente — ele sabia mesmo de tudo.

— Onde?

Deu-me o endereço de uma churrascaria e combinamos um horário. Havia pouco tempo, mas eu já tinha tomado banho. Outra coisa que eu aprendi sobre políticos é que eles gostam mesmo é de churrascaria, com muita carne, um cardápio meio corrupto, impróprio para estômagos mais sensíveis, como o meu estava hoje.

Dirigindo com dificuldade, por causa da dor de cabeça, demorei um pouco para chegar ao endereço, um lugar rústico, com muita gente. Quase não reconheci Jacinto no meio da multidão. Ele estava com uma camisa pólo cor-de-rosa, calça *jeans* e tênis. Tinha tirado a fantasia para ser apenas o homem comum que vai aos lugares de sua predileção, sem nenhum teatro.

Ele se levantou ao me ver, estendendo-me a mão macia e mole. Estava bronzeado, sinal de que as reuniões tinham acontecido na praia. Jacinto se encontrava acima do peso, e eu sabia por quê. No tempo do diretório acadêmico, estávamos sempre comendo e bebendo (mais bebendo) à custa das verbas estudantis. O almoço de hoje correria por conta do partido. Uma despesa mínima, a julgar pelo ambiente.

Especializada em costela bovina, a churrascaria fora erguida com troncos de eucalipto e coberta com telhas de amianto. As mesas rústicas (dessas com tábuas grossas, de madeiras retiradas clandestinamente da Amazônia e vendidas em caminhões nas esquinas do Brasil) e as cadeiras de palhinha davam ao ambiente um ar de restaurante de beira de estrada. As paredes eram de costaneiras de pinheiro e havia um balcão de tijolos à vista. Ao lado dele, na única parte de alvenaria, a imensa churrasqueira liberava uma quantidade assustadora de fumaça. Eu me senti num matadouro, vendo gamelas de madeira lambuzadas com pedaços enormes de costela destrinchados nas mesas vizinhas. Talvez por me perceber observando o ambiente, Jacinto se justificou.

— Escolhi este lugar para ficarmos à vontade. E eles servem a melhor costela do mundo.

— Gosto muito de costela — eu disse, sem a menor convicção, embora realmente gostasse.

— Eu já tinha pedido minha bebida. O que você vai querer? — um garçom aguardava com o bloco e a caneta na mão.

— Água com gás.

Com um sorriso, Jacinto aprovou minha escolha. O garçom se retirou e ele começou a explicar que aquele era um restaurante despretensioso, mas que o ligava ao tempo de estudante, quando comia em ambientes assim — e percorreu a churrascaria com os olhos. A minha água chegou e tomei logo o primeiro copo, aquietando o estômago perturbado agora também pelo cheiro forte de gordura. Jacinto levou o copo de caipirinha de vodca à boca, para um gole generoso. Tinha esperado minha bebida para se servir. E eu estava ali diante de alguns hábitos típicos de nossos homens públicos. Assim que conquistavam pequenas posições de mando, passavam a beber apenas água com gás e caipirinha de vodca. Ficava o gosto ancestral pela caipirinha, revelando as origens humildes, mas com o requinte da vodca importada, pelo menos era isso que constava no cardápio. O político era um ser dividido entre sua história pessoal e os hábitos adquiridos no tempo de fartura. Assim como almoçava aqui neste barracão, amanhã poderia estar no mais caro restaurante francês da cidade.

O primeiro pedaço de costela veio, vertendo gordura pelas camadas de carne. O garçom deixou na mesa travessas com salada de feijão, cebola e rúcula. Enchi meu prato de rúcula, reguei com azeite de soja e comi uma grande quantidade de folhas, sentindo seu gosto amargo e apimentado. Eu tinha lido em algum lugar que a rúcula apresentava qualidades excitantes. Vendo meu apego àquela salada, Jacinto teve um momento de dúvida.

— Você é vegetariano?

— Não, em política não existem vegetarianos, não é? — perguntei, rindo.

— Carnívoros. Somos todos carnívoros — e havia enfim uma alegria descontraída em seu rosto.

Depois de ter excitado meu estômago com as propriedades da rúcula, peguei um pedaço de costela e senti a sua gordura em meus lábios. Era realmente macia e saborosa, contra todas as evidências.

Ao final da refeição, pedi mais uma água com gás.

— Duas — disse Jacinto ao garçom.

Estávamos irmanados. Dispensamos a sobremesa, ia ser servido o prato principal do encontro.

— Você sabe que Solange ainda não tratou daquele assunto.

— Não falei mais com ela.

— Teve que ficar fora. Havia muita coisa acontecendo. Nessas horas o melhor é se ausentar.

— Eles ligaram novamente para dar mais detalhes sobre o menino? — Alexandre tinha virado apenas *o menino*.

— Não no celular dela. Ela desligou o telefone. Marcamos a viagem e divulgamos em todos os lugares. Era uma forma de ganhar tempo.

— Então não tiveram outras notícias?

— Tivemos, a secretária recebeu ligações falando que precisavam entregar para a deputada "o menino do Natal". — Eu ri e Jacinto disse, sério: — Foi a expressão.

— A secretária sabe de algo?

— Muito difícil.

— Quem mais sabe?

— Só nós dois. — Ele estava, sim, dormindo com Solange. O problema era se ela estivesse saindo com mais alguém, então haveria outras pessoas a par de tudo.

— Achei estranha essa viagem.

— Teve que sair às pressas quando soube do que aconteceu com o radialista.

Então era isso, tinha ficado com medo de ser envolvida no crime, porque era uma das pessoas que tinham interesse em silenciar Porrada. Não ligou para mim com receio de que tivessem grampeado meu telefone. Ela não confiava em Porrada e esperou que ele melhorasse. O programa não tinha feito nenhuma referência a ela, apenas reclamado da falta de segurança na cidade, cobrando mais policiamento.

— Por falar em Porrada, estive com ele, está agradecido pelo pagamento do hospital — eu disse.

— Vai ficar mais agradecido ainda, estou providenciando aquele patrocínio.

— Não é má pessoa — eu estava sendo sincero.

— Com a boca fechada nenhum radialista é má pessoa. — Jacinto ficou uns segundos em silêncio, refletindo sobre a própria frase. — Se tivesse morrido, seria difícil controlar o escândalo. Muitos inimigos ligariam o fato aos recados para Solange. Até saiu esta versão, mas ele próprio desmentiu.

Pedimos um café, agora eu saberia o que Jacinto e Solange desejavam de mim.

— Este assunto está praticamente resolvido. O outro é que ficou da mesma forma. Ninguém do partido tem como tratar disso, poderia ser uma cilada para acabar com a candidatura de Solange.

— Ela tem mesmo chance de ganhar?

— Eleição a gente ganha aos poucos. Ela vem ganhando, mas tem muita disputa pela frente, embora seja a candidata ideal.

— Ideal? — eu achava que eles viam nela uma capacidade administrativa ou política, uma mulher forte.

— A política funciona de acordo com a teoria do pêndulo, não sei se você me entende.

— Mais ou menos.

— O pêndulo descreve um arco de círculo, visitando alternadamente os dois extremos. Não há portanto evolução, apenas sucessões, tanto dentro quanto fora do partido.

— O atual prefeito está em qual lado?

— É um político antigo, que usou a carreira para fazer negócios, enriquecendo toda a família. Conhecido pelo estilo truculento, não tem piedade dos inimigos. Os filhos todos com casos na polícia, por uso de droga e baderna. Ele próprio é alcoólatra e coleciona várias aventuras amorosas, haveria umas fotos com um travesti num hotel de Brasília. Já nos ofereceram, mas recusamos qualquer conversa.

— Solange então seria o inverso — falei. — Não teve ainda nenhum cargo administrativo, por isso não há processos de improbidade contra ela. É uma mulher bonita, de vida social e afetiva discreta. Representa a orfandade que o povo sente. Todos perderam um filho, um pai ou uma mãe, e se identificam com ela.

— E não é só isso — Jacinto se empolgava com sua teoria —, estamos num partido novo, pequeno, mas sem passado de corrupção, e numa época em que todos os partidos estão envolvidos em algum escândalo.

— Além de vivermos um tempo essencialmente feminino. As mulheres ocupando cada vez mais espaços no mundo produtivo. E sempre haverá o seguinte raciocínio: se os homens não resistem à corrupção, uma mulher corajosa e persistente, que há anos procura seu filho, pode fazer uma política limpa.

— Solange ganha tranqüilamente. Temos apenas que protegê-la, fazer com que chegue à eleição sem maiores desgastes. Se esse filho falso for à tevê pode fazer um estrago.

— Como vocês sabem que é falso?

— Se fosse o filho, estaria do lado da mãe. Não ficaria sob a guarda desses chantagistas.

O raciocínio dele tinha certa lógica. Mas Solange estava em dúvida. Se fosse realmente Alexandre, ela renunciaria a tudo para ficar com ele. Ela queria acreditar nisso. Nós sempre estamos tentando acreditar em algo.

— Onde entro nessa tomada do poder?

Ele riu com uma expressão de superioridade no rosto.

— Não vamos tomar o poder, vamos conquistá-lo porque temos o melhor produto. É como no mercado. A melhor marca torna-se líder.

— Até a curva de declínio do produto, por excesso de exposição.

— É projeto para 12 anos, com reeleição e no mínimo mais um sucessor. Solange pode ser a primeira governadora do estado. Mas isso é apenas uma hipótese. No momento, temos que ganhar a convenção. Depois as eleições.

— Voltando à minha pergunta, o que devo fazer?

— Negociar com os chantagistas. O celular de Solange vai ficar com você. Foi pedido dela. Você tomará as decisões. Ela não quer mais conversar com eles, nem saber o que faremos. Você negocia, eu dou todo o suporte.

E me passou o telefone, um modelo feminino, que guardei no bolso da calça. Talvez eu fosse o último homem da cidade sem celular, não tinha nunca falado num aparelho desses.

— Nunca use o nome dela, pode estar grampeado. Faça tudo como se fosse outro negócio. E só ligue o aparelho em casa.

Eu ia perguntar como ligar o aparelho, mas ele tinha pedido a conta e estava pagando. Depois de receber a nota em nome do partido, fomos ao estacionamento. Pediu para eu esperar um pouco e voltou com o cabo para carregar a bateria do telefone.

— Eles logo vão entrar em contato, tente ganhar tempo.

E apertou minha mão na hora da despedida. Tinha havido uma transformação. Éramos agora comparsas.

Ao estacionar o carro na vaga de meu prédio, lembrei-me que trazia no porta-luvas a agenda do radialista. Abri o compartimento e a encontrei toda esfolada, com as folhas sujas. Era uma extensão do dono. Subi com ela ao apartamento, liguei o celular de Solange e fiquei na sala folheando as anotações de Luizinho. Não havia nada suspeito, ele quase não tinha compromissos marcados, mas fazia desenhos, anotações nas folhas, assinava o próprio nome. No mês de outubro, apareceu o nome de Solange escrito em caixa-alta, reforçado por vários riscos com caneta azul, provavelmente de uma esferográfica ordinária. Este tipo de anotação a gente faz enquanto está ao telefone, meio que para ocupar o corpo enquanto a mente trabalha. Devia ser o início das referências ao nome dela no programa, o que indicava que ele fora levado a isso por alguém. Tudo era suposição, uma tentativa de criar um enredo com os raros elementos. Eu tinha me tornado um romancista sem obra, escrevendo cegamente uma história que me era estranha.

Não li todas as anotações, confiando apenas na capacidade de me deparar com o que era importante. A intuição sempre me livrou da necessidade de um esforço exagerado. No final da agenda, onde havia espaços para os números telefônicos, percorri os nomes e não identifiquei nenhum que me dissesse algo; eram letras mortas. Fora da ordem alfabética, na última folha da agenda, encontrei o nome de Jacinto Paes, e o telefone dele. A tinta era recente. Eles tinham se falado um pouco antes de Porrada sofrer o atentado, concluí. A negociação do anúncio do programa já estava em curso, o que tirava Jacinto e Solange definitivamente da lista dos prováveis mentores da emboscada. Por isso ele dera depoimento inocentando a deputada. Porrada a sabia pronta para ajudar. A explicação de Jacinto se sustentava.

Por conta da ressaca e da grande quantidade de carne gorda, fiquei sonolento. Animal primitivo, meu organismo exigia um momento de hibernação. Poderia dormir no quarto, mas preferia deitar no sofá da sala, ao lado do telefone. Como em nenhuma outra época, vivia acampado no próprio apartamento, trocando os demais cômodos pela sala, onde não havia televisor. Este era um de meus orgulhos, não precisava ligar a tevê para enfrentar a solidão.

Fui ao quarto e trouxe um travesseiro, tirei a roupa, ficando apenas de cueca, e me deitei no sofá como se fosse o colchão de uma barraca de camping. Não pensava em nada, atento ao trabalho de digestão de meu organismo, que desmanchava a carne bovina num movimento de sucos gástricos. Era bom concentrar-se em um único órgão, permitindo que os demais descansassem. Fiquei sentindo o estômago até dormir pesado, sem nem mesmo sonhar. Um sono-morte. O melhor de todos, quando até nosso inconsciente foi suspenso.

O barulho vinha de longe, eu podia ver as ondas sonoras, como se fossem os círculos concêntricos que surgem na água depois de uma pedrada. Eu o identificava no escuro, faixas que se dilatavam até tudo clarear. Abri os olhos para o sol da tarde que entrava pela janela, batendo em meu rosto. Mas persistia o som, incógnito.

Sentei-me no sofá, ainda nessa região fronteiriça entre o sono e a vigília, esforçando-me para reconhecer a origem do barulho. Cheguei a olhar para a porta, era de lá que vinha o toque, enquanto eu dormia talvez tivesse acontecido algum transtorno no mundo. Estava tão acostumado ao toque da campainha, do interfone e do telefone que não entendi o chamado discreto do celular de Solange, deixado na mesa de centro. Quando o descobri, apressei-me a atender, mas já haviam desistido de completar a chamada. A pessoa que me ligou tinha ocultado o número.

Eu me endireitei no sofá e fiquei esperando nova ligação. O sol se pôs com a melancolia de sempre. Fui à cozinha tomar água, ainda incomodado com o excesso de carne no almoço. Não houve outra ligação, eu não tinha nada para fazer, então me acomodei novamente no sofá e passei a noite me virando, sem conseguir uma posição confortável. De tempos em tempos, erguia-me e procurava o telefone, que permanecia quieto.

Estranhamente, foi uma noite sem sono e sem os sintomas da insônia; não fiquei pensando em problemas, apenas olhava a luz do celular piscando, sinal de que ele estava vivo, disponível para quem quisesse falar com Solange. No outro dia bem cedo, fiz a barba e tomei um banho frio, deixando o telefone na pia do banheiro. Eu teria que viver em função dele, sem saber quando voltariam a ligar.

O telefone só tocou no meio da tarde. No segundo toque, apertei a tecla verde, aceitando a chamada.

— Atento, hein! — era Jacinto, reconheci sua voz.

— Foi você que ligou ontem à tarde?

— Não. Você viu o número?

— Não estava disponível.

— Vão ligar de novo.

— Difícil é saber quando.

— Terão pressa. Faz tempo que não conversam com Solange, e estão tendo que manter o menino em algum lugar.

— Você acha que o menino existe mesmo?

— Claro, eles terão que mostrar algo.

Depois de mais umas palavras, Jacinto desligou. Com as horas vazias, voltei a devassar a agenda do Porrada, sem conseguir nenhum dado importante. Eu sabia que um daqueles nomes poderia ser o autor da chantagem, alguém que fosse amigo do Porrada, que tivesse usado o radialista para pressionar Solange. Um telefone entre tantos. A maioria trazia apenas o primeiro nome ou o sobrenome, o que dificultava ainda mais minha tarefa. Guardei a agenda na estante e fiquei olhando para o telefone silencioso. Era realmente um número muito privativo.

Que só tocou na manhã seguinte, quando eu já estava quase desistindo. Atendi sem falar nada, olhando o número no visor do aparelho:

— É a deputada?

— Não, é alguém que agora fala por ela — houve um pequeno silêncio.

— Estamos cansados de esperar.

— Esperar o quê? — ele foi surpreendido pela pergunta que fiz em tom brusco.

— Ela sabe muito bem.

— Ela não sabe nada.

— Vamos mostrar o que ela vem escondendo — a voz era impessoal, uma fala arranjada para não revelar sotaque.

— Ela não esconde nada.

— Talvez uma foto pudesse ajudar.

— Quando posso ter a foto?

— Esta é uma área privativa.

— Quanto?

— Quarenta mil, em notas de 50, que não estejam em série.

Pelo que estávamos pagando ao Porrada, eu tinha certeza que Jacinto aprovaria aquele valor. E não se pechincha em casos como este. Quem estava pondo o preço sabia os custos de uma campanha para prefeito.

— Quando recebo a foto?

— Você não recebe nada. Apenas vê. Logo entramos em contato.

E o telefone foi desligado. Fiz as contas de quantos meses eu precisaria trabalhar para conseguir uma quantia daquela. Liguei do meu telefone para Jacinto. Narrei a negociação em termos vagos e ele disse que em menos de uma hora tudo estaria comigo. Nao discutiu o valor. Pediu apenas para não comentar com Solange.

Uma hora e dez minutos depois, marquei em meu relógio, o motorista de Solange foi anunciado pelo zelador. Ao abrir a porta, ele me entregou uma sacola com um embrulho de papel pardo. Nada mais discreto. Convidei-o para entrar, mas ele recusou, afastando-se depois de uma despedida seca. Será que sabia que aquilo era dinheiro? Se soubesse, devia ficar revoltado ao fazer a mesma comparação, os meses de trabalho para juntar aquela importância. Era assim que os métodos políticos iam espalhando desejos de corrupção. As pessoas viam tanto dinheiro ilegal que arquitetavam formas de pôr as mãos em parte dele.

Guardei a grana no armário da cozinha, que me pareceu o lugar mais adequado para uma sacola com o timbre de uma grande rede de supermercado. Preparei um lanche, pão integral com queijo branco, meio amargo pela longa estadia na geladeira, e tomei duas latas de cerveja.

Só no fim da tarde recebi um retorno.

— Estamos com a foto do menino. Feita hoje — ele disse.

Se alguém estivesse vigiando nossa ligação pensaria em um caso de prostituição infantil.

— Estou com a minha parte.

— Você vai nos encontrar sozinho na rua atrás do condomínio Verdes Vales, sabe onde fica?

Era um condomínio novo, num dos últimos bairros da cidade. Cheio de árvores, imenso e com poucas casas construídas. Uma rua asfaltada contornava parte do condomínio, terminando numa mata. Não havia nada ali além do condomínio. Eu já tinha passado por lá.

— Conheço.

— Com que carro você vai estar?

Disse a marca e a cor de meu carro.

— Chegue perto da meia-noite e não vá acompanhado.

A conversa acabou como sempre. Deviam estar ligando de um orelhão, pois eu ouvia barulhos. Telefonei para Jacinto, no celular dele. Fui breve e genérico.

— Tudo certo para hoje à noite.

— Ótimo. Veja se devemos ou não ficar preocupados com esse sósia.

— Amanhã digo algo.

Para Jacinto, não havia a menor dúvida de que esse Alexandre era um impostor. Jogar com esta certeza facilitava tudo. Se não houvesse semelhança, seria para ele a comprovação de que tudo não passava de uma farsa e ele arranjaria formas de resolver o assunto. Eu não sabia bem quais formas. Eu não sabia de nada, nem de Solange. Entrei nisso em nome de um reencontro amoroso e agora tinha que servir a um animal da política, com todos os instintos voltados para a eleição. Pior, um animal que dormia com Solange.

Meu telefone tocou novamente, era da casa de Solange.

— Alô?

— Querido, como vai?

— Você desapareceu.

— A gente precisa conversar.

— Não pode ser hoje porque tenho um compromisso.

— Amanhã, então — a voz era meiga. — Você aparece aqui em casa?

— Com ou sem minha escova de dentes?

— Sempre com ela.

Hoje seria uma noite de horror. Amanhã, de amor. Animei-me para fazer o reconhecimento de Alexandre.

Dirigi lentamente para o condomínio, pensando não no que ocorreria dentro de algumas horas, ansioso para que tudo acontecesse logo e eu pudesse me deitar com Solange.

O condomínio ficava em uma baixada, e tinha uma única rua de acesso, saindo de uma avenida com os extremos elevados, recortada por ruas de pouco movimento. De qualquer uma daquelas esquinas dava para acompanhar a chegada ou a saída de carros. Eles poderiam me vigiar. Era um lugar ótimo para uma negociação daquela natureza. Fui ao fim da rua e desci para ver se havia lâmpada no poste. No escuro total seria muito pior. A lâmpada estava no lugar.

Voltando para casa, passei numa lanchonete para comer um sanduíche. Quando cheguei em casa, já estava escurecendo. Seu José havia deixado a portaria, que ficava sozinha à noite. Estacionei o carro na frente do prédio e subi ao apartamento. Sentado no sofá, comecei a esperar.

Por mais de 20 minutos fiquei naquela rua deserta, olhando os besouros imensos que voavam em torno do poste, com zumbido de motor pesado. Depois de algum tempo, eles caíam — alguns, com as pequenas patas para o ar, e então se moviam num desespero que não me comovia. Não tinha aparecido nenhum carro, eu estava com a sacola de dinheiro sob o banco, as portas fechadas, o vidro um pouquinho aberto, sufocado naquela noite quente de verão. Não tinha medo, mesmo sabendo que eles viriam armados. Eu tinha o dinheiro, não havia ninguém comigo, estava no lugar e na hora certa.

O telefone de Solange tocou e vi que era um número diferente de todos os outros. Eu tinha feito uma lista com os números que chamaram meu telefone e o de Solange. Nenhum coincidia. Estavam ligando de orelhões diferentes. Atendi.

— Ficamos felizes por você ter feito tudo certinho.

— Mas vocês não cumpriram o combinado.

— Pura precaução.

— Não vão me mostrar a foto?

— Vamos, mas não hoje. Volte para casa e espere.

Fechei com força o telefone. Eu teria que aguardar mais uma noite para rever Solange. E tinha ficado como um idiota num lugar perigoso, sabendo que do alto da avenida eles me vigiavam. Poderiam nem ter a foto, talvez estivessem apenas atrás do dinheiro. Se fosse isso, eu ia entregar sem resistência, pois demonstrava que tudo era uma farsa.

Liguei o carro e voltei para casa, furando os sinais que piscavam, desativados, na noite sem movimento. Entrei na garagem do prédio, peguei a sacola de mercado e subi pelo elevador. Ao sair no meu andar, a luz do corredor não foi acionada. Isso acontecia quando havia problema no sensor ou quando queimava a lâmpada. Amanhã pediria ao porteiro que providenciasse o reparo. Ali moravam famílias e uma mulher idosa. Com as chaves na mão, eu tentava achar o buraco da fechadura. Quando ela se encaixou, senti alguém atrás de mim. Não tive tempo de me virar, o cano gelado de um revólver tocou minha nuca e recebi o comando para não acender a luz do apartamento. Entramos tateando trevas e percebi que havia mais uma pessoa. A cortina da sala continuava aberta, e da rua vinha uma pequena luminosidade que permitia distinguir os móveis. Fomos andando em silêncio. A outra pessoa fechou a porta, sem o menor ruído.

— Onde tem uma luminária?

— Na biblioteca — eu disse.

Fomos para lá, em passos lentos. Eu estava calmo, não havia nada a fazer. Não iam me matar. Talvez um tiro na perna, como advertência, usando um travesseiro na frente do cano para não fazer muito barulho. Eu não jogava bola, não corria em parque e não ia a piscinas e praias. Poderia me virar muito bem com um problema na perna. Pensava nessas possibilidades sem temor.

— Acenda a luminária e não olhe para trás, apenas para o foco de luz na mesa — a voz tinha um tom estranho, como se ele estivesse com algo na boca.

Apertei o botão da luminária preta que ficava sobre a mesa, produzindo o barulho característico dos interruptores. Era bom que isso estivesse acontecendo em casa, eu me sentia seguro em meu ambiente, mesmo tendo um revólver contra a cabeça. O invasor apertava o cano com força, para não deixar dúvida quanto às suas intenções. A luz criou uma clareira que revelava minha mesa, os livros nas estantes, a poltrona onde descansavam várias edições dos jornais. Pensei, amanhã cedo devo dar fim nesses jornais sem sequer folheá-los. Esses dias não existiram para mim. Eu me ausentara do mundo. Não queria saber das crises políticas e econômicas, dos óbitos, das entrevistas com os grandes escritores do momento. Tudo era falso, muito falso. Só existia meu mundo pequeno e sufocante, agora invadido.

— Coloque o dinheiro sob a luz e conte tudo, maço por maço.

Eles não tinham a foto. Era passar o dinheiro para eles e acabar com essa história sobre Alexandre. Ergui lentamente a sacola, tirei o pacote, desembrulhei-o, rompendo o barbante, e comecei a contar as cédulas. Entre as novas, havia algumas já meio sujas, o que indicava que não estavam em série e tinham sido retiradas de vários lugares e não apenas de um banco.

Ia separando os maços, até completar 40 montinhos de notas de 50. Quem segurava a arma contra minha cabeça tinha músculos fortes, pois eu fiz uma contagem demorada e ele não fraquejou a mão em nenhum momento. Poderia ficar mais uma hora com o revólver na mesma posição. Pelo cano, e pela lembrança dos tiros que o Porrada havia levado, imaginei que fosse um .38. Como eu me curvara para contar o dinheiro, fui endireitando a coluna lentamente, para que ele não imaginasse qualquer reação. Eu não falava nada, apenas obedecia aos comandos. Mas a ordem seguinte não foi para mim:

— Mostre a foto — quem empunhava o revólver disse para a outra pessoa.

Eu vi apenas uma mão pequena, com luva de motoqueiro, um braço fino coberto pela jaqueta de couro. Ela deixou uma foto sob a luz. E olhei demoradamente — a imagem correspondia à de Alexandre. Eram muito parecidos. O nariz e os lábios finos, a sobrancelha reta, o queixo com um furo. Mas sua expressão era de raiva. Este detalhe talvez tivesse importância.

— Abaixe — me disseram.

Verguei novamente o corpo e vi, na parte inferior direita, a data da foto. Não havia dúvida de que fora tirada naquele dia. Se era Alexandre ou se tinha sido retocada no computador eu nunca saberia.

— Como vou ter certeza?

— Pode confiar em nossa palavra. Alexandre odeia a mãe, tentou vários contatos com ela, mas os assessores barraram. Está disposto a estragar tudo.

Isso explicava a feição agressiva, mas eu não encontrava nos olhos dele a paz e a bondade que havia nos olhos do pai. Era muito parecido com Pedro, mas alguma coisa não tinha continuidade. Havia uma quebra, um distanciamento entre eles, embora fisicamente a semelhança fosse grande. Esta era apenas mais uma impressão, das muitas que sempre tive. Por exemplo, eu achava que a segunda pessoa, atrás de mim, era uma mulher. E uma mulher bonita. Eu sentia a presença sexual dela. Se eu entrasse em um restaurante meio vazio e tivesse uma sensação boa, podia olhar bem para os lados, procurar atrás de colunas ou esperar que saísse do banheiro uma jovem bonita. Era como um cão de caça, atento a todos os cheiros. As mulheres belas liberavam algo que transtornava meus sentidos e me deixava eriçado. Talvez por isso eu não tivesse sentido medo até agora, intuía que uma mulher me acompanhava. E que não queria meu mal, e que gostava de se sentir desejada por mim.

— Pegue o dinheiro — ele disse para a outra.

As duas mãos jogaram o dinheiro numa sacola de couro, guardando a foto no mesmo lugar. Eu gostaria de poder virar a cabeça e apreciar o rosto, mesmo que ele estivesse, e era quase certeza que estava, coberto por um desses gorros que os motoqueiros usam sob o capacete. Mas eu não queria contrariar a mão que segurava o revólver com tanta convicção. Era uma mão acostumada a armas.

Não tive tempo de pensar em mais nada, recebi uma coronhada na cabeça e só acordei na manhã seguinte, sentindo uma massa pegajosa que me ligava ao chão. O sol já entrava pela cortina da biblioteca, clareando tudo. A cabeça doía muito, e tive saudades da ressaca. Levantei, tocando o ferimento com a mão, e notando que meu cabelo estava emplastado de sangue. Sangue seco; o vazamento tinha estancado sozinho. No carpete, a mancha escura como uma poça de água turva. Fui ao telefone e liguei para Jacinto.

— Fiquei esperando sua ligação. Tentei falar com você, mas ninguém atendia. Deu tudo certo?

— Deu. A foto é de uma pessoa igual ao Alexandre — eu dizia as palavras fazendo caretas, cada uma saía despertando dores no cérebro.

— Merda. Não fale nada pra Solange.

— Jacinto, eles me feriram.

— Muito grave? — a voz era profissional, como se fosse um médico com seu paciente.

— Não sei.

— Consegue andar?

— Consigo, com muita dor.

— Onde foi?

— Na cabeça. Uma pancada feia.

— Pegue um táxi e vá à Santa Casa, diga que teve tontura, caiu e bateu a cabeça na quina da parede. Eu logo apareço lá.

Desligamos o telefone, procurei a chave do carro e desci para a garagem, segurando o ferimento e sentindo a camisa grudenta de sangue. Na Santa Casa, fui ao setor de emergência, entregando meu cartão do plano de saúde, e logo estava numa maca. Fizeram uma radiografia e, minutos depois, me encaminharam ao centro cirúrgico. Senti as pontadas da anestesia local em volta do ferimento, eram como pequenos beliscões. Foram várias, indicando o tamanho do corte. Alguém limpou minuciosamente o ferimento, esfregando uma escovinha na parte aberta, e depois senti a agulha costurando o couro cabeludo. Eu olhava para cima, para o conjunto de luzes, onde havia respingos de sangue, secos pela alta temperatura. E me deu uma vontade imensa de que a anestesia fosse geral e eu só acordasse no outro dia, em uma cama limpa, tendo alguém a meu lado.

Já no quarto, desci da maca e me deitei de bruços, dormindo até a hora da refeição. Eu me sentei e comi tudo, apesar da falta de sabor. Quando algo tenta nos destruir, nosso instinto de sobrevivência se aguça e buscamos tudo que possa nos salvar. Aquela comida me ajudaria a deixar o hospital.

— Pelo jeito, você já está bom — disse a enfermeira que veio pegar a bandeja.

Apenas ri e fiquei sentado na cama, vendo televisão. Não queria perder os sentidos. No meio da tarde, o médico apareceu, fez umas perguntas simples, que respondi com precisão. Ele testou meus reflexos, e também minha visão, fazendo-me acompanhar seus dedos em várias direções.

— Tudo normal, não afetou nada. Foi apenas externo — e saiu do quarto, depois de anotar algo no prontuário. Provavelmente o horário de sua visita, para cobrar a consulta.

Só no começo da noite Jacinto apareceu. Estava de terno e chegou alegre, querendo me animar.

— Então tentou enfrentar os bandidos?

— Não enfrento ninguém. Foi só a maneira de se retirarem com segurança.

Eu me lembrava apenas de ter ouvido um grito contido, a outra pessoa não devia estar esperando esse desfecho de uma negociação pacífica. Mas o agressor sabia fazer as coisas como elas devem ser feitas.

— Você ficou um careca simpático. Está parecendo jogador de futebol.

— Ainda bem que não estamos no inverno — tentei continuar a brincadeira.

— E a foto? Não seria uma montagem?

— Difícil. Ela me convenceu. Parece mesmo Alexandre. Vamos ter que contar para Solange.

— Deixe que eu faço isso.

— Ela sabe de meu acidente?

— Ainda não.

Na televisão, começava o jornal, olhei a tela na parede para acompanhar as notícias; foi o pretexto para Jacinto se despedir, falando para eu não tentar seduzir nenhuma enfermeira, os pontos poderiam abrir. Ao rir senti uma dor no corte, a anestesia tinha passado. Quando a enfermeira chegou com o jantar, comi tudo com gosto. Fazia muito tempo que eu não me alimentava duas vezes por dia e no horário certo. Embora não desejasse perder a consciência, logo estava dormindo.

Só acordei no outro dia, quando me serviram o café e uns comprimidos para dor. Fui ao banheiro e, ao abaixar a calça do pijama grosso e desbotado, vi que estava com o corpo branco, tinha perdido muito sangue. Lembrei-me de Lírian.

A campainha tocou e me arrastei até a porta. Reconheci o rosto redondo de seu José. Ele agora me fazia pequenos serviços, apanhando comida num restaurante das imediações. Continuava em meu regime de engorda. Abri a porta e recebi a marmita em uma sacola plástica, sem timbre nenhum. Seu José também trazia do mercado coisas que antes me eram indiferentes — iogurte, maçãs verdes, caixas de sucos de todos os tipos. Ele sempre me devolvia o troco, mas eu o recusava, era a sua mais que bem merecida paga. Quando você vive sozinho, deve se acostumar a comprar a dedicação das pessoas, para que elas se convençam de sua bondade. Ele me estendeu as notas e algumas moedas e repeti a frase de sempre:

— Fica com o senhor.

E seu José guardou o dinheiro no bolso da calça puída; não, não era uma das minhas. Eu tinha alguém que se preocupava comigo. Ainda não havia ligado para minha mãe, e nem faria isso. Não queria que ela desconfiasse de algo por minha voz anêmica. E nosso relacionamento era assim mesmo, a distância. Ela sabendo do filho esquivo. Eu, da mãe amorosa, que dedicava à casa seu afeto sem destino.

Seu José se tornara a pessoa mais próxima de mim. Quando voltei do hospital, dois dias depois do acidente, tendo antes feito exames complicados para ver se a queda não afetara o cérebro, ele me recebeu meio assustado — estava com a cabeça enfaixada e usava roupas que uma enfermeira comprara para mim. Uma camiseta amarela e um agasalho azul escuro, com um tênis prateado. Era outro homem. O porteiro correu para abrir a porta. Eu tinha deixado o carro na frente do prédio, estava dirigindo com dificuldade e não queria me arriscar a estacionar no meio de colunas de concreto e outros carros. Antes que ele me perguntasse, avisei que tinha tido uma tontura e uma queda. Mas estava bem.

Ele me acompanhou ao apartamento. Pedi que entrasse. Havia um cheiro forte no ar, cheiro de açougue que ficara muito tempo fechado. Na minha infância, os açougues possuíam portas gradeadas. Mesmo assim, era insuportável permanecer muito tempo nessas lojas de carnificina. Eu sentia o mesmo odor ancestral de sangue envelhecido no apartamento. Pedi para seu José entrar na biblioteca, pegar um estilete no pote de porcelana, junto com os inúmeros lápis, e cortar o carpete para depois jogar tudo fora. Fui para a cozinha enquanto ele fazia o serviço. Logo estava procurando um saco de lixo para dar um destino ao sangue coagulado.

— Foi uma pancada feia. Só não sei onde o senhor bateu a cabeça.

— Fui atingido pela estante de ferro quando tentei pegar um livro.

Ele não acreditou. Não havia livros espalhados pelo chão e eu não teria tido tempo de arrumar nada. Mas era uma versão, e todo mundo precisa apenas de uma versão, para que fique tranqüilo, sem se preocupar com a verdade. Ninguém, no fundo, quer a verdade. Ela é incompatível com nosso desejo de sossego e esperança. O consumo desenfreado era uma negação da verdade. Os entretenimentos também. Só a grande arte, principalmente a grande literatura, insistia em nos dar a verdade, para que sentíssemos a fragilidade de nossos projetos. A literatura estava fadada a ter uma vida cada vez mais clandestina.

— O senhor devia mandar fazer estantes de madeira.

— Assim que puder, vou tratar disso.

— Eu conheço um bom marceneiro. E ele nem cobra muito caro.

— Falo com o senhor.

Ele levou o saco de lixo para fora, agora meu sangue ia ajudar a empestear a lixeira, convivendo com papéis higiênicos sujos, restos de comida, preservativos e absorventes. Depois, ia juntar-se às sobras da cidade no aterro sanitário.

Eu não precisava daquele sangue. Peguei um vidro de água sanitária e joguei no piso exposto com a retirada do carpete. A mancha estava lá, jamais sairia, tingira fundo o cimento.

Abri todas as janelas e me deitei no sofá. Tinha decidido, sem nenhum motivo, que passaria a dormir apenas na sala. Era ali o meu lugar, longe da cama e dos livros, a poucos passos da porta e do único banheiro. Assim que tive fome, interfonei para o porteiro. Ele subiu, dei-lhe dinheiro e mandei que fosse ao restaurante e preparasse uma marmita generosa.

— Pense que está tirando comida para o senhor.

Ele riu, com uma alegria de quem já passou fome e sabe o valor do alimento. Eu nunca tinha passado fome, e queria ter aquele mesmo entusiasmo.

— O senhor já almoçou?

— Trago marmita de casa.

— Mas coma algo com o resto do dinheiro.

Eu sabia que ele não faria isso, guardaria tudo para substituir o forro da casa nas próximas férias, ou para trocar a tevê por uma maior. Mas isso era problema dele.

Quando veio, pela primeira vez, com a comida, experimentei os hábitos alimentares do país. Ele tinha colocado feijão por baixo, arroz, lingüiça, dois bifes acebolados, mandioca frita, uma única fatia de tomate e um ovo. Desde aquele dia variou pouco minha refeição, tanto no almoço quanto na janta. Algumas vezes apareciam uma bisteca de porco, uns pedaços de carne cozida, chuchu refogado no lugar do tomate. Era como se a mulher dele estivesse preparando duas marmitas em vez de uma. E cheguei a querer que isso fosse verdade, pois estaria realmente me alimentando com comida caseira.

Solange me contatou um dia depois da minha chegada.

— Eu tinha ligado para você. No celular e no seu telefone.

De fato, havia ligações dela. Mas eu não queria falar com ninguém, estava me recuperando, apenas comendo e dormindo, nem mesmo pensar eu pensava. Só olhava as paredes, o céu pela janela da sala, o chão e o teto. Provavelmente um efeito dos remédios.

— Estive visitando minha mãe — menti.

— Como ela está? Ainda se lembra de mim?

— Está bem, falamos muito em você. É sua eleitora.

— Mande um beijo para ela. Diga que assim que puder faço uma visita. Foi por causa dela que não apareceu aquela noite?

— Não, eu me machuquei — e contei a história da estante de aço.

— É grave?

— Não, mas acabei ficando uns dias com dona Ilza, para me recuperar com comida e carinho maternos.

Notei que Solange tinha ficado triste. Não por mim, devia estar pensando no filho, que ela não podia dar esses carinhos a ele.

— E a campanha?

— Vai indo. Eu queria saber se ligaram outras vezes.

Ela então não sabia de nada, Jacinto tinha motivos para não contar. Uma de suas funções era controlar Solange. Por isso dormia com ela. Vi uma aliança na mão dele. Talvez não quisesse essa vida amorosa com Solange, certamente sabia de meu envolvimento com ela e em nenhum momento mostrou ciúmes. Ele era a estabilidade de Solange. O pai-amante-gerente-conselheiro-tesoureiro. Qualquer coisa que eu dissesse poderia desestabilizá-la.

— Não ligaram, não. Acho que estavam blefando.

— Fico mais aliviada, talvez não passe mesmo de um trote. Alexandre está vivo, eu sinto, mas não vai chegar assim, como ameaça, vai voltar como um presente.

— É o que acho.

— Gostaria de ver você.

— Agora vai ser difícil. Estou preparando um trabalho para a universidade.

— Você não está em férias?

— Um ensaio para ascensão de nível. Vida de funcionário público. De dois em dois anos, um pulinho na carreira.

— Espero que esse trabalho não use saia.

Eu ri.

— As meninas hoje usam calça jeans. Principalmente as universitárias.

— Você deve conhecer bem esse universo — o tom indicava que alguém tinha informado Solange de meus casos. Não seria Jacinto nem Porrada. Não conseguia saber quem era esta terceira pessoa que tudo sabia, unindo os pontos. Tinha certeza de que se eu descobrisse seria fácil desembaraçar os fios desta história.

— Quando você terminar, me ligue.

— Ligarei correndo.

— E cuide-se com as estantes na hora que estiver fazendo amor.

Era melhor que ela pensasse assim. Não estava muito longe da verdade. Os fatos não tinham a ligação que ela dava, mas existiam. Nós nos despedimos como amigos.

Deitei no sofá e voltei à minha imobilidade, para gastar pouca energia. Fazia apenas uns alongamentos matinais, embora eu não soubesse direito se era manhã ou se estava acordando no meio tarde.

Seu José tinha me contado do arrombamento da portaria um dia antes de eu ter me machucado. Era melhor que ele não relacionasse meu ferimento à porta arrombada.

— Roubaram algo?

— Não que eu saiba. E já perguntei pra todo mundo. O senhor não deu falta de nada?

— Só de meus cabelos — e passei a mão no coco pelado, onde começava a nascer uma cabeleira áspera.

Ele riu da brincadeira e contou que o *ladrão* — escolheu a palavra que mais me agradaria — tinha arrebentado a fechadura e que o síndico agora decidira contratar um serviço de monitoramento.

— Talvez o ladrão tenha ficado com medo. Alguém deve ter chegado na hora.

— Pode ser, mas o bom é que ninguém foi assaltado. E agora com o monitoramento...

Fiquei uma semana recebendo cuidados do porteiro, comendo de sua comida e conversando sobre os seus assuntos. Ele me contou da vinda para a cidade, anos atrás, para dar escola aos filhos e arrumar trabalho, mas que ninguém tinha gosto para os estudos. E trabalho bom hoje só com diploma. Ele me via em casa a maior parte do dia e me julgava um grande privilegiado.

Em um domingo, quando o porteiro não trabalhava, tocou o interfone. Era Lírian na portaria. Destravei a porta para ela, abri o apartamento e me sentei no sofá. Desde a volta do hospital, não tomava banho nem trocava de roupa, ainda estava com aquelas peças compradas pela enfermeira.

Quando me viu, Lírian achou graça.

— Cara, o que fizeram com você? Foi a polícia que te prendeu por vadiagem?

— Mais ou menos.

Ela fechou a porta e se sentou na minha frente, com o rosto apoiado nas mãos.

— Você está parecendo um presidiário.

Contei a história da estante, ela foi ver o local onde estava faltando um pedaço de carpete e voltou convencida.

— Por que não atendeu minhas ligações?

Havia também ligações dela. Eu agora tinha três mulheres preocupadas comigo, contando minha mãe. Nunca um caso com universitárias tinha entrado no ano seguinte. Mais um sintoma das mudanças em minha vida.

— Até que você não fica mal com essas roupas — ela me disse, sem esperar que eu explicasse a razão de não ter dado retorno a ela.

Lírian não precisava de explicações, apenas vivia as coisas como se elas não tivessem mistério. Saía com o professor de literatura. Tinha alguns amigos de escola com quem talvez transasse. Podia ficar duas semanas viajando e não avisava ninguém. E voltava sem dar satisfações, acostumada a essa existência livre.

— Faz uma semana que não tomo banho.

— Caraca!

— Literalmente uma caraca, que quer dizer casca de ferida, craca, sujeira.

E ela riu.

— Já para o chuveiro — ordenou.

Eu me levantei, dando-lhe as costas, e ela viu o curativo na cabeça, malfeito, trocado uma vez por dia pelo porteiro.

— Você se machucou feio.

— Poderia trocar o curativo para mim?

Entrou no boxe, ligou o chuveiro e voltou, ajudando-me com a roupa e depois com o curativo. Eu já tinha tirado os pontos.

Meu corpo estava gorduroso e cheirava a suor e carne estragada. Mas Lírian não demonstrou repulsa, empurrou-me para a água quente e me ensaboou o corpo todo, detendo-se onde devia se deter, até que eu me aliviasse ali mesmo, em pé.

5.

Ele
Já penetrei neste jardim, minha irmã,
colhi as flores que o perfumam,
me fartei com favos de mel
e bebi meu vinho com leite.
Que os amantes façam o mesmo.
Vinde todos e comei e bebei.

Ela
Dormindo estava, mas o coração insone
ouviu a voz do amado falando forte:

Ele
Abre-me, amiga e irmã, ave sem pecado,
a minha cabeça está cheia de orvalho
e os cabelos gotas noturnas guardam.

Ela
Já me desfiz de meu vestido,
e não quero tornar a vesti-lo.

Meus pés, limpos e descalços,
não quero sujá-los no assoalho.

O amado meteu sua mão grossa
pela fresta de minha porta.
E, por amor a ele, e por medo,
minhas carnes estremeceram.

Então me levantei para abrir,
por amor a ele, por sua candura.
Minhas mãos recendiam a jasmim
e meus dedos liberaram perfume
no metal frio da fechadura.

Indecisa, abri ao meu amigo,
mas ele já tinha desaparecido,
ai, só abri o meu quarto
depois de ter ele se retirado.
Congelou-se minha alma
enquanto ele me falava.
Busquei-o pelas avenidas
mas dele ninguém sabia.

Achando-me, alguns guardas
despiram-me de meu manto,
me espancaram e me feriram,
penetrando em meu recanto.
Ó amigas, se virdes meu amado,
dizei a ele de meu estado,
que muito enferma estou
desta enfermidade que é o amor.

AS AMIGAS
Tem o teu amado algum secreto encanto
para valer mais que outros tantos?

ELA
Cândido é o meu amado,
cândido sem deixar de ser másculo.
Traz sempre empinado seu mastro,
que só a custo se queda domado
— mas mal vê minha vulva
ele de novo avulta.
Sua cabeça como o ouro reluz
e têm os seus cabelos crespos
o preto que no corvo seduz.
Os olhos são os das pombas
junto às correntes d'água,
duas cristalinas vidraças.
Sua face, canteiro de salsas,
colina de ervas aromáticas.
Recendem de seus lábios
os perfumes mais raros.
Seus braços, madeira de lei,
se convertem em meu leito,
e seu ventre é alva planície
onde em delírio me perco.
São suas pernas troncos eretos
e todo o seu parecer
tem a imponência dos cedros.
Entretanto, de falar mui suave,
guarda a delicadeza das aves.
Tal é meu amigo, meu amado,
de todos o mais desejável.

O cheiro de comida preparada em casa não me causou repugnância. Depois de ter fugido dos odores que demarcavam o território de um lar, ali estava eu, entregue a um prazer novo, o de morar num canteiro de aromas, uma mistura do azeite quente, cebola liberando perfume na fritura, alho amassado na tábua de carne e depois tostado na frigideira, macarrão fervendo em água temperada com azeite de oliva, pimenta-do-reino e cravos. O vapor levemente adocicado de tomates que ferviam, com noz-moscada e rodelas de alho-poró. E logo o cheiro da carne moída sendo refogada, tudo liberando um vapor odorífico, que eu reconhecia de meu posto.

Lírian fora ao mercado e voltara com ingredientes para a refeição.

— Você está precisando de comida de mulher.

Eu estava precisando era de uma mulher, mas como um homem poderia escolher entre tantas? Ela tinha pedido, depois do banho, para que eu usasse uma roupa limpa; vesti uma camisa solta e calças largas, sentando-me para esperar a comida.

— Quer ajuda?

— Fique exatamente onde você está.

Eu era o homem das cavernas, defumado pela comida feita numa fogueira precária, que impregnava as paredes de pedra com vapores, na hora apetitosos e depois nauseantes. Vivia ainda a primeira parte, a das delícias anunciadas.

Um pouco antes de terminar a macarronada à bolonhesa, eu tinha identificado cada um dos ingredientes, Lírian apareceu na sala, usando uma toalha de mesa xadrez amarrada na cintura; eu não tinha avental. Ela trazia outra toalha, e jogou em meu colo, pedindo que a segurasse. Esvaziou a mesa de centro, levando para a biblioteca o que tinha vindo de lá, depois passou um pano no tampo.

— Vamos brincar de piquenique? — perguntei.

— Não é má idéia.

Estendeu a toalha dobrada sobre a mesinha, foi ao quarto e voltou com dois travesseiros limpos, colocando um de cada lado, no chão. E começou a trazer pratos, talheres e copos. Por fim um vinho.

— Não sei se posso beber. Os medicamentos.

— O médico acaba de liberar.

Encheu nossos copos, ainda vergada sobre a mesa. Tomou um gole do seu copo e me estendeu o outro. Bebi sem receio. O vinho de sempre tinha outro buquê, talvez por ter se misturado com os odores que invadiram meu apartamento. E, quando ela voltou com a travessa de macarronada, já sem a toalha na cintura, e se sentou num dos travesseiros, eu primeiro me ajoelhei, brincando que ia agradecer a Deus, para logo me sentar diante de um prato que recebeu a massa suculenta, sobre a qual ela espalhou queijo parmesão.

E comemos uma comida merecida. E bebemos um vinho produzido em nossa vinícola. E nos beijamos com os lábios úmidos de molho. Era um almoço no campo, nas relvas frescas que crescem sob a copa de uma árvore. Havia paz naquela região montesina. E eu podia ver as ovelhas que pastavam ao longe. E comparava o corpo de Lírian ao das ovelhinhas.

— Por que você está me olhando?

— Não estou te olhando. Estou olhando as ovelhas que acabaram de ser tosquiadas.

— Você está citando um poema árcade? Com pastores e ovelhas?

As minhas aulas não tinham sido tão inócuas quanto eu imaginara.

— Não, mas poderia ser. Nós estamos — e olhei para a mesa posta — em um cenário árcade.

— E lá fora é a cidade moderna e poluída.

— Esta a grande mágica da literatura — e nos beijamos. — O distante no tempo e no espaço se torna próximo.

— Eu estava com saudade das suas aulas.

— Eu também.

— As suas aulas eram sempre muito estranhas. Você chegava sem ensaios escritos por grandes teóricos, como os professores de literatura, apenas umas anotações manuscritas em umas folhas. E ficava falando de autores e livros. Embora parecesse uma conversa, havia começo, meio e fim.

— Isso é um elogio ou uma crítica?

— Nenhuma das duas coisas, estou apenas recordando. Eu pensava que estudar literatura era ler sobre literatura, sobre cultura, tentar entender teóricos confusos.

— Que não escrevem literariamente.

— Exato. Os teóricos atrapalham a literatura ao tentar dar seriedade aos livros que comentam.

— Transformam tudo em sistema. Até a falta de sistema. E, pelo que você vê — eu corri os olhos pelo apartamento —, não sou nada sistemático.

— Não me interrompa. Agora é minha vez de dar uma aula sobre suas aulas. Já estou habilitada, eu me formei em dezembro, aliás sem sua presença.

— Comemoramos na cama, não se lembra?

— Já disse para ficar quieto.

— ...

— Você falava sobre coisas vivas. Os livros não eram cadáveres em formol, e sim pessoas, eu tinha a impressão de que estávamos falando de gente, como falávamos no bar sobre o vizinho do prédio que via televisão até de madrugada, não deixando ninguém dormir. A literatura como proximidade. Os outros professores ensinavam corretamente, mas a literatura para eles era distância.

— Eis a diferença entre amor e ciência.

— Perfeito — ela estava excitada com nossa conversa. — Quando você falava de um autor, era como se levasse o cara para a sala. Dava para sentir a presença dele. Era um contemporâneo nosso. Não havia diferença entre estar morto e estar vivo.

— Nada morre na verdadeira literatura — falseei o tom solene.

— E você sempre entrava acompanhado por algum grande escritor. Na sala, ninguém se referia a você como o Professor Carlos Eduardo Pessoa. Era sempre o Professor Pessoas. No plural.

— Mas nunca aprendi a usar transparência no retroprojetor ou ficar mexendo no multimídia.

— E isso era o que mais nos encantava. Você chegar apenas com umas folhinhas de papel, a tinta ainda fresca, você tinha preparado a aula para aquele dia. E empilhava no canto da mesa alguns livros, para colher trechos. Livros de literatura. Quase nunca livros sobre literatura.

— O bom professor de literatura é antes de tudo um carregador de livros — eu continuava falando no mesmo tom paródico.

— E o seu entusiasmo. Nunca uma aula como quem se livra de um tema. Sempre como quem quer alongar mais e mais, e aí passava do seu horário. E não era castigo, não era uma forma de se impor; era amor.

— Por que você não usou essa inteligência toda nas provas?

— Medo de não corresponder ao mestre. Timidez. E nunca precisei de nota.

— Para ver que não sou assim tão bom professor.

— Ninguém disse que você é bom professor. E acho que para ser bom professor é preciso não ser um bom professor. Não sei se você me compreende. Você é um mau professor, por isso é tão bom.

— Vou ter que aumentar suas notas.

— Não preciso mais delas.

— É agora que você mais vai precisar delas. Justamente por não precisar.

— Ah, então entrou no jogo. É isto. Você contrariava as expectativas. Todo mundo dava trabalhos que a gente não fazia ou que fazia de qualquer jeito. Você dava prova. Provinha como se fosse no primeiro ano do ensino médio.

— E vocês não estavam no primeiro ano do médio? — fiz uma cara de espanto.

— O outro elemento era esse. O humor. Você não queria ser levado a sério, não queria respeitabilidade. E brincava falando de grandes autores, como se eles fossem um velho conhecido nosso.

— Velhos quase todos são.

— E o Professor Pessoa não deixava a gente opinar, expressar uma opinião sobre o autor. A primeira pergunta que fazia para a gente era se já tínhamos lido o livro. Quase sempre não tínhamos. Então você continuava a aula, desprezando quem queria citar um teórico qualquer sem antes ter passado pela obra literária.

— Afinal, sou um professor de literatura.

— E a pontualidade. Por que exigir pontualidade? Não querer entra-e-sai da sala, não gostar que as pessoas se retirassem antes da conclusão da aula.

— Não era para que me respeitassem. Eu não mereço respeito. Era para que vocês se respeitassem. E respeitassem a literatura.

— E, quando terminava a aula, juntando o material, ainda se lembrava de coisas, e continuava expondo aos que ficavam, mas quase não conversava com ninguém fora da aula e dos momentos de orientação. Você não gosta de conversar, gosta de falar.

— Hoje, pelo jeito, os papéis se inverteram.

— E é exatamente isso que vim fazer aqui. Dizer que quero continuar os estudos e ser professora.

— Meus pêsames.

— Não encha o saco. Eu já estou sendo a professora, seguindo o seu método de falar e falar com o corpo aceso de paixão.

— De tesão.

— Tanto faz. E também dizer que eu amadureci quando fiquei longe de você.

— Deixa eu ver — e segurei em um de seus seios.

— Pô, vê se me deixa ao menos dizer o que ensaiei nesses últimos dias.

— Você esqueceu a folha com as anotações.

— Antes a gente saía, havia aquele entendimento de corpo. No fundo, eu achava que era apenas fascínio pelo professor divertido e apaixonado. Mas agora eu não sou mais sua aluna. E tenho tido vontade de ver você.

— Uma pós-graduação na cama? Acho que o MEC não vai reconhecer.

— Não, não vai. E eu nem gosto de fazer amor na cama.

— Serve este sofá? — e indiquei o sofá sobre o qual eu tinha jogado a rede que minha mãe trouxera do Nordeste.

— Você está entendendo tudo que eu estou querendo dizer?

— Claro, que você quer ser professora de literatura porque dormiu comigo várias vezes. Se fosse com o professor de lingüística, iria escolher essa área.

— Não seja grosso — e se levantou para tirar os pratos.

— Por que não diz as coisas de forma direta?

— Porque estamos falando de literatura.

— Estamos é fazendo literatura. Qualquer debate sobre literatura que não seja literatura será uma farsa.

— Minha impressão era a de que tínhamos a mesma idade — ela falava da cozinha, de onde vinha o cheiro de comida e agora de louça suja.

— Todos procuram esconder a verdade.

— Não era nisso que eu estava pensando — ela voltara para a sala e estava acendendo um cigarro. — Você fazia com que os autores tivessem a nossa idade. Era uma aproximação suave. Um encontro. As suas aulas eram encontros com os autores. Eles vinham até nós por você. Lecionar como um processo de rejuvenescimento. Mas a gente também pode querer envelhecer e ficar mais próximo de quem admira.

— Lírian. Em literatura a gente não admira. Quem admira tem uma relação superficial. Em literatura, a gente ama.

E ela então ficou em silêncio, pensando em todas as conseqüências daquele verbo.

Ainda arrumou um pouco a bagunça e prometeu comprar roupas para mim. E também um boné, para esconder o ferimento.

— Você está assim pálido porque não sai de casa, precisa tomar sol.

— Olha só quem está falando, a Deusa Branca.

E ela riu. Foi embora levando dois livros da biblioteca. Não me disse quais eram, e não tive curiosidade de verificar. A biblioteca sempre era desfalcada pelas alunas. Fazia parte de nosso contrato. O que me assustava na transformação de Lírian era que tudo aquilo poderia ser sério, ela estava mesmo disposta a lecionar. Aquele discurso sobre fazer psicologia tinha sido apenas uma provocação. Para que eu argumentasse, exigindo que desse continuidade aos estudos literários. Fiquei imaginando se lecionar da forma que eu lecionava não seria um ato de perversão, muito mais perigoso do que perverter corpos. Eu talvez estivesse criando mais seres frustrados, com dificuldade de relacionamento. E me veio um remorso. Devia me afastar das alunas e passar a usar mais os recursos didáticos.

Dormi bem na noite de domingo. A conversa com Lírian tinha feito com que eu me sentisse menos inútil. Eu servia ao menos para desencaminhar meninas sensíveis. Um professor do mal, por isso um bom professor, para seguir o raciocínio de Lírian.

Havia frutas novas. Descasquei uma maçã, uma pêra, uma banana e cortei tudo em uma tigela. Acrescentei iogurte e cereais, e fiquei na mesa da cozinha triturando aquele alimento. Nunca tinha feito isso antes, evitando os hábitos saudáveis. Viver é estar doente. E eu me sabia, na melhor das hipóteses, ferido de morte natural. Não tinha muita paciência em dilatar os dias além daqueles que estavam determinados por meus costumes sedentários. Mas a vontade de me recuperar e talvez a surpresa causada por Lírian tivessem me dado esse ímpeto para outro tipo de alimentação.

No meio da manhã, quando eu tentava retomar a leitura, as aulas logo começariam e eu tinha muita coisa para estudar, principalmente reler algumas obras fundamentais e preparar o ano, na esperança de que ao final do curso eu conquistasse amantes da boa literatura, Lírian apareceu com as roupas. Experimentei algumas, mas só depois de ter tomado banho.

Eu me lavei sozinho dessa vez, e fui rápido; ela aproveitou e fez novo curativo em minha cabeça, eu estava acabando de tomar os remédios e já sentia um pouco mais de ânimo. Era o fim da hibernação. As calças ficaram boas e nem barra eu faria, apenas dobraria a sobra para dentro, pois precisava de roupas com urgência — a expressão era de Lírian. Escolhi algumas camisas e fiquei com o boné.

— Você está parecendo um jóquei — ela falou.

Dobrou as roupas que eu não compraria enquanto eu assinava um cheque em branco. Disse que escolhesse algo para ela.

— Você depois me compra um livro que estou querendo.

E saiu com a sacola e um sorriso infantil.

Eu estava agora pronto para visitar Solange, que estranharia a metamorfose.

Liguei para o escritório dela e fiquei de passar às duas da tarde, quando ela estaria voltando de um almoço político —

tudo ganhava essa conotação no mundo de minha ex-namorada. Como tinha tempo, resolvi seguir o conselho de Lírian e passear pelo Centro. Tomei um táxi, evitando dirigir, desci na parte velha da cidade e fiz uma caminhada sem rumo, parando para ler as manchetes de crimes fixadas nas paredes das bancas, olhando um mímico que imitava as pessoas no calçadão, entrando em livrarias para saber quais autores estavam expostos nas melhores gôndolas. Caminhar com a única função de entrar em contato com a cidade e com o sol, extremamente forte neste fim de fevereiro. Num restaurante do Centro, pedi peixe grelhado, coisa que não comia havia muito tempo. Sempre me mantive longe do mar, mesmo dessa parte já totalmente afastada dele que era um filé de linguado que ficara dias no *freezer*. Talvez por isso eu tenha apreciado o prato. Comprei um chiclete e fiquei mascando enquanto percorria o comércio, estudando na vitrine objetos que não me despertavam o menor desejo. Eu estava apenas me acostumando comigo mesmo, com minha nova aparência, a de um homem careca, com uma cicatriz na cabeça, um boné de rapaz e roupas com olor de fábrica, usadas por pessoas no mínimo dez anos mais jovens do que eu.

Minutos antes das duas horas, peguei o táxi para o escritório. Eu quis marcar o encontro lá para sentir como estavam os preparativos da campanha.

O vigia me reconheceu depois de uns instantes de dúvida.

— Boa tarde, doutor. O senhor esteve desaparecido.

— Umas obrigações.

Ele nem me perguntou se passei o verão na praia, pois minha cor demonstrava que eu nem chegara perto do mar. Não precisei ser anunciado para a secretária, fui entrando na recepção. Ao me ver, ela sentiu medo. Isso não ficara estampado nos gestos, mas no fundo dos olhos. Estudou meu estado e minhas roupas e, sem ter o que falar, me desejou um feliz Ano-Novo.

Notei que suas mãos, pousadas sobre as pernas, eram delicadas. Fixei os olhos nas mãos, mas ela deve ter pensado que eu cobiçava suas pernas e abaixou um pouco a saia e apertou as coxas.

— O senhor quer falar com a deputada?

— Ela pediu para eu vir.

— Não tinha marcado na agenda. Vou avisá-la.

E saiu, deixando a porta da sala de Solange aberta e logo voltando para pedir que eu entrasse. Quando me aproximei dela, percebi que seu coração disparara. Embora estivesse com meu relógio, perguntei as horas. Ela ergueu rapidamente o pulso para ver o mostrador e disse que eram duas e pouco. Solange já estava ao meu lado e me estendeu o rosto para um beijo na boca.

— Ficou bem mais jovem — Solange disse.

— Vocês me dão licença — a secretária disse, puxando a porta.

Quando estávamos indo para o sofá, perguntei o nome da secretária:

— Cíntia. Por quê?

— Apenas para saber. Ela trabalha com você há muito tempo?

— Menos de um ano. Foi recomendada por um dos seguranças, que é namorado dela. Um aviso: suas chances de conquistá-la são pequenas. E qualquer investida pode ser perigosa, porque o cara é bastante forte. Foi por causa dela que você se vestiu assim?

— Foi por causa de você.

E tirei o boné, deixando que ela visse a ferida já praticamente cicatrizada, mas ainda assustadora.

— Nossa! Foi feio o acidente.

— Agora já não dói. O problema é que perdi muito sangue.

— Dá para ver.

E, sentados no sofá, o boné em minhas mãos, ela segurando minha perna num gesto de posse, um olhando para o outro, Solange me perguntou por que eu fugia dela?

— Quem fugiu primeiro foi você! E duas vezes.

— Estou totalmente tomada pelas disputas internas. Talvez saia um candidato de outra ala do partido.

Pelo bronzeado da pele, tinha sobrado tempo para muitas horas de sol. Ela havia apenas fugido, como disse Jacinto. Se já estava agindo assim antes de começarem as eleições, se fosse eleita não enfrentaria os problemas. Jacinto acabaria comandando tudo.

— Você teve mais alguma notícia deles?

— Notícias dolorosas. Eles fizeram contato, marcaram encontro para me mostrar uma foto. E posso dizer que o rapaz se parece muito com Alexandre. No final, eles me deram uma pancada na cabeça. Estas são as notícias.

Não tinha intenção de contar nada a Solange. Mas ela dissera que só confiava em mim, todos que estavam à sua volta eram suspeitos. Se não tinha força para enfrentar tudo que acontecia ao seu redor, era melhor que desistisse da candidatura.

— Meu Deus — ela murmurou depois do que contei. — E a foto, você trouxe?

— Não. Só me deixaram ver. Mas era muito parecido.

— É ele. Meu filho voltou mesmo — tinha os olhos úmidos.

— Não dá para ter tanta certeza. Pode ser alguém parecido. Ou uma montagem. Por que não entregaram a foto?

— Meu filho está bem?

Decidi dar minhas impressões reais. Solange estava anestesiada por um amor tão longamente cultivado. Não amaria homem nenhum enquanto não encontrasse o filho.

— No fundo dos olhos dele morava uma revolta muito grande.

— Os olhos eram verdes? — perguntou.

— Verdes e violentos.

— Deve ser ele.

— Não é ele, mesmo que seja ele. Aquele menino que você amamentou e para quem deu papinhas não existe mais. Seja quem for, não será nunca seu filho.

— Quando vou poder ver o Alexandre?

Não adiantava continuar a conversa. Era um monólogo, ela não ouviria mais nada, o mundo tinha sido suspenso. Só existia o filho pródigo. Devia estar pensando no banquete.

— Preciso falar para o Jacinto marcar o encontro com o Ale — e pela primeira vez ela se referiu ao filho pelo antigo apelido.

Uma das coisas que acontecem com quem ocupa postos de mando na vida pública é achar as soluções muito simples. Para a deputada, bastava falar com Jacinto que tudo estaria resolvido.

— Vou embora.

— Você deve estar junto na hora do reencontro.

Como Solange não estava mais ali, e sim numa dimensão imaginária, minha presença perdera o sentido. Tinha feito o que minha consciência mandava. Ou ela voltaria à realidade, retomando a campanha, ou talvez até fosse afastada do partido por completa incapacidade de inteirar-se dos acontecimentos. Eu me levantei e fui para a porta, ela me seguiu com um sorriso que contrastava com os olhos molhados.

Quando saímos, olhou para Cíntia e disse com voz embargada:

— O Alexandre apareceu.

Cíntia teve um estremecimento maior do que quando me viu. Mas, em uns segundos, saiu de sua escrivaninha e abraçou

Solange, dando os parabéns. Eu as deixei e fui para a rua, sem me despedir do segurança, um homem de meia-idade, corpo mirrado. Talvez por isso trabalhasse no turno do dia, quando as coisas eram mais tranqüilas. Logo adiante encontrei um táxi.

À tarde, Lírian apareceu e perguntei se dava para saber quem tinha ligado para o celular nos últimos meses, e lhe mostrei o aparelho. Ela primeiro perguntou de quem era. Como não respondi, disse que era fácil. Pegou o aparelho, apertou uns botões e me mostrou os números.

— Copie todos para mim.

— Todos?

Passei papel e caneta. Ela copiou as chamadas, eliminando as repetidas e aquelas feitas nos dias em que falei com meus agressores. Identifiquei a maioria, algumas eram do escritório de Solange. Cíntia tinha conhecimento deste número. Estavam ali os números de Solange, o que ficava com o motorista, do Jacinto e o meu. Havia algumas chamadas interurbanas, e essas foram descartadas, talvez pessoas que ela houvesse conhecido em suas viagens. Sobravam ainda dois telefones incógnitos, fora aqueles que tinham bloqueado o número.

Liguei na hora para eles. O primeiro caiu na caixa postal. Não deixei recado. Ao completar a outra ligação, uma voz de mulher atendeu.

— Oi, Solange.

— Não é a Solange, sou assessor dela — acabei assumindo o papel que Porrada me dera.

— Pois não, o que o senhor deseja? — mudou o tom de voz.

— Ela me perguntou se pode passar aí hoje.

— Mas hoje não é dia de análise. Ela está bem? — era a psicanalista de Solange, estava também fora de suspeita.

— Um pouco perturbada, mas agora descansa.

— Diga para ela vir depois das seis.

E nos despedimos. Fiquei em silêncio, pensando em quem poderia ser o dono do outro aparelho. Provavelmente algum caso de Solange. Este era mesmo um telefone muito particular.

— Pode me dizer o que está acontecendo? Você nunca teve celular. Está estranho, não fala mais de literatura, aliás, quase nem fala. Agora aparece com este telefone de mulher, pelo que entendi de sua conversa.

Pela primeira vez, Lírian demonstrava ciúme. Eu a abracei e a beijei.

— Estou metido em uma pequena confusão. Preciso devolver este telefone, mas devo saber quem são as pessoas que ligaram para ele. E falta uma.

— Procure na agenda do aparelho — ela disse, como a coisa mais natural do mundo.

— Então veja aí.

Em pouco tempo, ela mexia em uma área em que apareciam alguns nomes.

— Esta Solange tem poucos amigos. Menos de dez telefones salvos na memória.

— Como você sabe que o telefone é da Solange?

Ela me olhou com impaciência.

— Está escrito no visor — ela disse e eu ri.

— Veja aí de quem é este número.

Depois de apertar algumas teclas, ela falou:

— Fácil, mas enigmático. De alguém chamado Dó.

Poderia ser homem, Dorivaldo. Mas parecia mais apelido de mulher. Dora.

— Agora podemos nos divertir um pouco?

— Não tenho nada contra diversão.

Lírian pegou a bolsa, passou batom e deixamos o apartamento de mãos dadas, ela me amparando como se eu fosse um ancião.

PRIMEIRA

Ainda vestia a roupa de seus exercícios matinais, um conjunto de calça leve, de um material sintético, camiseta sem mangas, tênis cheio de detalhes. Embora quase sem cabelos, os que restaram estavam grudados, sinal de que vinha da academia. Eu tinha acabado de acordar e tentava começar o dia, parado na sala, fazendo meus olhos se acostumarem com a claridade. Os 40 anos e a pancada na cabeça tinham me dado uma lentidão maior. Quando o porteiro anunciou Jacinto Paes, eu disse para subir, mas fiquei sem saber exatamente quem era. Foi um esquecimento rápido, algo como você ver o asfalto soltando reflexos numa tarde quente e pensar, da janela de seu prédio, que está diante do mar.

Abri a porta ao amigo de Solange, vendo-o com a feição dos cachorros que correm atrás de algo atirado por seu dono e voltam alegremente cansados. Jacinto me disse um oi quase suspirado e foi entrando. Nem tinha fechado a porta e ele me perguntou se eu podia arrumar um copo de água. Fiz que sim com a cabeça, indicando com um gesto o sofá.

Voltei com um jarro de água gelada e um copo, deixados na mesa que tinha sido um cenário árcade. Jacinto tomou dois copos, fazendo muito barulho.

— Desculpe vir tão cedo, parece que você não é dos madrugadores — eu devia estar com cara de sono —, mas não havia outro horário disponível para mim e queria tratar desse assunto pessoalmente.

— Não pude esconder de Solange.

— Fez bem, muito bem. Para mim era difícil revelar a história da foto, pois sabia o que iria acontecer, o desequilíbrio que causaria nela, então eu jamais contaria, e ficaria sempre essa pendência. Agora, ela sabe de tudo e pronto.

— Já melhorou?

— O médico receitou calmantes e ela está em casa; para todos os efeitos, teve uma virose. Quando um médico não sabe o que o paciente tem, diz que é uma virose. Achei que era uma boa doença para Solange, não despertaria suspeita. Não posso dizer que ela teve uma crise nervosa. O eleitor acha que político não sofre com essas frescuras, tem que ser forte em todos os momentos.

— Não queria criar problemas.

No fundo desejava, sim, provocar uma crise, para que as coisas ficassem mais claras. Desorganizando as relações de Solange eu poderia estudar a reação de cada um e tentar encontrar a verdade. Eu estava querendo tirar Solange das disputas eleitorais, ela dava demonstrações de não estar muito confortável nesse papel, e talvez fosse essa ajuda que ela esperasse de mim.

Jacinto estava cordato, revelando sua profunda natureza política. Nada o afastaria do objetivo de fazer de Solange a próxima prefeita. As chances eram boas demais e ele não deixaria que uma crise nervosa comprometesse o projeto. Estava ali para mostrar que não só não ficara chateado como ainda precisava de mim, para me convencer de que eu era peça importante na eleição. Ele tinha que me dar um papel, intuí isso na hora.

— Quero que você continue cuidando dos chantagistas. Eles devem procurar contato em breve porque nesse negócio a pessoa vende a informação para quem paga mais, e há muita gente disposta a comprar um escândalo desses.

— Isso acabaria com Solange?

— Com certeza. A imprensa ampliaria tudo para inventar um enredo de novela mexicana.

— Bastaria um teste de DNA ou uma investigação.

— Eles iriam retardar esse recurso, e depois a imprensa não ia querer saber da verdade. Divulgar a verdade seria assumir a precipitação. Fica valendo sempre a versão mais escandalosa. E não sabemos quais detalhes eles podem adicionar. Muitas coisas sórdidas, com certeza. Cafajeste é o que não falta em tempos pré-eleitorais.

Ele colocou mais água no copo e bebeu um pequeno gole. Olhou o apartamento enquanto ficávamos em silêncio. O assunto principal procurava uma forma de se insinuar. Era como se algo estivesse girando no ar e, ao olhar para paredes, móveis e janelas, Jacinto o procurasse, tentando agarrá-lo.

— Você mora sozinho?

— Não dá para ver pela bagunça?

— Pergunto só para podermos conversar à vontade.

— Além de mim, deve haver um ou outro inseto. Nem mesmo uma planta. Ou um peixinho.

— Fico mais tranqüilo. Eu vim aqui propor uma parceria. Preciso de uma pessoa que fique sempre ao lado de Solange. Não posso fazer isso, tenho mulher e filhos.

— E os compromissos da campanha.

— Exatamente. Solange gosta de você, acho que poderia se mudar um tempo para a casa dela, seria uma proteção contra a gangue.

— Não há gangue. São apenas duas ou três pessoas.

— Como sabe?

— Sabendo.

— Isso não é resposta. Você está apenas fazendo uma suposição. Mas sejam duas ou dez...

— Se fossem dez, não iam pedir apenas 40 mil.

— Isso é só o começo. Estamos ainda no antepasto. Logo virá o prato principal e ainda vão exigir sobremesa.

— E há recursos para um banquete completo?

— Ainda não temos dinheiro. Mas o dinheiro vem conforme vão surgindo as necessidades. Os empresários sabem que ela veste como uma luva no atual momento político. E você será um dos dedos dessa luva.

— Espero que não seja o indicador — eu disse, fechando o punho direito, deixando apenas o indicador estendido, movimentando-o várias vezes, no gesto de puxar o gatilho.

— Você tem senso de humor — ele riu. — Não, não precisará matar ninguém. Em campanha há muita sujeira, não mortes. Lidamos com cafajestes, jamais com bandidos.

— Não é isso que a cicatriz na minha cabeça está dizendo.

— Foi um acidente. Se quisessem, teriam matado você. E também aquele radialista.

Jacinto tentava me cooptar, insinuando uma participação mais profissional. Ele estava querendo chegar justamente lá. Criei a oportunidade.

— Sou professor, logo começam as aulas.

— Sei disso, mas sei que você não precisa estar na universidade muito tempo. Ninguém cumpre as 40 horas de permanência. E poderá ter uma sala no escritório de Solange, para protegê-la.

— Protegê-la dela mesma.

— Também. Os seguranças cuidam dos intrusos. Mas há perigo mesmo entre gente próxima.

— Serei uma sombra.

— Um ombro amigo, eu diria. — Jacinto sabia que ela também precisava de conforto sexual.

— O que Solange acha disso tudo?

— Aprova. Chegou a se acalmar quando soube que eu pediria para você ficar com ela.

Fiz silêncio. Era tudo que eu queria, aproximar-me de novo de Solange, mas não como guarda-costas. Meu silêncio foi interpretado por Jacinto como um constrangimento em falar numa questão que, para ele, o tesoureiro, era fundamental.

— Logicamente, o partido pagará por esse serviço.

Olhei bem nos olhos de Jacinto e eles não mentiam. Ele queria mesmo me pagar, era sua forma de conquistar as pessoas. Ele entendia as relações humanas como uma operação de compra e venda. Algo prático. As pessoas todas em gôndolas de supermercados, umas mais caras, a maioria a preços acessíveis. Bastava usar o dinheiro e ir adicionando à cesta, até dispor de tudo de que precisava para preparar o banquete em que uns poucos se fartariam. A política se limitava com a culinária e talvez por isso a maioria dos espécimes dessa raça fosse ligeiramente gorda.

Ali estava o tesoureiro do partido escolhendo mais um ingrediente. Simples como fazer o mercado. O famoso mundo sem metafísica. O mundo dos que apenas comem chocolate, tal como no poema de Fernando Pessoa.

Continuei em silêncio, abaixando levemente os olhos, em sinal de concordância pudica. Se eu não aceitasse essa oferta ele passaria a me ver como alguém que queria mais. Uma questão apenas de acertar o preço. Jacinto conhecia os indivíduos, eles carregavam sempre bandeiras pessoais que nunca eram desfraldadas publicamente. Saiba o que um homem deseja e você o dominará. Esta a máxima que ia levá-lo a uma posição de comando.

Fiquei imaginando se eu dissesse que não queria dinheiro. Isso desmontaria a lógica dele? Enfim perceberia que há pessoas que não estão em gôndolas? Seria um choque, que talvez trouxesse dúvidas às suas certezas financeiras? Não, ele não entenderia assim. Apenas acharia que algum inimigo já tinha me comprado, e por um preço tão alto que eu julgava que ele não pudesse cobrir.

E eu passaria a fazer parte do outro lado, e isso explicaria a confusão que eu causara ao falar para Solange que o jovem podia ser mesmo o filho dela. E eu mereceria todas as ações punitivas destinadas aos inimigos.

Por isso fiquei em silêncio, deixando que ele me colocasse na sua planilha orçamentária, mais exatamente no campo das saídas, com um valor mensal definido. Ele já estava imaginando de onde viria o dinheiro e qual seria o impacto nas finanças da campanha. Eu era agora um deles. Fazia parte das despesas da eleição. E Jacinto estava pacificado com a negociação que, mais uma vez, confirmava sua maneira de ver as coisas. Tudo com um preço. O homem-mercadoria.

— Quando você visitará Solange?

Ele usou um verbo nobre, porque o negócio não podia ser explicitado. Tudo era tácito. Receberia pelo meu tempo, mas seria um aliado, tinha aderido a uma causa. Não estaria com Solange por mera obrigação, era um ato de generosidade, afeto e amor. Uma ação mercenária com uma aura romântica.

— Quando ela achar melhor — respondi.

Ele pediu meu telefone e ligou para Solange. Falou que eu estava querendo passar uns dias com ela. Quando eu poderia ir? A resposta foi tão rápida que entendi mesmo sem ter ouvido. Agora.

Algo me puxava para ela, mas ainda não sabia o que dizer a Lírian. Para ela seria apenas uma desilusão, o professor Pessoa, que falava em sinceridade, autenticidade e amor àqueles jovens em uma fase tão confusa da vida, que citava os poetas, fortalecendo sentimentos já tão doídos, que fazia amor com as meninas mais desprotegidas, dizendo que devemos colocar riquezas em nossos pensamentos e não nossos pensamentos em riquezas, citando sóror Inês de la Cruz, esse professor era um grande filho-da-puta. Quando surgiu uma posição melhor, ele a agarrou, largando tudo que sempre defendeu, escondendo-se na casa de uma mulher rica. Ele come a velha em troca de uma vida boa. Lírian pensaria isso, e o odiaria para o resto da vida, talvez voltasse à sua cidade natal. Mas ela era jovem, tinha os pais, os amigos, com quem passava algumas noites e viajava, seria mais uma desilusão literária do que amorosa.

O barulho do telefone sendo deposto me trouxe de volta à sala.

— Quanto antes — ele falou.

Jacinto e eu nos levantamos ao mesmo tempo. Ele era bem mais forte e não sei se confiava em minha capacidade de proteger Solange. Fui escolhido porque pertencia a outro momento da vida dela. Ele tinha ficado satisfeito com a aquisição, sem perceber que entre mim e Solange havia uma energia qualquer, algo que não passava pelo setor de finanças. Desde a infância nós nos pertencíamos, bem antes portanto de termos nos encontrado. Éramos um do outro, apesar da barreira que sempre existiu. No começo, a barreira chamava-se desconhecimento. Um não sabia que o outro existia. Depois, o noivado. Ela gostava de Pedro e de tudo que ele representava, e não quis pôr abaixo a barreira, permitindo que nos distanciássemos. A outra barreira foi o desaparecimento de Alexandre, ela não poderia se dedicar a mais ninguém enquanto o filho não fosse encontrado. E agora havia mais um obstáculo, sua candidatura. Não, dessa vez eu não me afastaria.

— Vou à noite, antes tenho que resolver umas coisas.

— Você sabe atirar?

— Nunca peguei em uma arma, apenas tive uma contra minha cabeça.

— Já é um começo. Amanhã um amigo meu vai procurar você para passar umas noções básicas.

— Será que é preciso?

— Solange tem arma, mas não sabe usar. A pessoa se chama Bóris.

Já próximo da porta, ele me olhou como quem se despede de algo que acabou de comprar, depois de o vendedor garantir que a mercadoria vai ser entregue mais tarde.

A mala aguardava ao lado do sofá, eu estava levando mais do que uma escova de dentes, embora minha ida para a casa de Solange fosse uma transferência do acampamento. Deixava a sala, onde passara a maior parte dos últimos dias, para ocupar outro lugar provisório. Eu estava me afastando de mim mesmo desde o reencontro com um passado que só podia ser vivido como paródia. Nos próximos dias teria que domesticar um ambiente que não era meu. Saía do meu exílio para acampar no meio do mundo hostil, sentindo ainda pontadas na cicatriz. Um movimento começava com um pequeno impulso e ia ganhando velocidade progressivamente, e já não tínhamos força para freá-lo, mesmo tendo sido o responsável pela energia inicial. Essa não era uma lei física, mas psicológica. Eu já não conseguia interromper o movimento, que atingia velocidade cada vez maior.

Sentado no sofá coberto com a rede, eu me perguntava por que minha mãe tinha trazido aquele presente, sabendo que não há lugar para pendurá-la no apartamento. Poderia ser apenas distração, mas poderia ser uma mensagem. Se minha mãe quisesse dizer com esse presente que eu vivia fora de meu ambiente, que não era este o meu mundo, e que na casa da minha infância havia ganchos vazios me aguardando, ela ficaria ainda mais intrigada com minha transferência para uma casa em que eu tinha vergonha de me olhar nos espelhos por não combinar com nada. Eu era como a rede, um objeto deslocado.

Pretendia voltar ao apartamento, mas juntei tudo que fosse perecível, não era muita coisa, e dei ao porteiro. Seu José agradeceu perguntando se eu iria viajar. Não, apenas descansaria na casa de minha mãe. Inventei isso para não despertar suspeitas quando voltasse ao apartamento para resolver algum problema.

Minha mala e eu aguardávamos escurecer para que nossa chegada ao novo endereço passasse um pouco despercebida. Eu tinha tido a intuição de que Lírian me telefonaria. Contaria a mesma história: uns meses na casa de minha mãe, ligaria sempre que desse, estava precisando recuperar a saúde e nada como a dedicação materna. Era a forma mais sutil de me afastar dela, evitando as acusações que o fim de casos amorosos suscita. Até o momento, as alunas simplesmente se esqueciam de mim, podiam me encontrar na rua ou num bar, fazer uma visita para uma tarde de sexo, nada no entanto que sugerisse continuação. Lírian havia prolongado o ano letivo e era minha obrigação interrompê-lo. Se não fosse agora, teria que ser daqui a um mês ou dois, quando começasse a namorar a aluna deste ano, caso me livrasse do encanto por Solange, tão forte, nestes meses, a ponto de me tirar de meu sossego de solteirão. Encarando dessa forma o fim do caso com Lírian, tudo ficaria mais fácil. Se ela não ligasse, eu teria que ligar, o que era sempre mais complicado, porque a iniciativa da conversa seria minha.

O barulho da chave na fechadura indicou que teríamos que tratar pessoalmente desse assunto. Lírian tinha levado as chaves do apartamento, para que pudesse acompanhar minha recuperação. Na hora, não tive coragem de negar-lhe isso. Ela estava entusiasmada com a conversa sobre literatura e amor, estimulada por minhas palavras plenas de sentidos velados, que não eram falsas, pois eu começava a gostar dela de uma forma que não havia gostado de mais ninguém depois de Solange, o único problema é que havia Solange, e eu não sabia ainda o meu lugar no meio disso que era a outra vida dela, embora aceitasse o lugar que me davam.

Não me virei para a porta que se abria, fixando-me na janela, com uma luminosidade melancólica de fim de tarde. Senti os dedos finos fechando meus olhos, e pedindo para eu adivinhar quem era, uma brincadeira que em outro momento teria sido suficiente para um jogo infantil de palavras.

— Não tem graça, Lírian.

Ela tirou bruscamente as mãos de meus olhos e vi que eram mãos pequenas. Ela poderia estar envolvida na agressão e na chantagem, e este interesse seria uma forma de me manter vigiado. Se uma das únicas pistas que eu tinha eram as mãos diminutas da mulher que acompanhava meu agressor, Lírian entrava para o grupo dos suspeitos, poderia estar atuando com um de seus namorados.

Olhei para trás e vi que ela se agachara do lado de fora da porta, que permanecia aberta, pegando duas bolsas grandes no chão. Eu não estava entendendo e menos entendi quando ela carregou as bolsas para meu quarto, voltando para a sala.

— Vou passar uns dias aqui, entregamos o apartamento e ainda não arrumei um lugar para ficar — ela então viu minha bolsa ao lado do sofá, descansando como um cachorro aos pés do dono.

— Você vai viajar?

E se sentou no outro sofá, meio assustada com essa possibilidade.

— Vou passar uns dias na casa de minha mãe, ela não está muito bem de saúde e, como você sabe, sou filho único.

— Você nunca me falou de sua mãe. Nem de seu pai. Nem sabia que tinha parentes.

— Uma hora eles aparecem para incomodar.

— É uma indireta? Posso achar outro lugar. Escolhi sua casa por causa de nossa conversa. Não pense que não tenho para onde ir.

— Eu estava falando de minha família.

— E eu, sou o quê? Uma estranha? Uma acompanhante que você encomenda por telefone?

— Lírian, esta conversa não tem sentido.

Eu tinha um tom resignado de voz, não queria perder Lírian, muito menos dar explicações de meus atos. Estava morando sozinho havia tempo demais para me acostumar a dizer aonde ia, com quem ia e quando voltaria. Sempre ouvi falar das vantagens de constituir uma família, mas os primeiros lances deste jogo já estavam me irritando.

— Achei que você *precisasse* de mim.

— Por que não usar os verbos certos? Não sou tão velho para precisar de alguém. Quem sabe daqui a uns 20 anos.

— Então tá, achei que você gostasse de mim.

— E gosto.

— Que gostasse muito.

— Gosto muitíssimo.

— Então por que está me evitando?

— Estou preocupado com o estado de saúde de minha mãe.

Ela se desarmou e sentou-se junto a mim, fazendo-me carinho. A palavra mãe era passaporte para todos os sentimentalismos. Alguém odiaria a mãe de Hitler? Provavelmente sentiria dó dela, por ter tido um filho que lhe trouxe tanto desgosto. Essa palavra mágica servia para tudo. Era a senha das relações humanas. O personagem de *O estrangeiro*, de Camus, foi condenado, entre outros motivos, por não ter chorado no enterro da mãe.

Afagando meu rosto bem-barbeado, que aguardava o contato com a pele de Solange, Lírian perguntou:

— O caso dela é complicado?

— Precisa de alguém ao lado, não pode fazer as coisas mais elementares. Ir ao banheiro, assoar o nariz.

— Uma enfermeira. Já pensou nisso?

— Havia uma, mas ela se demitiu. Vou ficar lá até arrumar uma pessoa de confiança.

— Eu poderia ajudar.

— Melhor não, você tem o curso de especialização. E as leituras. Ficarei muito feliz com você passando uns tempos aqui em casa. Eu sempre estarei vindo para cá.

Só precisaria mudar o número do telefone, faria isso amanhã cedo. Não queria que ela descobrisse meu paradeiro por alguma chamada telefônica nem que sofresse ameaças.

— Não vou incomodar mesmo?

— A lua não incomoda a escuridão.

Recebi um beijo que me fez bem. Raramente eu me sentia confortável no mundo. Numa tarde de chuva, saindo de minha dentista, que tratava de meus dentes desde a juventude, olhei o céu escurecendo, um lilás agressivo, as casas úmidas eram argila molhada, o barro bíblico sob os rebocos. Eu estava com a boca amortecida, tinha a chave do carro na mão, a rua vazia e acolhedora, e então senti que a vida inteira se justificava somente por aquele instante que durou breves segundos. Quando liguei o motor do carro e o coloquei em movimento, não havia mais a doce tranqüilidade. Mas fui habitado por aquela alegria durante mais de uma semana. Eu estava agora sentindo a mesma coisa. O velho apartamento, o barulho da rua que me chegava pela janela, o sol que se retirava para aconchegar outras pessoas, tudo tão igual, mas Lírian me beijara; era como ter a boca amortecida pela anestesia.

— Você disse que eu não tinha coragem de falar certas palavras?

— Não sei se foi bem isso.

— Não importa. Criei coragem para dizer as palavrinhas tão banais, tão repetidas e tão difíceis.

— Não precisa dizer agora. Pense muito bem antes de iludir um velho.

— Eu *quero* você — e soltou uma gargalhada.

— Parece um estrangeiro aprendendo uma língua nova. As palavras estão no lugar certo, mas não dizem o que querem dizer.

— De que país eu vim?

— Da juventude. E está aprendendo a usar nosso idioma. Aprender uma língua é como se apaixonar. A gente vai errando as palavras até descobrir o lugar delas.

— Tudo é paixão. A literatura é paixão. A culinária é paixão. A guerra é paixão. A alta do dólar é paixão. Essa a sua teoria?

— Não, tudo deveria ser paixão; infelizmente, na maioria das vezes, literatura, culinária, guerra e alta do dólar são rotinas.

— E quando elas deixam de ser rotina?

— Quando acontece o inusitado.

— Assim? — perguntou Lírian, sacando de seu corpo o vestido leve.

Quando, duas horas depois, o corpo refrescado pelo banho, fui embora, despedindo-me dela na porta, como o marido se despede da esposa para viajar, uma experiência que eu nunca tinha tido, ela me beijou reforçando a sensação de pertencimento. Eu estava de bem com este mundo, este corpo, esta cidade.

Ficou na porta, enquanto eu esperava o elevador. Ele demorou para chegar, entrei, deixei a bolsa no chão e apertei o botão da garagem. As portas estavam se fechando, como guilhotinas lerdas, e pude mais ver do que ouvir, tão baixa era sua voz, Lírian dizendo:

— Amo você.

A porta se fechou suavemente.

6.

AS AMIGAS
Para onde foi o teu amado amigo,
ó mais formosa entre as mulheres?
Estejam os passos dele onde estiverem
nós os campearemos contigo.

ELA
Meu amado foi ao jardim,
ao canteiro de bálsamos feridos,
para se alimentar do que dá em mim,
para colher-me todos os lírios.
Estou inteira em meu amado
e meu amado em mim está contido:
ele se alimenta de meus lírios.

ELE
Formosa és, amiga minha, formosíssima,
a mais aprazível entre todas as fêmeas,
formidável exército com bandeiras.
E ver teus cabelos é ver ovelhas

pastando em região montesina.
Reluzem tanto os teus dentes
quanto as ovelhas que, deixando
o lavadouro, depois da tosquia,
abandonada ali a lã tenra,
tornam-se gêmeas idênticas.
E tuas faces são romãs rosadas
emolduradas por longa franja.

Sem conta são as rainhas
que meu reino dividem
com as concubinas.
Posso, meu bem, dispor ainda
de virgens em largas quantias,
mas apenas uma me fascina,
único fruto de um ventre materno
que por ser assim única
é a quem me entrego.
A ela todos chamarão de bem-amada
— rainhas e concubinas serão quase nada.

Quem é esta mais fresca que o alvorecer,
formosa como a lua crescente,
formidável exército com bandeiras
e como um sol sempre acesa?
Desci ao jardim profundo
para colher novos frutos,
tudo estava tão úmido.

Ela

Antes de me dar por mim, e sem fôlego,
minha alma arredia me pôs em fuga,
ainda ouvi os clamores do povo:

— Volta, Sulamita, te queremos por perto.

Por que olham para mim do mesmo modo
que se contempla um fero exército?

E a porta se abriu antes que eu me aproximasse. Solange estava com os olhos vermelhos, não sei se de tanto dormir ou se de chorar.

— Que bom que você veio.

Ela deu dois passos bruscos e parou; aproximei-me para receber seu corpo. Nada tinha da mulher que aparecia em público. E isso, ao invés de revelar fragilidade, era ainda sinal de seu caráter forte. Numa entrevista em um programa de tevê de grande audiência, quando candidata a deputada, o jornalista perguntou se a vida legislativa não atrapalharia sua vida afetiva. A resposta de Solange veio com palavras firmes:

— Se eu fosse homem você não faria esta pergunta.

Vi que ela ganharia as eleições, não seria constrangida por ninguém. Muitas mulheres devem ter se identificado com ela e passado a usar aquela frase como forma de ampliar o espaço na vida doméstica e no serviço. Mais do que uma mãe procurando seu filho, ela era uma mulher falando no mesmo tom dos homens. Uma frase dessas valia por um programa político. E tinha surgido numa entrevista ao vivo para rebater um repórter machista.

Esta mesma mulher estava chorando em meu ombro, tinha um corpo frágil, mais osso do que gordura. Era como segurar na concha das mãos um pardal ferido, sem querer machucá-lo. E eu sabia da força que morava sob aquele corpo, temporariamente vencido.

— Vamos entrar — falei.

Ela me acompanhou e fechei a porta como se a casa fosse minha. Abraçados, fomos até o sofá e, antes de nos sentarmos, desliguei as lâmpadas. Ficamos no escuro, apenas os corpos comunicando-se pelo calor. Aos poucos, comecei a divisar o contorno dos móveis e dos quadros, as portas, a mancha mais clara do tapete. Só não conseguia vencer a falência das palavras.

Eu tinha dois amores e não sabia qual deles era o do presente e qual o do passado. Solange e Lírian pertenciam a um único tempo, mas cada uma à sua maneira. Uma era o corpo juvenil pelo qual me apaixonei, a sintonia literária e a forma inteligente e ousada de agir. Era o próprio passado redivivo. A outra era a memória deste tempo; já não tinha nem o corpo nem o entusiasmo de outrora, mas me comunicava uma energia daquela outra época. As duas traziam algo de falso na oferta de outra temporalidade. De falso e de verdadeiro. Amar as duas ao mesmo tempo criava uma sensação de possuir a mesma mulher em épocas distintas, como se eu vivesse no passado e no presente. Não eram dois amores, apenas um amor, mas em dois corpos distintos, e o que era pior, em dois mundos distintos. Eu fazia da passagem de um corpo para o outro, do corpo jovem ao maduro, do maduro ao jovem, viagens de ida e volta; difícil era entrar nos dois mundos sem de fato pertencer a nenhum deles. Minha condição estrangeira só piorava.

— Ele pode estar vivo — e enfim se fez o verbo.

— Não pense nisso agora. Os filhos sempre acham o caminho de casa.

— Esta não é a casa dele.

Eu sabia qual era a casa dele e quem o esperava, mas não falaria de minha visita a Pedro.

— Vou ficar ao seu lado até tudo se resolver.

— Não sei como agradecer.

Ela desconfiaria que eu estava ali como um secretário particular? É bem provável que intuísse isso, pois seu mundo, a casa e os apoios políticos, tudo era obtido por negociações. E agora estavam lhe oferecendo a volta do filho por um preço alto.

— O que diz sua intuição? Pode ser mesmo ele? — ela perguntou.

— É difícil saber. O tempo trará a resposta.

— Até agora, tem trazido apenas dúvidas.

E se encostou em mim. Ali estávamos, mais uma vez, na borda do abismo de nosso desejo. Não passaríamos da área de segurança. Ficamos quietos por mais de uma hora, até Solange dizer onde ficava meu quarto, que guardasse minhas coisas. Eu tinha dormido em sua cama e não conhecia os outros cômodos da área íntima de sua casa. Ela me mostrou os três quartos de visita, perguntando em qual deles eu queria ficar. Escolhi o mais distante, para não forçar nada. Ela não se opôs. Juntos, guardamos minhas minguadas coisas no armário. Deixei a *nécessaire* no banheiro.

— Enfim, a escova — ela falou, ameaçando o primeiro sorriso.

Foi nesse instante que recebi seu beijo, um beijo de boa-noite. Ela seguiu lentamente para o quarto, deixando-me neste território hostil, porque organizado demais, com móveis e objetos em uma sintonia tão profunda que tudo se revelava falso. A vida é sempre dissonância. A decoração deste quarto nunca habitado, em que cada coisa estava no seu lugar, só aumentava meu desconforto.

Solange não preparara um quarto com as coisas de Alexandre. Não havia nada neste ou nos outros cômodos que criasse um lugar para o filho. A casa não era dela, não tinha nascido de um gosto pessoal, da coleção de objetos e de móveis adquiridos ao longo dos anos. Recebera uma casa projetada por algum arquiteto, onde ela estava também acampada. Era como se não tivesse um lugar seu, como se a casa fosse hotel, roupa alugada, carro emprestado.

Nas primeiras noites que passamos juntos, eu estava atento demais a seu corpo para pensar em tais coisas, mas agora, diante de uma insônia que se anunciava por eu não encontrar uma posição na cama, tinha tempo para todas as suposições.

De madrugada, meio dormindo e meio acordado, ouvi o canto de um galo, tão improvável que só podia ser sonho.

No café-da-manhã, ela estava melhor, tinha vestido uma roupa social para ir ao escritório. Pelo acerto com Jacinto, eu deveria acompanhá-la. À noite, os fantasmas atormentavam Solange, colocando-a naquele estado de insegurança, mas o sol e os remédios lhe devolviam o entusiasmo.

— Pedi para preparar um café reforçado, ontem nem jantamos.

Eu me sentei, sabendo que teria que voltar ao quarto e vestir meu terno antes de sair. A mesa era farta e logo a empregada me serviu café. Ela também tinha as mãos pequenas. Era uma jovem de pouco menos de 30 anos, com uma beleza meio rústica, um pequeno defeito na boca — quando ela falava, um lado ficava torto, por conta de algum músculo atrofiado ou rompido na infância. Numa loira com uniforme azul-escuro, em contraste com os olhos azul-claros, este defeito era um detalhe delicioso.

— Ângela é ótima cozinheira, você vai ver — a observação de Solange tinha um sentido velado, ela percebera meu fascínio pela jovem.

— É do interior?

— De onde mesmo você é, Ângela? — a pergunta tinha algo de ofensivo, como se a patroa nada soubesse da outra.

— Daqui mesmo, dona Solange.

E ela se retirou para a cozinha, revelando uma bunda formosa sob a saia sem charme. Tomamos café conversando sobre coisas profissionais. Fiquei sabendo dos compromissos do dia, quem ela iria receber, com quem almoçaríamos, a que hora teríamos que estar na inauguração de uma creche de bairro e mais uma grande quantidade de obrigações.

— Já estou em campanha, mas não posso revelar. Por que você está com um sorriso?

— Estava pensando que, na faculdade, eu era o politizado e você a alienada.

— Agora você vai se politizar.

— Fazer campanha é ser politizado?

— Não, ser politizado é vencer uma campanha — e ela riu.

Eu me levantei ao mesmo tempo que ela, embora ainda houvesse um pouco de café em minha xícara. E fomos cada um ao seu quarto. Voltei antes, dentes escovados, com meu único terno e o celular de Solange no bolso. Eis minha função. Carregar e atender o telefone. A que me obrigas, amor.

O motorista nos recebeu com as portas abertas. Uma das características desse tipo de funcionário é não ver nada, não pensar nada, não insinuar nada. Tudo fazem com a maior naturalidade. Se aparecesse um ET ao lado da patroa, ele abriria a porta sem espanto. É claro que, na vida íntima, os comentários deveriam ser os mais cáusticos para dar vazão a tanta subserviência. Para a mulher, ele talvez diga que a deputada está saindo com um pobretão. Solange não se importaria com esses comentários, eu me lembrava dela entrando no hotelzinho de programa sem nenhum constrangimento, firme como uma dama conduzida pelo marido ao Copacabana Palace.

Ela então me disse, quando o carro estava em movimento, que não queria mais notícias daquelas pessoas, que eu tomasse todas as decisões, só queria saber se ele era ou não o anunciado. Daqui para a frente, eu teria que me acostumar a uma linguagem sem nomes reais e intenções claras.

No escritório, ela foi para a sua sala, e Cíntia me recebeu com um sorriso nunca antes tão amistoso, indicando-me um pequeno escritório perto da copa. Havia uma janelinha quadrada, a mesa e apenas a minha cadeira.

— O senhor poderá receber visitas na sala de reunião. Este lugar é provisório — ela me disse, talvez por conta de alguma reação em meu rosto.

— Não se preocupe, provisório sou eu. Só vou desenvolver um projeto.

Sentei em minha cadeira, ela me ensinou a usar o aparelho de telefone, dizendo que ali era a sala que os seguranças usavam quando tinham que ficar no escritório, mas havia a guarita e o vestiário no fundo do quintal. Agora, com a cabeça raspada, e usando terno, eu parecia mesmo um guarda-costas.

— Logo instalamos um computador.

— Não precisa, assim está bom.

Liguei para a companhia telefônica logo que Cíntia saiu, fornecendo meus dados pessoais e pedindo a mudança do número do telefone do apartamento. Depois liguei para Lírian, e avisei da alteração. Ela quis saber o motivo.

— Um número que seja nosso — eu estava mentindo e dizendo a verdade.

— Isso é melhor do que receber flores — ela disse.

Desligamos depois de trocar umas poucas palavras, ela dizendo que sairia à procura de emprego na parte da tarde. Telefonei para uma floricultura, encomendei flores e ditei o texto para o cartão: "Ei-las", explicando à vendedora como se escrevia, para não esquecer do hífen, e mandei entregar no meu próprio apartamento.

Quando o doutor Jacinto chegou, congratulando-me pela ressurreição de Solange, eu estudava os números e os horários das ligações dos chantagistas. Tinha aprendido a usar o celular e aguardava nova chamada.

— Eles não ligaram para o escritório? — perguntei.

— Nenhuma notícia. Mas logo ligam. Solange começa um período de exposição em vários eventos, isso vai ser um chamariz. Antecipei a agenda para pressionar o partido e também para atrair o bando e acabar logo com eles.

— Não é um bando.

Ele riu.

— Transforme intuição em provas. O Bóris vai procurar você hoje, na parte da tarde. Saio com Solange e você faz suas aulas. Pelo menos com revólver de espoleta você já deu uns tiros.

— E também em parque de diversão.

— Não tem diferença. O que muda é que do outro lado a pessoa cai de verdade.

Nossa conversa tinha um tom alegre, como se fôssemos velhos amigos. Ele saiu e fiquei sem ter o que fazer, esperando o telefonema do instrutor de tiro. Em poucos dias as aulas na universidade começariam. Queria resolver isso quanto antes e voltar para casa, já estava começando a pensar em meu apartamento como a casa de Lírian. Era como se eu não tivesse mais um lugar meu.

O carro parou numa porteira de fazenda, a alguns quilômetros da cidade, onde chácaras com mourões pintados de branco e piquetes para cavalos tomavam conta da paisagem. Ele abriu a porteira, levou o carro à parte interna, fechou a porteira e seguimos por uma trilha, aos solavancos, até parar numa casinha sem reboco, mas pintada como os palanques. Da casa saiu um homem de barba rala e sem camisa, apenas de bermuda e chinelas gastas, as correias com cores diferentes. No interior da casa, visto pela janela, algumas pessoas se moviam. O carro parou bem na frente do homem.

— Está com a chave?

— Vou pegar.

Fiquei em silêncio, não tinha gostado nem do lugar nem da companhia. Era longe demais para ser um local de lazer. O caseiro voltou com uma chave de cadeado e recebi um sinal para sair do carro. Sem me cumprimentar, o caseiro seguiu na frente. Tínhamos que subir uma elevação. As primeiras paredes apareceram ao chegarmos ao topo. Eram construídas com o mesmo relaxo, tudo tosco, e pareciam baias, mas com a frente aberta. Quando estávamos descendo rumo a um pequeno barracão no fim do que era um caminho, vi tambores em vários pontos e o fundo das paredes com sinais de bala.

Ele abriu a porta do barracão e fez novo sinal, para que eu entrasse primeiro. Estava escuro no corredor, mas logo saímos num salão, onde havia uma mesa de tábuas brutas, bancos do mesmo material e uma cadeira de balanço antiga, pintada de azul.

— É ali que gosto de ficar — ele disse.

Sobre a mesa colocou a bolsa de plástico, que parecia a caixa de uma furadeira manual. Dela tirou um Taurus .38, preto e de cano longo. Ao lado havia duas caixas de bala.

— Ali fora — ordenou.

Saí por uma porta que ficava trancada apenas com uma barra de ferro, eu mesmo tirei a trava, enquanto ele trazia o revólver e a munição. Acabamos em uma varanda com balcão de alvenaria, de frente para um cercado, como se fosse uma cancha. Ele colocou a munição sobre o balcão. Tudo tinha um aspecto de coisa não terminada. Olhei seus movimentos rápidos ao carregar o revólver. Estávamos sozinhos, o caseiro não ouviria os tiros. E, se ouvisse, não estranharia. Ele então engatilhou a arma.

— Olhe — me disse.

E lentamente desengatilhou.

Eu não sabia quanto pesava um revólver daqueles. Conhecia muito bem o estrago que ele podia fazer na cabeça de uma pessoa desprevenida. E cocei a cicatriz, enfiando a mão por baixo do boné. Ele tirou a munição do revólver e me deu. Segure firme, e explicou como empunhar a arma com as duas mãos, a posição do indicador, sempre para fora do gatilho, reto, como se estivesse apontando o alvo.

— O seu dedo é a melhor mira num apuro.

Bóris não tinha muitas palavras, mas fazia todos os movimentos lentamente, para que eu aprendesse. Com esta mudez, não sei como poderia me ensinar algo, se era mesmo para isso que estávamos naquele lugar distante. Eu poderia ser encontrado morto numa estrada qualquer, um tiro na cabeça, as vísceras comidas por tatus.

Eu copiava todos os movimentos. Engatilhar e desengatilhar. Dar tiro sem bala. Apontar para os alvos de metal que ficavam no meio da cancha. Erguer e abaixar o revólver, que pesava muito, mesmo sem as balas. De um armário, ele retirou fones de ouvido e óculos de plástico para nós dois.

— Pode carregar agora.

Abri o tambor com um toque leve na trava, empurrei-o, e fui pondo as balas. Coloquei os óculos e os fones, engatilhando e apontando uma fileira, na ordem decrescente, de alvos de aço sobre uma barra de ferro, para ir derrubando um atrás do outro. Errei apenas o último. Quando deixei o revólver no balcão, Bóris me olhou, desconfiando da informação de que eu nunca tinha dado um tiro, de que jamais usara arma de fogo. Não falou nada. Contornou a varanda e amarrou um papelão num suporte de ferro. Abaixei os fones.

— Alvo central. Para se defender, este é o principal treinamento.

Quando voltou, eu já estava com o revólver carregado e dei o primeiro tiro, acertando o centro do círculo menor. O meu ouvido ficou zumbindo, por ter esquecido de recolocar os fones. Bóris me fitou com firmeza de novo, não por estar sem os fones, mas pela pontaria.

— Descarregue no alvo.

Dei mais cinco tiros. Todos dentro do círculo negro. Um próximo do outro. Apenas o último saiu abaixo, nos círculos brancos.

— Você comandou o último tiro — e me explicou que comandar era empurrar o cano para baixo na hora de puxar o gatilho.

Eu estava cansado. Meus braços doíam. Mas ficamos treinando por mais de uma hora. Depois aprendi a fazer tiro continuado, sem engatilhar o revólver, contra os alvos de ferro. Ele armou apenas alvos pequenos e derrubei todos. Armou de novo. Derrubei cinco. Passei a atirar a longa distância, em uma chapa de aço presa a um eixo. Errei o primeiro tiro. Acertei o segundo e a chapa começou a girar como uma roda de água, dificultando a mira, mas ainda assim acertei mais duas vezes nela e errei duas. Tinha acabado a carga.

Bóris estava se sentindo enganado. Eu já sabia atirar e tinha apenas feito aquilo para aparecer. Passamos a treinar um tiro intuitivo rápido, sem mirar. E também me saí bem.

Estava suando. Tinha feito de tudo para acertar os alvos. Os primeiros tiros me assustaram, depois perdi o medo do disparo. Já estava me acostumando com o gatilho e com o peso do revólver. Aos 40 anos, começava minha história de pequeno atirador.

— Você segura a arma com receio. Pense que está pegando na mão da namorada. É o segredo.

E riu pela primeira vez. Depois, ele me levou a uma sala fechada dentro do galpão. Não tinha luz, apenas a claridade de uma janela com vidros foscos. Mexeu atrás de um armário e tirou uma chapa de ferro, toda furada ou com baixos-relevos imensos, parecendo crateras.

— Esta é uma arma usada só pelo exército, faz um estrago e tanto.

Era o menino querendo impressionar. Desejava dizer que meu desempenho não era nada, e não era mesmo, que ali havia atiradores profissionais. O clube clandestino devia ser freqüentado tanto por empresários comuns, que querem aprender a se defender ou que gostam de armas, quanto por gente do crime. A confraria do tiro não distinguia bandidos e mocinhos. Todos estavam unidos pelo prazer das armas de fogo. O alvo poderia ser o ferro, o papelão, um bandido, um policial ou um cidadão comum. Qualquer alvo era uma baixa computada na contabilidade imaginária dos atiradores. Eu percebia o prazer de Bóris ao segurar aquela chapa grossa.

— Quem freqüenta o clube? — eu queria aproveitar o entusiasmo juvenil dele e tirar informações.

— Muita gente — disse enquanto guardava a chapa.

— E a munição? Não há um limite?

— A gente recarrega de maneira clandestina — e ele já estava na porta, esperando que eu saísse para trancar a sala. Devia haver segredos maiores ali, que não me revelaria.

Voltou ao balcão, carregou o revólver com as balas que tinha trazido em um pacote plástico.

— São sobras de competição e estão meio velhas. Vou gastar agora.

Fez todos os disparos num disco de metal fixo, a dez metros de distância. Recarregou o revólver e acertou todos novamente, com mais velocidade ainda. Nova carga, nova seqüência de tiro. Era um ótimo atirador. Havia muita gente preparada para se defender ou para agredir. Quando estava guardando os cartuchos vazios, que ele mandaria carregar, vi que tinham uma marca de tinta. Parecia um X.

— O que é isso?

— Minha marca. Bóris Xavier. Cada um tem uma forma de identificar os seus cartuchos na hora da recarga.

— Você conhece algum que use um L?

Ele pensou uns segundos, sulcando ainda mais as enormes rugas verticais entre as sobrancelhas.

— Do nosso clube não é, com certeza.

Ficou arrumando tudo na mala, o revólver devolvido ao aconchego de uma espuma. Quando retornamos, subindo o morro e depois descendo, eu me senti com um poder que nunca tinha tido. Vivia uma história de bangue-bangue, igual às da infância. Éramos uma geração formada pelos filmes de faroeste.

Na hora de sair, o caseiro apareceu para receber a chave e me olhou com ódio. Não entendia esse sentimento. Talvez nos julgasse uns pervertidos. Perdendo tempo com tiro esportivo enquanto multidões passavam necessidades. Talvez seu ódio fosse contra todos que perturbassem seu sossego, obrigando-o a deixar a casa para enfrentar o sol ainda quente.

Quanto mais eu me integrava ao mundo, mais sentia um ressentimento geral que não se deixava dissimular, brotando nos primeiros contatos. O homem odiava o homem. Cada um encontrava uma maneira de se vingar do outro.

Bóris quase não conversou na volta. Chegando à casa de Solange, eu tinha pedido para ele me deixar lá, perguntei onde eu poderia conseguir carga. Eu ia treinar com o meu revólver e precisaria de munição. Ele anotou num papel o nome de um armeiro e o endereço.

— Diga que é meu amigo.

Agradeci e entrei na casa que agora era minha, cumprimentando o vigia, que saiu da guarita para mostrar deferência ao hóspede.

Entrei pela cozinha, não para mostrar humildade, e sim para ver Ângela. Tínhamos trocado duas ou três palavras ambíguas quando vim mudar de roupa para ir à aula de tiro. Ao aparecer sem o terno, ela olhou maliciosamente para mim, sugerindo que agora pertencíamos ao mesmo mundo.

— Prefiro você assim — ela disse.

— Também prefiro você — respondi.

Olhou-me com malícia, mas Bóris me aguardava no carro. Ela se virou, abriu a porta da geladeira e vergou a coluna, sem dobrar os joelhos, para pegar algo na gaveta de verdura, dando-me uma amostra de seu corpo, o que fez com que o meu, na sua parte mais sensível, se avolumasse. Passei a tarde toda atirando em alvos, mas sempre com a imagem de Ângela naquela posição, e, em alguns instantes, segurando o revólver e mirando os círculos de papelão, acabei com o pau duro. O ato de atirar estava ligado à caça sexual. A vontade incontrolável me levara a acertar tantos tiros em minha estréia. Não desejamos apenas matar o outro, mas também abatê-lo sexualmente, e a arma dava a ilusão de posse. Um mundo sem armas, pensei na volta para a cidade, seria um mundo monótono.

Eu ainda estava aprendendo a atirar.

Ao entrar na cozinha, não achei Ângela. Eram quase seis horas, eu desconhecia a rotina do lugar. Tomei um banho e vesti roupas limpas, calçando chinelos. Saí pela casa, percorrendo áreas em que podia encontrá-la. Ela não estava na sala de jantar, na lavanderia, no quintal. Fui para a piscina, no canto direito do terreno, onde havia uma edícula com varanda, banheiros, sauna e um quarto. O quarto estava fechado, mas, pela vidraça, vi os reflexos das imagens da televisão, e me aproximei. Havia uma fresta, a porta fora apenas encostada. Talvez alguém estivesse olhando, mas a guarita ficava invisível daquele local. Segurei a maçaneta com cuidado e empurrei a porta, que fez muito barulho ao raspar no piso de cerâmica. Aquele barulho poderia espantar a corça arisca. Mas serviu apenas para ela tirar os olhos da tevê e colá-los em mim, com o seu azul ainda mais intenso, agora que ela estava com camiseta branca e saia jeans, os cabelos úmidos nos ombros, as pernas roliças cruzadas na cama de solteiro, o corpo recostado numa almofada contra a cabeceira. Ela primeiro abriu um sorriso, depois as pernas, e vi um emaranhado de pêlos. O inseto caíra na rede. Ele não tinha forças. Não era ele quem procurava o alvo, o alvo é que o atraía, por isso sua pontaria era boa. Tudo corria para esse centro.

A porta foi fechada com mais barulho, a chave fez uma sinfonia de microencaixes metálicos. Tudo se ajustava com ruído, e foi assim também com eles, os gemidos dos dois se confundindo com os sons da televisão. Eu já não era eu. Era o outro. O inseto. O devorado.

Vencidos, ficamos descansando na cama estreita, e em poucos minutos meu desejo de novo latejava. Ela olhou para aquele renascimento inconveniente, não tínhamos ainda nem conversado, e tentou se safar, virando-se para procurar a camiseta no chão, com a bunda desprotegida. Saltei sobre ela,

Ângela soltou um pequeno grito, mexeu-se para escapar, tentando ficar em pé, mas com o peso de meu corpo sobre sua bunda e o encaixe rapidamente feito, facilitado pelos sumos produzidos, não conseguiu.

— Pare — não havia fingimento em sua recusa.

Ela tentou em vão se livrar de mim; segurei seu pescoço com as duas mãos, apertando-o para que se acalmasse. Ficou com a face virada na almofada, vermelha pela falta de ar. Da cintura para baixo, meu corpo se movia rápido e a parte de cima mantinha-se fixa, segurando Ângela. Agora eu era a bala, o caçador, o revólver, a força, a gana de matar, a vontade se impondo, o terror, a mão impiedosa; e Ângela, a caça, o alvo, o papelão sendo furado, a matéria que recebe.

Num movimento brusco, saí dela e a soltei, caindo de costas na faixa de colchão que restava livre, contra a parede. Caí como o coelho depois da cópula, membros enrijecidos, e Ângela se virou e me cavalgou até virar seus olhos azuis, deixando à mostra apenas a parte branca.

Cochilamos uns minutos assim, abandonados numa confusão de tecidos úmidos. Mas logo estávamos despertos.

— Qual das duas é melhor na cama?

Ângela me perguntou isso olhando para a laje nua do quarto de empregada, de onde pendia uma lâmpada comum, sem lustre. Havia uma luta de classes entre ela e Solange. E não era uma luta velada. Solange ganhava na maioria das vezes. Ângela queria também fazer seus pontos.

— Você — eu disse.

Ela me beijou, agradecida. Eu nunca tinha feito amor com tanta intensidade, e de uma forma tão alucinante. Nem me reconhecia enquanto tratava Ângela como um gigolô deve tratar sua puta querida. Era um perder-se nas forças mais inconscientes, próximo do limite. Um pouco mais e eu a teria enforcado, cumprindo meu sonho de uma forma torta, matando por enforcamento ao invés de me matar. Era o sexo sob o signo de Tanatos, eu tinha analisado isso em inúmeras aulas de literatura, e os alunos sempre gostavam de minha exposição, achando-a intensa, mas tudo não passava de um conhecimento externo, só agora eu tinha ido à sua fronteira, quase cruzado a linha. Talvez nunca mais experimentasse isso, era uma experiência permitida a poucos. Ângela tinha sido poupada por segundos, também ela devia estar assustada com as regiões por onde andamos.

Nossos corpos ali, nus, eram uma memória perigosa. Ela começou a se vestir. Eu também procurei minhas roupas e fiquei com elas nas mãos. Aquele corpo antes alucinante agora era uma obra de arte perfeita, mas despida de emoção. Tínhamos consumido todo o combustível num único e perigoso confronto. Éramos agora duas armas sem munição.

Enquanto tentava manter-me de pé para pôr a cueca e as calças, as pernas ainda bambas, pensava que nunca mais experimentaria isso, a seqüência não se repetiria. Tinha havido o desejo dela, que respondeu à insinuação, a vontade de se sobrepor à patroa, minha estréia bem-sucedida no uso do revólver, o calor, a fuga para o quarto dos fundos, a sensação de estar transgredindo algo e mais uma infinidade de pequenos sentimentos que passaram despercebidos.

Já estávamos com roupas. Eu juntava meus chinelos, andando pelo quarto, olhos no chão.

— Deixei um sanduíche na geladeira — ela disse.

— Não precisava se incomodar.

— Não foi incômodo.

Olhei seu pescoço e vi as marcas de meus dedos. Saí forçando a porta para cima, pela maçaneta, para não fazer barulho.

Em meu quarto, tomei mais um banho e retirei aquela roupa amarrotada, mesmo sabendo que, pela agenda de Solange, ela só chegaria muito tarde, quando eu já estivesse dormindo.

Perguntava-me se amava Solange ou Lírian. Até dias atrás, não tinha mais do que necessidade do corpo de Lírian, e o que era necessidade física vinha se transformando em carência afetiva. Quando o desejo é só desejo? Com Ângela tinha sido isso, um desejo potencializado por certas circunstâncias. Era a carne falando sua linguagem urgente. Por Solange, eu nutria algo maior, um amor pretérito, um sentimento nostálgico de mim mesmo, por isso eu ainda a procurava com ardor, tentando ler nela um outro tempo, o tempo onde uma parte de mim tinha se perdido. Uma parte importante. Sublimado, o amor por Solange não passava só pela posse do corpo, era também uma memória. E por Lírian? Seria mesmo amor? Não seria apenas um desejo mais prolongado do que aquele que acabara de crescer até o limite, extinguindo-se como uma bola de chiclete que estoura em nossos lábios, deixando uma fina camada de gosma incômoda? Talvez não houvesse diferença entre desejo e amor. Apenas uma variação de intensidade temporal. O desejo era algo que se extinguia logo em seguida ou depois de um pequeno período. Os jovens que se encontravam na noite, enclausurados no som alto, sem poder falar um com o outro, já no início se beijavam, seus corpos se entendendo por pulsações que os levavam a um encontro na maioria das vezes momentâneo. O desejo aflorou e murchou. É assim também o desejo pela prostituta. Como uma máquina de refrigerante. Vem a sede, depositamos uma moeda, pegamos a lata e bebemos. Apenas o desejo, amor que não reincide. E podia ainda pensar de forma inversa. O amor era um desejo que se prolongava, que permanecia latente depois da erupção, do derramar de lavas, do queimar encostas, do derrubar árvores e destelhar casas. Tinha um fim que era sempre um reinício. Ter procurado Ângela não significava que eu não amasse Solange, apenas que eu tinha desejo pelas duas, um desejo instantâneo e outro prolongado.

Logo me peguei pensando em Lírian. Eu desejava mais e mais o seu corpo, o conforto de permanecer ao lado dele. E senti que não tinha terminado minha noite de amor. E minhas mãos acalmaram a imaginação. Por enquanto.

7.

Ele
Ao invés de apertados nos sapatos
prefiro teus pés ásperos
atiçando o meu sexo.
Então, entre as tuas coxas
localizo a noite
com sua desdentada boca.

Náufrago,
em teu umbigo,
taça onde não falta bebida,
me embriago
e em teu ventre sucumbo,
campo de trigo
cercado de lírios.
Mas em teus peitos duros
sugo
do vigoroso líquido
e logo escalo,
palmilhando com os lábios,

a provar de teu gosto,
o marfim de teu pescoço.
E em teus olhos encontro
meu semblante tonto,
quando teu nariz
indica
a fonte das delícias.

E a tua cabeça se abaixa
no centro de minhas pernas
e se enredam teus cabelos
nestes outros meus, crespos.
Fico preso às tuas tranças,
enquanto teus dentes arranham,
intervalo entre a dor e a delícia,
a pele túrgida de minha pica.
És então como a palmeira,
vergada pelo vento
e presa ao meu centro.
E embora eu não seja videira
com minhas uvas te alimento.

E já palmeira novamente ereta
escalarei teu tronco, me esfolando.
E então teus peitos
serão como cachos na parreira,
colhidos por mãos fortes,
e tua respiração,
vigoroso vento norte,
revolverá minha cabeleira.
Provando o sabor que se aninha
na caverna sob tua língua,

eu te beberei como um bom vinho,
suavemente, sem pressa.
E este vinho que doce desce
e rapidamente sobe
tornará eloqüentes
até os lábios que dormem.

Ela
Sou de quem me guarda afeição.
Vem, amigo, aproveitemos a estação
e fujamos para o campo,
gastemo-nos nas noites de aldeia,
onde seremos a própria natureza.
Todas as manhãs iremos às vinhas
ver crescer o ramo das videiras,
ver se abrindo as flores rústicas
e colher, partidas, as romãs maduras.
Lá, serás o ramo distendido
enquanto serei flor aberta,
romã trincada
vertendo meus rubis.

Laranjas, mexericas, figos,
abacaxis cheirosos e mangas só visgo
recendem à porta de minha gruta,
onde há toda sorte de fruta.
Ó meu guloso amigo,
eu as guardo só para ti.

Ainda não tinha amanhecido quando senti, sem me assustar, uma presença no quarto. Era uma presença boa, transmitindo afeição e não o temor que vem dos agressores. Quando percebi que havia alguém atrás de mim no corredor do prédio, minha espinha se enrijeceu, captando as intenções de quem se aproximava. Agora, nesta madrugada ainda escura, eu me reconfortei com a pessoa incógnita. Um corpo desceu à minha cama e o que era presença fluida ganhou contornos. Vi Solange na escuridão.

— Estava sem sono — explicou.

— Eu também.

Ergui o lençol para que nossos corpos se tocassem. Ela estava nua, eu apenas de cueca. Desde antes do Ano-Novo, não tínhamos mais nos encontrado assim. E era para curar a insônia dela, entre outras coisas, que eu estava ali. E não queria fazer meu serviço de forma rápida e profissional, embora ainda estivesse esgotado pelos excessos recentes. Passei as mãos nos seus cabelos revoltos como uma samambaia de metro pendendo de um vaso. Ela havia mesmo passado uma noite ruim.

— Como foi o seu dia? — perguntei, antes que ela me fizesse a mesma pergunta.

— Bom, estou conhecendo a cidade, conversando com representantes das comunidades de bairro, vendo o drama dessa gente pobre.

— Há outros tipos de carência.

— Eu sei, por isso estou aqui — e me apertou.

Eu não estava me referindo a esta carência afetiva e erótica, mas a algo ainda mais insaciável: a falta de sentido de tudo. Solange entrava em contato com a cidade, enobrecendo o que era simplesmente uma tomada de poder. O político precisava dessa imersão na miséria para acobertar suas intenções. Era uma forma de dar uma fachada altruística a projetos pessoais. Cada vez eu via menos sentido nas coisas, mas estava ali ao lado de um corpo receptivo, grão de sanidade no absurdo geral.

E fizemos amor numa cadência tranqüila. Um carinho prolongado, palavras murmuradas como se estivéssemos numa casa cheia. O amor feito com calma, dilatando os instantes, com interrupções dissertativas, em que se fala de tudo, amor cuja beleza tem algo de crispação, mãos correndo pelo rosto do outro, olhos sendo beijados, abraços de esmagar os ossos. E, quando estava amanhecendo, o barulho dos pardais escandalosos nas árvores e nos beirais traduziu nosso êxtase.

O sol esquentava a parede do quarto e dormíamos mais uns poucos minutos. Depois, cada um em seu quarto, tomamos banho. Quando eu estava me vestindo, Solange me trouxe um terno novo.

— Círtia comprou para você.

Não perguntei se iria servir, uma secretária como a Cíntia jamais cometeria a imprudência de providenciar roupas que não fossem adequadas. Coloquei o terno novo e senti que meu corpo ganhava outra pele.

Ângela nos serviu o café sem demonstrar ressentimento nem raiva, com uma afeição especial por Solange, quase fraterna, que se estendia a mim. Era como se não tivéssemos feito nada ontem, nosso amor se esgotara num jorro intenso. Era amor de uma única vez. Tinha nascido e fenecido naquela descarga meio suicida, à qual sobrevivêramos inteiros mas desmemoriados.

Olhei seu pescoço, protegido pela gola abotoada até a última casa. Uns pequenos vergões avermelhados eram a única lembrança do que havia acontecido. Ela estava com um uniforme justo, mas seu corpo perdera o encanto, era uma terra de passagem, eu tinha dormido na estalagem e seguira meu caminho. Ela recebera o viajante, e a imagem de seu rosto se desfaria por completo, bem antes das marcas no pescoço.

Solange e eu ficamos sozinhos na mesa, lendo os jornais. Ela via a repercussão de seu primeiro dia de campanha, os jornais elogiavam a mulher que navegava tanto na alta sociedade — tinha feito uma palestra para empresários — quanto nos subúrbios — saíra uma foto dela tomando café num barraco, totalmente à vontade com uma família de catadores de papel. E nem trocara de roupa, como era comum nesses casos. Eu fiz este comentário.

— As pessoas simples gostam de ser visitadas por mulheres elegantes. Elas se sentem prestigiadas.

Era um raciocínio interessante, que contrariava a tradição de se vestir pobremente para eventos populares. Os pobres gostam de sentir de perto o poder da riqueza, para comentar com seus conhecidos sobre a roupa da deputada, que tinha sentado ali, bem naquela poltrona encardida, com seu *tailleur* bem-cortado, sem demonstrar nenhum receio. E era também um horizonte, uma projeção para o futuro, quando eu ganhar dinheiro vou me vestir assim. Solange estava dando uma imagem ao sonho de suas eleitoras. E conquistando a simpatia dos homens com sua elegância discretamente erótica.

Talvez Ângela tivesse permitido tudo aquilo apenas para experimentar-se no papel de Solange. Possuir o mesmo homem como quem usa o vestido da patroa mais velha, e que não é seu estilo, mas que lhe permite viver uma fantasia. Por uns instantes, ela pertenceu a outra classe. Não precisaria mais invejar a patroa, pois tinha visto que era bom, mas não era o que ela desejava.

— Ângela tem namorado? — perguntei, subitamente, enquanto passava os olhos pelo caderno de cultura.

— Está interessado nela?

— Não, mas uma moça tão bonita deve ter um namorado e também sonhos.

— Tem, sim, um rapaz que é professor de ginástica numa academia de bairro. Vem aqui com freqüência, você vai conhecer.

Não precisava conhecer, devia ser um jovem de corpo atlético, pronto para fazer amor com ela várias vezes. Um rapaz que poderia segurar um pesado .38 por longo tempo, sem o menor sinal de cansaço. E que estaria precisando de dinheiro para começar a vida, talvez abrir a própria academia e tirar a namorada de um serviço que não era condizente com sua beleza.

— Estão dizendo que venço a convenção do partido — Solange me disse, sorrindo, ao terminar de ler a matéria sobre ela.

— Vence as eleições — eu não sabia quanto Jacinto estava pagando para o jornalista escrever aquele panegírico.

— Não será tão fácil assim. Há muitas forças ocultas.

E ficamos em silêncio. Eu me senti constrangido por não estar fazendo nada para resolver seu problema mais urgente. Antes de escovar os dentes, Solange pediu que passasse no quarto dela. E me deu o revólver.

— É do Jacinto, ele quer que fique com você.

Olhei o .38 cano curto, próprio para se defender de alguém que entrasse em casa ou que me abordasse.

— Devo andar com isso?

— É melhor.

Levei-o para meu quarto, pensando que antes teria que adquirir alguma intimidade com a arma. Empunhei o revólver e fiz vários movimentos na frente do espelho. Tirei as balas e simulei tiros em mim mesmo. Deixei-o sobre a pia e o peguei rapidamente, como se fosse preciso usá-lo numa emergência. Depois, recoloquei a munição e fiquei segurando a arma enquanto via um pouco de tevê. Por quase uma hora, enquanto Solange se arrumava, em suas minúcias cosméticas, fiquei com o revólver pronto para tudo. Ela me chamou do corredor. Guardei o .38 na cinta, sentindo seu peso.

Ao nos encontrarmos, Solange segurou minha mão.

Os dias se passaram sem que eu tivesse descoberto mais nada. Eram dias bíblicos de descanso. Eu sempre achei esse período mais importante do que os dias de trabalho, quando Deus estava fazendo o mundo. Liguei para minha mãe uma vez, falamos de coisas banais, estava pintando a casa, uma verdadeira bagunça, ela me confessou. Contei que resolvera desligar o telefone fixo, e aderir ao celular, estava ficando muito pouco em casa, dormindo no apartamento de uma namorada e trabalhando numa pesquisa para a universidade. Passei para ela o número do celular. Ela pediu para eu levar a moça para almoçar. Um domingo desses, prometi. Não se esqueça de me avisar antes. E foi assim que terminamos a conversa.

Fiz duas visitas a Lírian e saciei minha fome. Tinha conseguido um emprego numa escola religiosa, substituiria uma professora em licença maternidade.

— Há gente que ainda tem filho? — perguntei.

— Muita gente ainda é gente.

Na universidade, as aulas tinham começado e, como sempre, eu não apareci na primeira semana. Os alunos nunca assistiam às aulas neste período destinado a organizar o ano letivo. Liguei para a secretária do departamento dizendo que tinha tido um acidente, depois mostraria minha cicatriz, já meio encoberta pelo cabelo, mas ainda muito convincente, conseguiria até uns dias a mais sem lecionar, coisa que nunca tinha feito.

Eu estava me cansando de acompanhar Solange em sua peregrinação aos pobres, sempre em busca de votos. Mudara de vida, tornando-me alguém bem-vestido e bem alimentado. O cabelo crescia rápido, mas eu tinha descoberto fios brancos, peso dos 40 anos, quando a vida começa a se desorganizar, os pêlos crescem subitamente nas narinas e nas orelhas, a barba fica mais crespa e as sobrancelhas lançam fios enormes, encaracolados, que eu tirava com a pinça. É a revolução dos pêlos, algo parecido com o que acontece na puberdade, só que agora era sinal de declínio.

Não tínhamos recebido mais recados dos chantagistas e eu me acostumara com o peso da arma, agora acomodada, como nos filmes, sob o paletó, num coldre a tiracolo. Na companhia de Solange, eu só andava de terno, Cíntia aparecia com uns conjuntos novos e em minha conta bancária entrou uma boa quantia de dinheiro. Encontrei Porrada em vários momentos, sempre com dois guarda-costas. O dinheiro também estava mudando a vida dele.

— O professor está irreconhecível — ele disse, quando me viu pela primeira vez.

— Como está sua mãe? — eu quis mudar de assunto.

— Bem, fala em ir pagar a promessa em Aparecida do Norte.

Então me lembrei de que ainda não tinha resolvido o caso da marca nas balas. Aliás, não tinha resolvido nada. Não estava vivendo um romance policial, mas um romance amoroso. E, como não apareceram fatos novos, eu não elucidava os velhos. Solange se tornara mais confiante. Eu enfim tinha conhecido o outro amante dela, acredito que ex-amante, tal como Jacinto. O nome dele era Dogivaldo, conhecido por doutor Dó. Faziam parte do mesmo partido, tinham histórias bem diferentes, ele vinha de uma família de políticos, era empresário do ramo de imóveis, e, por motivos óbvios, alimentava interesses na administração do município. Homem alto e com uma cabeleira imensa, com ares primitivos, como se tivesse saído da caverna direto para a civilização. Rosto rústico, com linhas duras, próprio de quem ri pouco. Não sei o que Solange viu nele, pergunta que outras pessoas deviam estar fazendo sobre mim. Todas as vezes que ia falar com alguém, fosse íntimo ou não, o doutor Dó olhava para um ponto neutro. Nunca cruzava seus olhos com os do interlocutor. E gostava de arrumar coisas. Bastava chegar ao escritório de Solange, onde aparecia com certa freqüência, para colocar em ordem cronológica as revistas velhas. Um obsessivo, sempre se escondendo em alguma posição que o protegesse. Levei alguns dias para reconhecer os traços de sua face. Ele se esquivava tanto que era como se não tivesse rosto. Eu não conseguia estudar sua feição. Tinha sido candidato a deputado e ficara como suplente de Solange. Pedi para ver o material de divulgação de sua campanha. Recebi um cartaz, que Jacinto achou no escritório. Na foto, ele tinha um rosto diferente, criado por publicitários que o queriam austero. Só que nunca vi esse homem em nossos encontros.

Por causa de meu interesse no doutor Dó, Jacinto me perguntou o que achava dele.

— Falso. Pinta o cabelo.

Rindo, ele disse que não teria esse problema, estava quase careca. Eu poderia dizer para Jacinto que sua cabeça com ângulos meio retos também me comunicava uma sensação ruim. Mesmo Solange, em vários momentos, principalmente quando não estava sozinha e parecia representar a personagem da candidata, me causava mal-estar. Tudo seria apenas ficção? Então a verdadeira literatura seria a vida, a vida política, que eu estava conhecendo. Não precisaríamos mais de romancistas, apenas de jornalistas que soubessem registrar esse teatro.

Por que eu ficava com Solange? Estava já perdendo mais de duas semanas de aula. Poderia simplesmente voltar a meu apartamento, para Lírian e para a literatura. Ou procurar na lista telefônica alguma outra experiência amorosa.

Com Ângela, nunca mais acontecera nada. Mantínhamos uma relação fria. Acabei conhecendo seu namorado, um jovem muito forte, mas afeminado. Músculos e delicadeza. Uma mistura cada vez mais comum, eu me lembrei do rapaz que me vendeu meu primeiro terno, quando estava entrando nesse mundo; entrando no mundo, para ser mais preciso.

Ao ligar para Lírian, fazia isso duas vezes por semana, ela me perguntava da saúde de minha mãe, eu dizia que estava melhorando, não encontrara uma pessoa para cuidar dela, as enfermeiras ficavam pouco tempo, você sabe, o gênio de minha mãe é terrível, e ela ria, dizendo que então eu tinha a quem puxar ou qualquer outro comentário do gênero. Em uma das vezes que liguei, ela não perguntou de dona Ilza. Estava apreensiva.

— Chegou correspondência da universidade. Abri e é uma convocação.

Eu não tinha deixado meu novo telefone com a secretária do departamento, então só restava me procurarem por carta. Deviam estar querendo que eu assumisse minhas turmas, preocupados com a longa ausência. Eu teria que arrumar um atestado caso a cicatriz não fosse convincente.

— Leia para mim. É alguma reunião?

— Não, é melhor você vir aqui.

No final da tarde, depois de deixar Solange em casa, disse que tinha um problema da universidade para resolver.

— Me esqueci completamente disso. Você deve começar a dar aulas em breve.

— É isso que vou ver.

Solange não pensava em outra coisa além das eleições. Mesmo nossa vida sexual, nas primeiras semanas tão intensa, tinha derivado para a rotina dos casamentos. Ela me procurava quando sentia necessidade. Eu continuava dormindo em um dos quartos, era uma peça a mais de seu complexo universo de relações. O sexo, o carinho, a segurança, o passado. Para mim, ela era principalmente o passado, ligando-me de uma forma cada vez mais precária à mulher que sempre amei. A única mulher que amei.

— Não sei se vou me acostumar com você dando aulas à noite. É melhor solicitar sua disposição funcional para a Assembléia Legislativa.

Era assim que as coisas aconteciam. Soluções rápidas e simples. Eu seria um funcionário da futura prefeita.

— Primeiro vou ver o que eles querem.

E fui ao encontro de Lírian. Ela me recebeu assustada. Abriu a porta e me beijou, dizendo com sofreguidão que me amava. Por que eu não estava ali? Uma jovem dizia que me amava, eu também a amava, segundo minha teoria do amor como desejo prolongado. Entrei no apartamento pensando que talvez pudesse romper com o passado. Ficar no presente não como um foragido, e sim como contemporâneo daquele corpo.

Abracei Lírian e fomos para o sofá. Ela estava muito nervosa. Talvez a solidão estivesse fazendo mal. Eu aparecia pouco, mas sempre deixava dinheiro, o apartamento em ordem indicava que ela soubera se ocupar. Em minhas visitas, o porteiro também perguntava por minha mãe, sinal de que Lírian conversava com ele. Talvez até tivesse contado que fora minha aluna. Hoje, eu não tinha encontrado seu José, já não era horário dele, e achei bom alertar Lírian sobre essas conversas, poderiam lhe causar problemas. Agora, ao ver que estava transtornada, pensei que pudesse ser algum desentendimento com a vizinhança.

— Preciso contar tudo — ela me disse, meio chorando.

— Pode contar. Não tem nenhuma correspondência da universidade? Você queria apenas conversar, é isso?

— Não. A correspondência veio. Você vai ter que comparecer a uma sindicância interna depois de amanhã.

Não imaginava que eles tratariam de minha ausência dessa maneira. Um funcionário público só pode ser demitido depois de 30 dias de faltas consecutivas. Não fazia ainda três semanas que as aulas haviam começado. A não ser que estivessem contando minhas ausências nas reuniões. Eu tinha me desmaterializado, como gostava de dizer, em dezembro, e estávamos em meados de março.

— Uma sindicância não é nada — eu quis aparentar tranqüilidade.

— Você sabe do que está sendo acusado?

— Não, mas tenho um palpite.

— Não, acho que você não tem a menor idéia. Senão, não estaria tão calmo.

Havia realmente acontecido algo grave.

— Por favor, me conte.

— Você jura que me perdoa? — e começou a chorar.

— Perdôo — ainda tentei animá-la, agora para obter o enredo da enrascada em que me metera.

Ela se levantou e voltou com a convocação da universidade, que falava em comportamento imoral. Tinham descoberto meu caso com Lírian, intuí na hora, mas ela não era mais minha aluna. Era minha mulher.

— Eu me senti muito sozinha aqui — parou para fungar o nariz. — Então, liguei para um amigo da faculdade e ele apareceu algumas vezes.

— Quantas vezes? — eu traía todas as mulheres, mas não queria ser traído. Estava fazendo um papel ridículo, mas não havia como ser diferente. Da mulher, o homem esperava a fidelidade que ele próprio não conseguia manter.

— Duas vezes. Não tínhamos intenção de fazer nada. Ele está no segundo ano do curso, é bem mais novo do que eu.

Fiquei imaginando o que ela pensava de mim, que era quase 20 anos mais velho do que ela.

— E daí foram para a cama — antecipei.

— Fomos. Mas eu não senti nada, juro. Era só para ter certeza.

— Certeza de quê?

— De que estava gostando de você.

— Na primeira vez não deu para ter certeza?

— Não, não deu. Só na segunda — e ela agora tinha parado de chorar. Estava se defendendo de uma acusação injusta. Ela tivera outras pessoas. Eu presenciei cenas que deixavam tudo evidente. Mas agora estávamos juntos. Era uma maneira estranha de viver juntos, eu na casa de minha ex-namorada e ela sozinha. Eu decidira deixar Solange assim que resolvesse os casos de chantagem, embora não viesse fazendo nada para resolvê-los, talvez justamente para não me afastar dela, mas o afastamento estava acontecendo de forma natural, pelo desgaste. O distanciamento tinha mantido intacto o amor que umas poucas semanas de rotina estavam destruindo.

— E o que isso tem a ver com a universidade? Eles estão me processando só por eu ser corno?

— Você é mesmo um grosso, como todos os outros. Onde está o homem compreensivo e inteligente?

— Estou tentando ser esse homem. Cadê seu senso de humor? — e mudei o tom.

— Isso não é senso de humor, é maldade.

— Lírian, termine.

— Na segunda vez, o Cauê...

— Fui substituído por alguém que se chama Cauê? Agora estou mais tranqüilo.

— Como terminar a história com você ironizando a todo momento? O Cauê é doente por computador e acabou mexendo no seu. Ele entrou na sua caixa de correio, você deixa a senha gravada, juro que não vi, pensei que ele estivesse apenas vendo os *e-mails* dele, só dois dias depois fiquei sabendo.

— Sabendo do quê?

— Sabe aquelas fotos minhas, em que eu estava nua, ele mandou para uma porção de gente da universidade. Está na internet. Fui informada pela diretora da escola, que me dispensou, dizendo esta é uma instituição religiosa, minha filha — ela imitou o tom de voz enjoativo.

— Não apareço nas fotos. São todas da Deusa Branca.

— Ele usou seu *e-mail* e fez comentários obscenos em seu nome. A sindicância deve ser por causa disso.

Tinha escurecido. Olhei para a janela à procura da lua. Mas ela nasceria do outro lado do prédio.

Eu deveria ter ligado para Solange, avisando que não dormiria em casa — soava estranha essa frase. Eu não queria dormir na casa de Solange, que logo estaria sabendo que seu namorado se envolvera em um escândalo. Nem no apartamento onde tinha deixado Lírian, dizendo que a perdoava pela traição, não pela ingenuidade.

Mas não conseguia ainda perdoar nem pela traição. Era uma reação infantil, bastava pensar um pouco, conceder a ela a liberdade de antes, e eu nem tinha interrompido minhas traições para poder exigir fidelidade, mas o homem é uma criança que nunca deixa de viver à sombra materna. E eu estava contrariado. Se não podemos perdoar, resta-nos a vingança. Dormir com Solange não seria punição, eu já vinha fazendo isso, e ela aparecera primeiro na minha vida, era natural que eu fosse para a cama com ela.

Dirigi à noite pelo Centro, prostitutas e travestis esperavam clientes. Não queria acertar um encontro da janela do carro e fazer tudo rapidamente. Passei por uma boate famosa e resolvi parar. Não tinha nada a temer. Era um homem traído. Na portaria, peguei uma ficha com o valor da consumação mínima e entrei. Havia um palco que mais parecia um ringue sem cordas. Mulheres dançavam nuas, esfregando peitos e bundas em canos, em posições caricatas. O sexo pago era assim, eu não tinha precisado dele até aquele momento porque sempre aparecia uma mulher interessante. E agora aquela paródia. A sensualidade cheia de trejeitos não dizia nada a meus sentidos, mas logo estava numa das mesas mais próximas, acompanhando cada movimento.

Quando o espetáculo de carnes acabou, elas vieram nuas para as mesas e se sentaram no colo de uns homens de terno e gravata. Eram muito bonitas, com pêlos bem-aparados; pareciam cachorrinhos de madame. Uma beleza artificial, seios de silicone, iguais aos de um travesti. Os homens corriam as mãos pelo corpo delas, os seios rijos se deixavam apertar sem ceder. E todos os outros clientes tentavam acompanhar aqueles carinhos, sem nenhuma discrição, pois o espetáculo tinha sido transferido para aquela mesa. Até pensei que fosse algo programado, mas eles se ergueram — as mulheres nuas, apenas de sandálias de salto alto, eles com seus ternos escuros — e foram para as cabines na lateral do salão. Eu prestava atenção no movimento quando senti alguém ao meu lado.

Ao me virar, vi uma moça com cara de criança, de criança pobre. Pensei reconhecê-la. Talvez tivesse me encontrado com ela, alguns anos atrás, no sinaleiro, pedindo ajuda ou vendendo balas. Não, cra uma situação muito improvável. Eu a reconhecia porque todas as meninas pobres que não tinham nenhuma beleza especial eram semelhantes. A pobreza na infância igualava-as, a mesma pele com marcas, o mesmo olhar sem brilho, o cabelo que não conhecia tratamentos estéticos. Ela só tinha sua juventude. Mas as luzes coloridas da boate, refletidas no globo que nao parava de girar sobre o palco, davam-lhe uma falsa exuberância. E assim, seu rosto, banhado pelo brilho incessante das luzes, era triste e alegre.

— Você me paga uma bebida? — só faltou dizer *para me ajudar*, como se fosse uma menininha no sinaleiro.

— Claro.

Eu ia procurar o garçom, mas ele se antecipara e, ao meu lado, esperava o pedido. Tudo sincronizado: o fim da dança das mulheres mais belas, a sua retirada com clientes que tinham acertado o programa previamente, como quem reserva uma mesa no restaurante, a aproximação das outras mulheres da casa quando estávamos doentes de desejo, a chegada sorrateira do garçom.

— Uma garrafa de Chandon.

E a menina do sinaleiro ia se embebedar com a marca sugerida pela casa.

Não vestia nenhuma roupa sensual. Uma blusinha simples, com uns botões abertos deixando aparecer parte dos seios. Seios pequenos, mas firmes, constatei quando, enfiando a mão por baixo do sutiã, apertei os bicos túmidos.

— Assim dói — ela disse, se encolhendo, mas deixando que meus dedos apertassem ainda mais.

Veio a garrafa num balde com gelo. O garçom nos serviu em duas taças altas. Fiquei olhando o champanhe borbulhar e a espuma ir baixando. A moça, eu ainda não tinha perguntado seu nome de guerra, bebeu a primeira taça e se serviu de novo, para começar a noite.

— Como devo chamar você?

— Sandra.

Não dava para ver as pernas, Sandra vestia calça *jeans* levemente desbotada. Bebi um gole de champanhe, lembrando do Natal com minha mãe. Não tinha muito o que falar com Sandra.

— Está aqui há pouco tempo?

— Menos de um mês. Trabalho durante o dia, mas estava precisando de dinheiro. E uma colega me apresentou pro dono da boate.

— Você realmente não tem cara de garota de programa.

Eu estava mentindo, deixando-me levar pelas histórias dela. Fazia parte do programa.

— Meu pai me mata se souber.

— Você diz o que para ele?

— Cursinho pré-vestibular à noite.

— E ele acredita?

— Cai direitinho.

— E quando você chega muito tarde?

— Que estava estudando na casa de uma amiga.

— Ela também trabalha aqui?

— Aqui e comigo lá na farmácia.

— Você trabalha então numa farmácia?

— Só na parte da tarde, de manhã eu durmo.

— Você poderia me dar o endereço, sempre preciso comprar remédio.

Ela bebeu um longo gole de champanhe.

— Depois eu dou. Dou tudo que você quiser.

— Tudo mesmo?

— Tudinho.

— E quanto custa? — E, antes que ela dissesse o valor, eu disse com cara de espanto: — Tudo isso?

Ela riu e disse o valor, já incluída a cabine. Concordei.

Sandra pegou a garrafa de champanhe, deixando as taças na mesa, e passou no caixa, onde apanhou a chave. Eu acompanhei tudo da mesa, até que ela abrisse a porta. Então fui atrás dela.

A cabine tinha uma parede de vidro que dava para o tablado do show. Em volta, dois sofás embutidos, de um tecido sintético, lavável. No fundo, um banheiro.

Ela fechou a porta, tirou a roupa e se sentou no sofá. A luz era fraca, mas seu corpo reluzia, nem feio nem bonito. O rosto de menina ficou ainda mais infantil. Eu apenas a olhava, sem me mexer. Ela tomou champanhe no bico.

— Venha — ordenou, mexendo as pernas como se fossem as garras de um caranguejo.

Eu me sentei e fiquei alisando seu corpo. Ela bebia, esperando minha reação. Acariciava sua barriga, que estava levemente dilatada, assim como os seios.

— O que foi, tem algum preconceito contra gestante?

— Não — eu disse.

E fui tirando a roupa. Em poucos minutos a garrafa de champanhe ficou vazia num canto.

Depois de nos vestirmos, permanecemos em silêncio, vendo a dança ofídica das modelos — tinha começado outro show.

— Eles querem que eu também dance, mas assim, do jeito que estou, não dá.

Não falei nada, desejava apenas ficar mais um tempo ali, para não fazer como o menino que vai pela primeira vez na zona, resolve tudo rapidamente e, ao deixar o quarto, torna-se motivo de piada dos amigos. Posso pedir mais um Chandon? Como não respondi, ela não insistiu.

Saíamos quando o espetáculo acabou e as mulheres desciam do palco para percorrer as mesas.

Na porta da cabine, uma senhora de uns 50 anos nos olhava. Havia desprezo nos olhos dela.

— O que foi? — Sandra perguntou.

A mulher não respondeu, mas sustentou o olhar.

— Vá se fuder, sua limpa-porra — Sandra disse.

E segurou minha mão, como se eu fosse o pai de seu filho, e me levou ao caixa, colando-se a mim, carinhosa, enquanto eu pagava a conta. Havia luta de classes em todos os lugares. Não há inocentes no mundo. Não há meninas pobres que são prostituídas. Há o destino decaído do ser humano. Todos somos monstros, muda apenas a natureza de nossa monstruosidade.

— Volte outra noite, bem — ela disse, me levando à porta, com um sorriso de quem tinha tido algum lucro. A gravidez devia deixá-la com poucos clientes. O leão-de-chácara riria de mim, o otário que pagou para sair com a puta prenhe.

Entrei no carro e dirigi à procura de um lugar para passar a noite. Era um hotelzinho com a fachada reformada, feio como todos os outros. Paguei adiantado, subi para o quarto e dormi de roupa, até ser acordado pelo barulho da cidade que não dá descanso aos homens. Tive a sensação de que aquele era o mesmo hotel a que levara Solange no passado.

8.

Ela
Ó amado, como seria bom
se tu fosses meu irmão,
se em nossas manhãs
tivéssemos compartilhado
os seios da mesma mãe.
Se te encontrasse na rua
eu te cobriria de beijos
sem temer o desprezo.

Eu poderia te introduzir
na cama de minha mãe
e tu me ensinarias
do amor todas as manhas
e enquanto eu me consumisse
entre lençóis e fronhas
tu consumirias o vinho aromático
feito com minhas romãs.

Que a tua mão esquerda esteja
debaixo de minha cabeça
e que, mais firme, a direita
me deposite logo no leito.

Peço-vos, ó filhas de Jerusalém,
que deixeis em paz meu bem,
que continue ele assim dormindo
neste quarto nunca antes tão florido.

AS AMIGAS
Quem é esta que sobe o deserto
e que o amado tem sempre por perto?

ELA
Debaixo desta macieira te despertei
de teu campestre sonho azul.
Ali esteve tua mãe com dores,
com dores ela ali te deu à luz.

ELE
Põe-me como selo sobre teu peito
e que eu sinta de teus braços o aperto.
Amor e morte se rivalizam
e forçam nosso destino.
Não façamos do amor e sua sede
sepultura e ciúme,
entreguemo-nos às suas brasas
e em breve suas labaredas
serão invulneráveis.
E se outra mulher me oferecesse
por meu amor sem margens

toda a riqueza de sua casa
eu iria apenas desprezá-la.

Ela
Que fazer com tua irmã, este ser pequeno,
que apenas apresenta os sinais dos peitos?
Que fazer com esta tua irmã tão frágil
quando começarem a procurá-la os rapazes?

Ele
Levantarei um imponente muro,
que a proteja de todos e de tudo,
servindo-lhe de inexpugnável palácio.
Mas se for ela uma escancarada porta,
edificarei ao seu redor uma paliçada
com troncos de formosas árvores.

Ela
Eu me sinto por muros rodeada
e meus peitos são torres de prata,
eu sou uma gata doméstica
que ao teu lado vive sempre em festa.

Teve Salomão uma rica vinha,
mas a entregou a uns guardas
e cada um como fruto lhe trazia
não mais que mil moedas de prata.
Eu sou a tua própria vinha,
com meus esforços cultivada,
e além dos mil dinheiros de prata
acrescento mais duzentos,
que eram dos guardas a paga.

Ele

Ó tu, que habitas este secreto jardim
e que nunca cessas o teu raro canto,
aos meus amigos sempre encantando,
sabe que também eu quero te ouvir.

Ela

Vem depressa, ó amado, à minha fonte,
como o filhote arisco que, insone,
em uma gruta de odores se esconde.

Cheguei pela manhã ao escritório, sabendo que Solange não passaria ali naquele horário, ia ao estúdio gravar um programa. Não precisaria de mim lá. Estava ainda com a roupa do outro dia, amarrotada, fedendo a cigarro, perfume barato e esperma. Tinha ficado com as narinas impregnadas pelo cheiro da boate, mas já não sabia se era algo real ou apenas uma memória olfativa.

Cíntia estranhou meu estado, mas não disse nada, apenas sorriu para mim. Entrei em minha sala e liguei para o celular de Jacinto.

— Alguma novidade? — ele perguntou.

— Quero checar umas informações com o contador do escritório.

— Que informações?

— Sobre os funcionários. Talvez eu tenha descoberto algo.

Ele me passou o endereço do contador e disse que iria avisá-lo de minha visita. Eu tinha pouco tempo para me dedicar ao assunto que havia modificado minha vida, transformando-me num detetive amador. Em breve, teria que ser meu próprio advogado para me defender das acusações de falta de decoro.

Como Solange ia participar da campanha do partido na tevê, eu tinha certeza de que haveria notícias dos seqüestradores de Alexandre. Esta era uma das minhas intuições: ele foi seqüestrado, sendo ou não o Alexandre real, para servir aos objetivos de quem estava fazendo a chantagem.

Com os números dos telefones públicos usados nas vezes passadas, eu lembrei de pesquisar na internet, num *site* de ajuda à lista telefônica, os respectivos endereços. Dois ficavam no Centro. Um em um bairro distante. Os demais em outro bairro, mas na mesma rua, em alturas diferentes. E, o mais curioso, um deles estava a umas quatro quadras do escritório de Solange. Eu tinha todos os horários das chamadas. Era preciso apenas conferir. A que foi feita aqui nas proximidades aconteceu logo de manhã, antes das oito horas.

Saí da minha sala levando, em uma sacola plástica, tudo que fosse realmente meu. Não voltaria àquele lugar, a notícia da sindicância chegaria em breve. Solange não poderia mais aparecer a meu lado, e eu não queria dar a ela o trabalho de explicar nosso namoro à imprensa.

Cíntia me seguiu com os olhos, meio intrigada. Eu nunca vinha tão cedo e sempre aparecia com os ternos que ela comprara.

Fui direto ao contador, que não ficava muito longe, só para confirmar o que já sabia. No mundo real, as intuições precisam de provas, não posso propor uma idéia vaga sobre as coisas. O contador demorou uns minutos para me atender, mas foi solícito.

— O doutor Jacinto me falou do senhor.

— Preciso dos endereços de todos os funcionários da deputada. Endereços e salários declarados.

Ele me olhou um minuto, ameaçando alguma pergunta, mas tinha recebido ordens e devia saber que eu era o namorado de Solange. Ligou para um funcionário, que em poucos minutos me apresentou as fichas cadastrais, que percorremos juntos. Eu ia olhando o endereço e vendo os salários. Alguns muito baixos, outros muito altos. Havia acertos não oficiais e eu não estava interessado nisso. Um dos endereços era no bairro em que haviam ocorrido duas ligações. Não na mesma rua. Lá morava o motorista de Solange. Olhei o salário dele, era muito alto, devia receber pela Assembléia e depois devolvia quase tudo ao caixa de Solange. Anotei o endereço e, depois de agradecer rapidamente ao contador, fui para lá.

O motorista se chamava Antônio e tinha o ar de um pai quieto, que acompanhava a filha, no caso Solange, sem nenhum rancor. Ele era quase sempre mudo, eu tinha ouvido dele apenas monossílabos. E nunca percebi um olhar mais ressentido. Agora me lembrava de que ele ia para casa de ônibus, deixando o carro de Solange no escritório. Ele sempre pegava a condução depois das sete da manhã para ficar disponível às oito. Aquele telefonema dado nas imediações aconteceu numa avenida de mão única, principal via para a casa de Solange. Devia ter parado o carro e feito a chamada.

Chegando ao seu bairro, que era quase uma favela, localizei com facilidade a casa. Um sobrado erguido num terreno mínimo, às margens de um rio que recebia os esgotos da cidade. Era uma região pobre, ele devia morar ali com a mulher e os filhos, pois havia mais de uma toalha estendida nas janelas dos quartos. Toalhas desbotadas, o que contrastava com um carro novo estacionado no quintal da frente. Um carro popular, de um vermelho brilhante. Para me certificar, parei meu carro, bati palmas no portão até aparecer uma mulher com cara sofrida.

— É aqui que mora o senhor Antônio Gomes?

— É, sim. Mas ele não está.

— Diga para ele que o Júnior, da agência de automóveis, quer falar com ele. Ele tem meu telefone.

— Dou o recado — ela disse.

Virei-me e segui para meu carro.

Antônio sempre andava armado, tinha sido policial até começar a trabalhar com políticos, na posição dupla de motorista e guarda-costas. Solange me contara isso, dizendo que, na companhia dele, não tinha medo de nada. Mas ele não estava fazendo a coisa sozinho, não era um homem inteligente, apenas um braço. Alguém o comandava.

Fui para a casa de Solange. Entrei pela porta da frente, seguindo direto para o quarto. Tomei um banho rápido, para me livrar da noite que eu ainda trazia em meus poros e em minhas roupas, como uma camada de gordura. Juntei minhas coisas, deixando no armário todas as peças compradas por Cíntia. O revólver também ficou em um lugar bem visível.

Dei uma última passada no quarto de Solange, que não tinha sido arrumado, e identifiquei seu perfume. Eu ia sentir falta dele. Era esta a memória que eu gostaria de levar dela, para um dia, ao cruzar com uma mulher usando a mesma fragrância, poder reencontrá-la.

Somente o guardião me viu entrar e sair. Tinha deixado o carro do lado de fora. Ele me cumprimentou com um sorriso profissional. Mais uma vez, eu estava fugindo de casa.

Não era propriamente uma oficina, como eu esperava, e sim uma cabana pequena e de madeira, num bairro residencial, repleto de árvores. A cerca de balaústre, como uma réplica da casa dos sete anões, um quintalzinho lembrando um bosque. Conferi novamente o endereço. Deveria estar errado, mas não estava. Era ali mesmo. Uma casa-oficina. Abri o portão com medo de algum cachorro, embora não houvesse o cheiro característico dos lugares habitados por cães, e me aproximei da casa com cautela. Depois de bater palmas várias vezes, ouvi um *entre*.

Girei a maçaneta redonda e abri a porta, dando para uma única peça; a casa não tinha divisórias nem forro, viam-se os caibros empoeirados e as telhas sujas. Um homem baixo e levemente gordo, com os cabelos brancos, lixava uma peça de metal que me pareceu de uma metralhadora.

— Seu Clóvis?

— Sim, o que você deseja?

— Sou amigo do Bóris. Ele me disse para procurá-lo.

Como ele ficou em silêncio, apelei.

— Ele admira muito o senhor.

— Deve ser o único em todo o mundo — e aí sorriu.

Era um homem de gestos tranqüilos e obcecado pelo trabalho manual. Ele não parava de fazer o serviço, olhando de tempos em tempos para mim. Avaliei a oficina com chão de cimento bruto. Havia três imensos cofres, mesas com vários objetos, livros em alemão e uma velha poltrona, com o forro aparente, onde ele devia descansar de seu trabalho.

— Diga do que precisa — ele me disse.

— Estou tendo aulas de tiro com o Bóris.

— Dificilmente vai aprender alguma coisa se não tiver a vertigem para a coisa. E você não está mais na idade de brincar de herói.

— Não, não estou. É apenas uma prática esportiva.

— Meu filho, estou nesse negócio há mais de 50 anos, e reconheço uma pessoa que mente.

Eu não tinha o menor traço de desportista. Era melhor dizer logo o que queria, sem circunvoluções.

— Realmente, não sou muito de esportes.

— E o que você é?

— Professor de literatura.

Ele riu, não para me menosprezar, mas num sinal de que os tempos estavam mudados, os defensores do humanismo agora se metiam com armas.

— Você sabe, eu estudei engenharia mecânica, mas desisti, não queria ser engenheiro, gostava desses brinquedos mais perigosos.

Ele deixou a lixa, foi até uma pia minúscula pendurada na parede, de onde saía uma torneira de plástico, lavou demoradamente as mãos, usando um produto que parecia areia e não criava espuma. Enxaguou-as e as enxugou em uma toalha vermelha, presa a um prego na parede.

Então se aproximou da mesa e descobriu um pratinho de papelão, onde havia algumas empadinhas, indicando-as. Agradeci. Ele insistiu. Tirei uma das empadinhas e ele outra.

— Sabe, o médico me proibiu de comer massa e alimentos gordurosos. Meu coração não anda bom. Não vou deixar certos hábitos agora. Faço o que o meu coração comanda, não o que as pessoas recomendam — e em duas mordidas deu conta da empadinha.

— Os médicos só vêem o coração como músculo — completei.

— É isso. O coração para eles é um órgão. Não tem diferença de um pulmão, de um intestino, de um fêmur ou de qualquer outra parte do corpo.

Eu também comi minha empada, ele me ofereceu outra, enquanto pegava mais uma. Eu não quis.

— Seu Clóvis, preciso saber de uma coisa simples. Houve uma tentativa de assassinato. E a pessoa usou balas com marcas.

— Você acha que algum bandido faria isso? Balas marcadas são apenas para tiro esportivo.

— Sei disso. Mas preciso identificar essa marca. Bóris me disse que o senhor é quem faz as recargas da munição para os atiradores.

— Isso é ilegal. — E depois de um breve silêncio: — Qual era a marca?

— Um L maiúsculo.

— Nenhum dos membros do clube de tiro usa um L maiúsculo como marca. Mas, conforme você olha, um L pode ser um J.

— J de Jacinto Paes, que pertence ao clube.

— Sim, essa é a marca dele. O governo limita a munição e as pessoas precisam de recarga. Eu não gosto de fazer isso, mas acabo cedendo. Nenhum atirador que usa cápsulas marcadas iria atirar em alguém.

— Sei disso.

— Não pergunto o que vão fazer com a arma que me trazem para regular nem no que vão usar a munição. Só faço meu serviço. Venha aqui.

Eu o segui até o menor cofre. Ele mexeu no segredo enquanto eu esperava a porta se abrir. Lá dentro havia muitas armas e algumas peças enroladas em flanelas. Ele tirou uma delas e me mostrou uma adaga.

— Do exército alemão. — E me traduziu uma inscrição na lâmina: "Minha pátria é minha honra."

— Usada em combate?

— Apenas em desfile.

Pegou um anel de prata com a suástica em preto. E alguns relógios que ainda funcionavam, um capacete e uma fivela militar, extremamente polida.

— Coleciono objetos nazistas. Meu pai lutou na guerra e foi morto pelos americanos. Jamais encontraram o seu corpo. É uma forma de ficar perto dele. São apenas objetos que compro de colecionadores e guardo aqui, como quem cuida do túmulo paterno, você entende?

Fiz um sinal com a cabeça, olhando para uma peça imensa, parecia uma panela industrial, ao lado do cofre maior.

— É uma marmita militar. A comida chegava na frente de combate nessas marmitas de 50 litros. Minha mulher acha que devo esquecer as coisas do passado, os mortos não precisam de mim. Mas eu preciso dos mortos.

— E o que guarda nos outros cofres?

— Recordações. Tudo aqui é recordação. Quando estou trabalhando na arma de um cliente é como se estivesse servindo o exército.

— Não importa de que lado?

— É uma forma de estar ao lado de meu pai.

Ele se levantou e voltou para a bancada onde tinha deixado a peça de metal em que trabalhava e começou a lixar. Chegara a hora de ir. Ele queria ficar ali, ao lado do pai, como um herói que não teve chance de ser. Nasceu num período em que as armas estão nas mãos de bandidos, esportistas ou de amadores iguais a mim. Nenhum heroísmo. Nem mesmo um heroísmo equivocado.

— Obrigado, seu Clóvis.

— Volte qualquer dia para a gente prosear mais.

Quando fechei o portão e olhei para trás, a oficina não me pareceu mais uma casa de família, e sim um posto militar no meio de um campo de batalha. Ali, os soldados nunca descansavam, em suas lutas contra o inimigo. Contra qualquer inimigo.

O sabor da empadinha meio tostada, de massa podre, me fez lembrar do Bar Preciosa, onde eu não aparecera mais. Tinha fome, o dia estava sendo longo. Deveria comer algo e talvez beber chope, para que as coisas se esclarecessem. Esse era o efeito da bebida sobre a consciência. Ela me criava uma lassidão que desarmava todas as idéias, promovendo uma desordem interior que me ajudava a perceber o que a mente não conseguia juntar. No caos de idéias, sentimentos, imagens e palavras que a bebida criava, como se fosse uma enchente tirando tudo de seu lugar, invadindo casas para levar móveis, roupas, alimentos, juntando peças diferentes numa região mais baixa, onde tudo boiava desconectado de seu universo original, eu tinha a percepção tumultuada do conjunto. Era hora de beber, de me encharcar de álcool, que não me traria o sono, mas a lucidez dos ébrios. Todas as grandes descobertas humanas aconteceram num momento de bebedeira, não propriamente produzida pelo álcool, porque há bebedeiras que o dispensam, precisam apenas do entusiasmo interior, de reações químicas que façam a inteligência adquirir um grau de iluminação inexistente em outros momentos. Na rotina, tínhamos a acumulação de dados, o amealhar de coisas, uma coleção de informações que só fazem sentido quando se manifesta a bebedeira mística, que tira tudo do lugar e cria novas relações, até então inusitadas. Momentaneamente sem capacidade de me auto-embebedar, precisava de aditivos. Durante semanas fiquei coletando cacos, guardando coisas sem chegar a lugar nenhum. Era preciso obter tudo em poucas horas e fui ao bar como quem vai a um cassino na esperança de, em poucos minutos, ganhar o suficiente para pagar dívidas acumuladas em uma década. O jogo é uma bebedeira. O amor também. A criação literária. A ciência. Tudo.

Parei o carro no estacionamento. Quando cheguei ao balcão, Tufi olhou para mim e sorriu. Também sorri. Era o código. E apareceu uma tulipa em sua mão e ele começou a tirar o chope. Há os que bebem cerveja, mas não são confiáveis, pois evitam o ritual. Levei uns cinco minutos para receber meu primeiro chope. Antes, ele jogou a bolacha de papelão sobre a fórmica, depois ficou em silêncio tirando a bebida, num manuseio constante da espátula, abrindo e fechando a torneira, deixando o líquido assentar. Quando estava quase pronto o primeiro chope, buscou outra tulipa, o bom garçom sabe a extensão de nossa sede.

— E o Porrada? Tem aparecido?

— Daqui a pouco está aqui. É só acabar o programa.

— Bebendo muito?

— Mais do que nunca.

E isso foi tudo que Tufi me disse, voltando a seus afazeres quase religiosos, de quem dá a comunhão a infiéis com esta água que é também trigo e que pacifica e que alimenta.

Eu estava no canto do balcão, de costas para a rua. Já tinha tomado vários chopes, mas reconheci a voz:

— O professor está triste hoje.

Ao me virar, encontrei Porrada de terno, gravata solta no peito e colarinho desabotoado. Eu devia estar mesmo com um aspecto miserável. A gravidade aumentara e eu sentia o chamado do chão, do sono. Junto com o radialista, apareceram seus guarda-costas, que se sentaram na entrada do bar. Eles formavam uma barreira de músculos para proteger o mais polêmico comunicador da cidade.

— Quando uma pessoa contrata guarda-costas é sinal de que se tornou importante — eu disse.

— Ou que algumas pessoas querem que ela continue viva.

— O que não deixa de ser uma forma de importância.

Tufi já estava fazendo a dança dos copos sob o bico da chopeira. Porrada recebeu o primeiro chope.

— Estou por dentro do que aconteceu com você na universidade.

— Sei.

— Não daremos a notícia. E você nem vai precisar pagar a conta.

— A prosperidade chegou — ironizei.

— Para quem trabalha, ela sempre chega. A menina era bonita. Você tem bom gosto.

— Viu as fotos?

— Todo mundo viu. A família dela é daqui?

— Do interior.

— Estão querendo vincular o escândalo à sua outra amada.

— Não tenho amadas. Aliás, nunca tive amadas. Tive casos.

— Rumorosos — ele completou, rindo.

Ficamos uns segundos em silêncio, reverenciando o líquido dourado que tínhamos diante dos olhos.

— E sua mãe? — perguntei.

— Mais calma agora que estou duplamente protegido.

Olhei os dois seguranças.

— Não me refiro só a eles — disse Porrada. — Minha mãe me levou a Aparecida do Norte e pediu proteção divina — ele riu.

Não falei nada, toda proteção, até a mais improvável, tinha valor.

— Fomos em uma dessas excursões de senhoras. Pegamos o ônibus na frente da igreja, a viagem organizada por uma velhinha que tinha tido câncer 30 anos atrás e que se curara com a fé em Nossa Senhora. Fez a promessa de coordenar excursões. E agora faz uma por mês, descobrindo que a fé dá lucro. Milagre! — ele gritou.

— Você não acredita na providência divina?

— Nem na previdência privada — disse e riu novamente. — Minha mãe é que acredita nessas coisas. Todo mundo rezando na viagem. Levei uma caixa de isopor cheia de cerveja. E fui bebendo, dando motivo para que rezasse ainda mais, pelo filho perdido, pela ovelha desgarrada. Chegamos de madrugada ao Santuário, o ônibus parou no imenso pátio da catedral nova. E subimos a rampa para assistir à primeira missa, às cinco da manhã. E a igreja já estava cheia. Depois minha mãe comprou uma vela do meu tamanho e queimou na sala das velas. Eu sempre junto. Por fim, levou as cápsulas vazias para a sala dos milagres. Acabou a programação?, perguntei, mas ela não respondeu. Ia rezar um terço. Fui para um bar e bebi até a hora do ônibus sair. Desmaiei assim que o ônibus começou a andar, minha mãe acha que foi uma intercessão de Nossa Senhora, a protetora dos aflitos, pois tendo dormido eu não bebi nada na volta.

— Você não acredita mesmo? — eu não seguia religião, mas achava que quem crê alcança. Eu apenas não conseguia crer. Por isso não alcançava.

— Acredito, olhe lá na parede — e apontou para uma imagem de Nossa Senhora. — Até o Tufi acredita. O mundo está salvo. Não precisamos de presídio. É só pedir para que os bandidos se tornem cidadãos. O mundo é um lugar sórdido. A única salvação está no álcool — e levantou o copo como se fosse a hóstia.

Nisso, eu tinha que concordar com ele. Então perdi a consciência. Só fui acordar no final da tarde, quando já estava em meu apartamento, sem saber como tinha chegado.

Tudo resolvido. Eu já podia entregar o serviço encomendado por Solange. Liguei para Jacinto e marquei uma conversa no meu apartamento, às oito da noite. Eu não precisava resolver previamente nada. Tinha mais de uma hora vazia pela frente, para curar minha dor de cabeça. No apartamento, eu me sentia como um viajante abandonado numa cidade estrangeira. Tudo estava em ordem, até meus livros descansavam organizados nas prateleiras e os originais de meus poemas estavam divididos em pastas, todas com etiquetas, nas gavetas da escrivaninha. Fui abrindo móveis para ver camisas em cabides, roupas de cama limpas e dobradas. Lírian tinha trabalhado em minha ausência. E me lembrei de uma das mais belas passagens do livro do *Gênesis*, traduzido por João Ferreira de Almeida. "E disse o Senhor Deus: não é bom que o homem esteja só." Cabia também a variação: "não é bom que a mulher esteja só". De tudo, me restaria Lírian? Por onde eu andava, descobria sinais de seu amor, um amor à ordem, tão novo nela quanto em mim. Não encontrava nenhum objeto dela. Nem roupa, nem um papel, nem mesmo a digital na mesa de jantar, com seu tampo de vidro. Ela apagara as pegadas. Na cozinha, num pequeno papel preso por um ímã, encontrei um recadinho. Tinha ido à casa dos pais. Não dizia se ia voltar, mas eu tive a certeza de que voltaria. Quem dá o endereço ou quer ser buscada ou quer dizer que um dia voltará. Não é uma fuga, apenas um intervalo.

Deitei no sofá e fiquei esperando a chegada de Jacinto. Ele se atrasou um tempo, mas nem percebi, estava me acostumando novamente àquele espaço onde eu tinha cultuado a solidão. Continuaria ali, pagando o aluguel para me isolar da cidade, agora que eu tinha conhecido a cidade?

Quando o interfone tocou, levantei-me bruscamente e senti que algo leve ficara preso em minha orelha. Passei a mão e capturei um fio de cabelo. Acendi a luz da sala e olhei para aquela diáfana lembrança de Lírian. Ela estava inteira ali. Não tinha conseguido afastar-se completamente. Deixei que o fio caísse no chão. Era bom saber que permaneceria integrado ao carpete bege. Eu não deixaria ninguém limpar o apartamento enquanto ela não voltasse.

Jacinto entrou com se estivesse invadindo um cativeiro para libertar um seqüestrado. Ele devia saber do processo contra mim na universidade e queria terminar nosso acordo. Eu poderia contar qualquer história que ele aceitaria. Mas a razão de sua ansiedade era outra.

— Recebemos um telefonema falando do Alexandre. Querem um milhão para silenciá-lo.

— Estavam esperando a cotação de Solange subir.

— Mas agora você descobriu o bando.

— O trio. Desde o início eu sabia que eles eram poucos.

— Por quê?

— Intuição.

— E quem são?

— O motorista, a filha que trabalha como faxineira e algum parente dele.

— Você, logicamente, está brincando...

— Duas ligações vieram do bairro onde Antônio mora. Outra de uma rua que ele percorre todo dia para buscar Solange.

— Isso não prova nada.

— E, na casa dele, há um carro novo. Podem conferir na loja, deve ter pago à vista, em dinheiro vivo. Não tinha carro até o Ano-Novo. E ele não se sente como alguém que roubou dinheiro de vocês, apenas está se ressarcindo da parte do salário que tiram dele.

— Ele aceitou assim. E é um homem fiel. Não faz o menor sentido.

— Luta de classes. Já ouviu falar nisso? Estamos no meio de uma constante luta de classes nas mais corriqueiras relações. Na hora de comprar pão, quando somos atendidos pela moça, há ali uma disputa social. Talvez ela nos dê o pão mais tostado apenas para nos frustrar, para se vingar de nossa posição de consumidor. Porque viu seu carro e achou que ela também merecia um igual.

— Antônio é de confiança. Tantos anos servindo Solange e outros deputados. Foi recomendado por um político que não se reelegeu.

— E o que ele ganhou até agora? Você viu a casa dele? Um sobrado sem terminar na boca da favela. Ele continua se julgando honesto, não está roubando, apenas pegando a parte dele.

— Um milhão.

— Cada um sabe quanto seu trabalho vale. Ele vê o dinheiro que está em jogo na eleição e acha essa uma quantia razoável.

— E como você descobriu?

— Quando fui agredido, quem me emboscou conhecia onde eu morava, foi ele em pessoa que entregou a sacola com dinheiro. Estudou como entrar no prédio. E, na hora de me agredir, sabia a melhor forma. E segurava o revólver com uma experiência e uma intimidade que apenas um policial pode ter.

— Por que a filha entrou no negócio?

— Ela também se sente excluída. Uma vez me disse que tinha feito um curso técnico. Queria uma posição melhor. E faz mais de quatro anos que trabalha em serviços gerais.

— Mas não sabe nem ligar um computador.

— As pessoas querem progredir, de uma forma ou de outra.

— E Alexandre? Ele existe ou não?

— Existe um Alexandre, não posso saber se é o verdadeiro.

— Claro que não é, isso só acontece em telenovela.

— A vida imita a arte, infelizmente a arte de má qualidade.

— E onde ele está?

Dei o nome do bairro de onde havia sido feita uma das ligações. Era ali que estava escondido, provavelmente numa casa alugada em nome do comparsa. Bastava seguir os dois e chegariam ao rapaz.

Ele ficou em silêncio.

Então falei que tinham tentado incriminá-lo na tentativa de matar o Porrada.

— Por que fariam isso?

— Para vincular Solange ao crime. O autor dos disparos usou um de seus cartuchos marcados com o J.

— Eu só uso isso no clube de tiro. O Antônio nunca me acompanha lá, é um clube reservado.

— Não foi Antônio, isso é apenas para pessoas bem-sucedidas, empresários ou bandidos.

— E quem foi?

— Quem atirou eu não sei. Sei que não quis matar. Deu sete tiros, alguns no muro. E teve o cuidado de recarregar a arma e deixar as cápsulas vazias no chão. Uma delas com a sua marca.

— Por que a polícia não viu nada disso?

— A mãe do radialista guardou os cartuchos e fez uma promessa a Nossa Senhora. Não falou para a polícia porque queria levar a oferta à sala de ex-votos.

— Não sei quem teria interesse em me incriminar.

— Um amigo de seu clube. O doutor Dó. Era a segunda opção do partido para concorrer à prefeitura e é um dos membros do clube, onde deve ter conseguido uma de suas balas.

— Seria suicídio, expliquei isso a ele. Ele só terá vantagens com a eleição de Solange. Vai assumir a vaga dela na Assembléia. E ele não ganharia uma eleição majoritária agora. É a vez de uma mulher, da cidade ter sua primeira mulher.

— Ninguém quer ficar em segundo plano. Ele tentou uma cartada. Tirar Solange e ser a opção do partido.

— Suicídio coletivo! — Jacinto gritava.

— Não é esta a lei das espécies? Estamos todos caminhando para um suicídio coletivo. É o que nos espera em poucas décadas.

Mas Jacinto não queria pensar em problemas tão genéricos e distantes. Ele tinha que vencer as eleições nos próximos meses. Tudo estava concentrado nesse objetivo imediato. O mundo todo concentrado em objetivos imediatos. Eis nossa perdição.

Ele partiu meio descrente. Fui para meu quarto, onde Lírian tinha passado suas noites, e tentei encontrar o cheiro dela nos lençóis, dormindo alguns segundos depois, náufrago que vence as águas e enfim atinge a praia.

— O senhor pode se sentar, Professor Pessoa.

A mesa era velha e imensa, com mais de 20 lugares, eu já tinha participado de várias reuniões ali, nenhuma delas com resultados práticos. Veio-me a sensação de que haveria público, um julgamento em grande estilo, mas era apenas um depoimento sigiloso. Os professores usavam paletós de corte antigo, um era do departamento de direito, outro de economia e um de farmácia. Tinham fama de impiedosos, tratando todos os assuntos como se tivessem uma importância exagerada.

— O professor conhece a acusação que pesa sobre o senhor?

Uma das hipocrisias do meio acadêmico é este tratamento respeitoso. Sempre nos referimos ao colega como professor, o que cria um sentimento de clube.

— Não, propriamente. Se puderem ler a acusação.

Um olhou para o outro, até que o professor de direito, com quem eu cruzava nos corredores, nossos departamentos ficavam relativamente perto, tomou a iniciativa. Pegou um documento, encadernado com capa bege, com o timbre da universidade, e disse:

— Vou ler apenas a folha número um dos autos, que é a peça de acusação, porque as demais são os procedimentos administrativos, os pareceres jurídicos, os estatutos da universidade e do funcionalismo público, a que o professor pode ter acesso mediante solicitação formal à comissão.

— Não tenho o menor interesse nisso. Só quero saber do que me acusam.

E ele começou a leitura de um texto muito bem articulado, provavelmente feito por algum colega, em que narrava minha maneira liberal de dar aula, destacando que eu não fazia chamada, que raramente participava de reunião e que meus comportamentos com as alunas eram sempre de intimidade, desde que ingressei na casa, ainda muito jovem. O texto dizia que eu era o único professor que não procurara fazer pós-graduação, totalmente desinteressado pela pesquisa e pela produção do saber acadêmico, demonstrando desprezo pela vida universitária. Boêmio e rebelde, insolente por conta de uma abulia que irritava a todos, eu agora ultrapassara todos os limites, prostituindo uma aluna e divulgando o resultado de meus atos libidinosos pela internet, com constrangimentos pessoais e institucionais. Por fim, pedia as medidas cabíveis.

— Quem assina a denúncia?

— É anônima, para proteger os que prestam esse tipo de serviço — disse o professor de farmácia.

— E para proteger os acusados, o que vocês fazem?

— O professor não pode falar em proteção depois de ter exposto dessa forma uma aluna.

Eles deviam ter tido acesso às fotos e, com certeza, deliciaram-se com o corpo de Lírian. Se havia alguma pornografia nessa história, ela estava mais em quem recebera e divulgara as fotos do que em mim. Devia haver também o *e-mail* que Cauê escrevera.

— Existem provas?

— As fotos e o texto que o senhor conhece muito bem — e todos seguraram o riso de satisfação erótica diante das lembranças. Com certeza, desde que viram o material, eles estavam procurando suas senhoras com mais interesse.

— Não passei o *e-mail* com as fotos.

— Mas o endereço é do senhor e o texto também.

— Não vi o texto, mas podemos fazer uma prova estilística. Do que se trata?

— De um longo poema que fala de amor, usando palavras obscenas.

Era "Jardim em chamas". Portanto, o texto também era meu, embora ninguém pudesse provar isso, por não ter sido publicado, mas eu não negaria os poemas.

— O senhor conhece este poema?

— Conheço, é uma variação profana dos Cantares de Salomão.

— E sabe quem escreveu?

— Fui eu.

— E com que intuito? Para corromper alunas?

— Não acredito que uma jovem com mais de 20 anos precise de um poema para ser corrompida.

— O senhor está dizendo que todas as alunas são prostitutas?

O professor de administração, sempre em silêncio, anotava as perguntas e respostas em um velho computador num canto da mesa.

— Não é isto que estou dizendo. Escrevi este poema anos atrás. É uma peça literária, sem relação direta com nenhum fato, com nenhuma mulher.

— Mas serviu para conquistar a acadêmica — procurou no processo o nome de Lírian, lendo-o na íntegra.

— Bem, vamos direto ao assunto. O que vocês querem? Que eu seja crucificado em praça pública porque me apaixonei por uma aluna?

— Não é uma questão tão simples. As informações que colhemos, ainda não registradas, indicam que o senhor sempre saía com alunas.

— Sou solteiro e elas também. Todos maiores de idade.

— O nome da instituição. O senhor antes de tudo é a própria universidade. E há também relatos de que essas suas *namoradas* — ele usou a palavra dando a ela um fundo falso — não precisavam fazer provas, tinham notas garantidas.

— Todos os meus alunos são aprovados. Nunca reprovei ninguém.

— Não fazia prova para ninguém? Nem chamada nem prova?

— Não disse isso.

— Atos assim envergonham a instituição — disse o professor de direito.

— Sempre fui admirado pelos alunos.

— Vimos seu histórico. Nenhuma vez foi nome de turma, nem paraninfo, nem homenageado.

— Dou aula para o último ano, seria falta de ética ser homenageado.

— Ética? — perguntou o professor de farmácia, até agora quieto, e todos riram.

— Admite, portanto, que as fotos e os poemas foram enviados pelo senhor.

— Não, não foram. Foram enviados de meu computador, por um amigo de Lírian, o nome dele é Cauê. Não é meu aluno, não sei o sobrenome, mas é fácil identificar.

— E o que esse tal de Cauê estava fazendo no seu apartamento? — pelo tom da pergunta, eles queriam insinuar que eu promovia orgias em casa.

— Não sei, o senhor deve perguntar isso a ele. Eu nunca o vi. Lírian passava uns dias em casa, eu estava fora e este amigo foi visitá-la.

— Mas o poema e as fotos são do senhor?

— São, mas não mandei o *e-mail*.

— E o senhor sempre saía com as alunas?

— Saía apenas com minhas namoradas. O fato de serem minhas alunas não pode desqualificar um namoro normal e saudável.

— E dava notas para elas?

— Não mais do que a nota que elas mereciam.

— Mereciam por quais motivos?

— Pelo conhecimento do conteúdo da disciplina.

— Qual mesmo a disciplina do senhor?

— Literatura.

— O senhor poderia nos apresentar as provas desta — e leu no processo — Lírian?

— Não posso, devolvo as provas no fim do ano.

— O regulamento diz que o professor deve guardá-las por cinco anos.

— Não guardei.

E ficamos em silêncio por uns minutos.

— Agora o Professor Barbosa vai ler o depoimento, e, caso o senhor concorde, deverá assinar.

Ele leu um texto breve com as principais informações dadas ali e eu assinei a folha impressa que me apresentaram.

Ia me levantando quando o professor de direito fez um sinal para que esperasse. Eles anexaram meu depoimento ao processo. Depois, pegaram outra folha e me estenderam.

— O que é isso?

— O chefe de seu departamento sugeriu que o senhor peça uma licença remunerada. Para evitar constrangimentos. E para que a sindicância possa apurar tudo.

— Não há nada que apurar.

— Lógico, precisamos apenas concluir o processo e mandar para o setor de Recursos Humanos. O departamento já tem um professor dando suas aulas. Seria melhor que o senhor assinasse.

Li o pedido e assinei. Eles procuravam uma forma de me afastar do magistério. Como se eu já não estivesse afastado desde sempre.

Eu passava as horas na biblioteca, sem saber por onde recomeçar as leituras. Lírian tinha organizado os livros, recolhendo às prateleiras de ferro as dezenas de títulos antes espalhadas pela casa. Eu não guardava um livro enquanto não tivesse dado conta dele, lendo-o integralmente, quando era o caso, consultando trechos que me interessavam ou simplesmente me recusando a ler. Os livros agora não me solicitavam e eu tinha que fazer esforço para dar conta do que estava lendo.

Com a suspensão de minha atividade de professor, não restavam nem as leituras de obrigação, o que poderia me colocar de volta nos hábitos suspensos com a entrada de Solange em minha vida, presente de meus 40 anos. Se não tinha livros para ler, teria que voltar a freqüentar as livrarias para acumulá-los ao meu redor, como uma coleção de peças de quebra-cabeça, ou me dedicar apenas à leitura minuciosa dos jornais. Tinha realmente saído do mundo da cultura para o da política, da biblioteca para a rua, e não sabia como voltar. Das notas políticas ao obituário, eu me dedicava às notícias do dia, por mais irrelevantes que fossem.

Depois de meu depoimento, fiquei esperando alguma matéria sobre o professor acusado de falta de decoro. Mas não saiu nada. Eu agora descia à rua, fugindo de seu José, que sempre perguntava por minha mãe, para buscar na banca todos os jornais da cidade. Era minha distração e também minha tensão. Poderia estar em uma das colunas a notícia de meu afastamento provisório da universidade ou coisa pior. Durante quatro dias, li os jornais sofrendo a cada página virada, com medo de encontrar minha foto. Mas nunca descobri uma palavra sobre mim. Nem mesmo uma referência velada.

Os jornais iam ficando onde eu os lia, e meu apartamento ganhava minha feição. Comia de novo a pizza esquentada no forninho e voltava à companhia dos vinhos, dormindo algumas horas depois da bebedeira, para passar insone a noite, vendo o movimento da rua. Era a tentativa de rotina, mesmo sabendo que muitas coisas ainda poderiam acontecer. Só quando tudo cessasse, quando o mundo voltasse a ser algo quase imóvel, eu poderia retomar minha vida.

Mas ele continuava se movendo, e Jacinto apareceu em casa à noite. Estava sozinho e trazia um pacote de padaria. Dava para ler o nome do estabelecimento, não era nenhum dos que eu conhecia. Ofereci vinho, ele aceitou.

Com copos na mão, nós nos sentamos à mesa da cozinha. Talvez ele tivesse trazido comida, sabendo que eu vivia acampado. Mal tínhamos trocado algumas palavras, bebíamos o segundo ou terceiro gole de vinho, quando me empurrou o cartucho da padaria.

— É pelo serviço. Você tinha razão.

Não mexi naquele embrulho, que devia ter, pelo volume, uma quantidade igual à que fora dada aos chantagistas. Mas não me interessava saber o montante, minha intenção era ignorar o dinheiro e devolvê-lo no final da conversa.

— Eram mesmo só eles?

— Pai, filha e um irmão do motorista. Coloquei meu pessoal na cola deles esses quatro dias, e flagramos o motorista telefonando e a filha levando comida e água para o menino, que estava preso.

— Solange chegou a vê-lo?

— Não, e não era o Alexandre. Fui lá pessoalmente. Eles tinham encontrado o menino numa entidade de recuperação de drogados. Parecia-se um pouco com Alexandre, e eles se aproveitaram disso.

— Estava amarrado?

— Não, deixavam uma boa quantidade de maconha e sempre levavam cocaína, ele ficou sem ação, chapado dia e noite. E havia comida. E uma televisão. Ele não queria mais nada.

— Ficava naquele bairro?

— Sim, num conjunto de apartamentos populares, alugado em nome do irmão de Antônio.

— E o rapaz?

— Devolvemos para a família no interior.

— Vão prender Antônio e a filha?

— Você sabe como é a política. Não queremos publicidade. Seria prejudicial. Fizemos um acerto, demos uma indenização e demitimos os dois. Disseram que vão comprar um táxi.

Eles ainda tiveram que pagar pelo silêncio. Tudo devia ter sido amigável. Criaram uma versão no escritório, talvez até tenham dado uma festa de despedida aos dois, Solange, sem saber de nada, deve ter comprado presentes e agradecido a amizade e a dedicação dos funcionários.

— E se tentarem outra chantagem?

— Difícil, eles querem aproveitar o dinheiro. Não vão correr o risco de um acidente agora que estão com a indenização — e Jacinto encheu nossos copos.

Não haveria reclamação. Ele tinha realizado o sonho de independência da família. Quanto teria dado aos dois? Não seria uma quantia pequena. Mas Jacinto estava satisfeito, a sua filosofia funcionara mais uma vez, saber o que uma pessoa quer é fundamental. Ele estava ali também para isso, meio embaraçado por desconhecer o que eu desejava.

— Solange perguntou sobre o seu problema na universidade.

— Não vai dar em nada — menti.

— Precisando de alguma coisa é só ligar. Não vai conferir nosso presente? — e olhou o pacote.

Abri o embrulho e encontrei dólares. Coloquei-os de volta, sem contar.

— Solange está muito agradecida.

Levantei-me, Jacinto esvaziou o copo antes de erguer-se. Em silêncio, nós nos aproximamos da porta.

— Gostei de negociar com você — ele disse, com a firmeza dos vencedores.

— Eu nunca soube fazer negócios, por isso sou professor.

— Quer que eu mande trazer os seus ternos?

— Não teria onde usar.

— Vi as fotos da sua namorada. Você é um homem de sorte. O casal merece uma viagem à Europa.

E apertou minha mão com força, num nítido sinal de pacto. Ou para me ameaçar.

Ao me levantar, antes de sair para o café na padaria da esquina, lembrei-me de uma pequena nota policial do dia anterior. Um jovem fora encontrado morto, com disparos no rosto, numa mata próxima do clube de tiro. Ali não aconteciam desovas de cadáveres, pelo menos eu nunca tinha ouvido falar nisso. Não me chamou a atenção na hora, mas tudo estava se encaixando. O bairro onde o rapaz ficara preso dava saída para a região do clube. O jornal dizia que a morte tinha sido na noite do dia anterior. Ontem, a visita de Jacinto, com o dinheiro, que eu tinha guardado no armário de pães velhos, sem nem ter conferido. Era o último ajuste de contas. Ele estava finalizando o negócio, pagando meus serviços e comprando meu silêncio.

Ainda restava a questão do doutor Dó, ele não tinha falado no assunto e eu também não perguntara. Algum acerto havia ocorrido, e os gestos de Jacinto indicavam que a situação voltara à normalidade. Os tiros no rosto do rapaz não permitiriam que o identificassem. Se ele fosse de fora da cidade, o que era bem provável, ninguém reclamaria seu corpo. Solange tinha novamente um filho desaparecido e podia continuar seu papel de mãe órfã. Para ela, Jacinto inventou uma versão mais simples, a fotografia era uma montagem e não havia nenhum Alexandre, tudo uma farsa barata.

Mesmo não querendo o dinheiro, eu sabia que o merecia, destruíra minha carreira e minha paz. Agora desejava me aproximar um pouco mais da verdade, porque a verdade mesmo nunca conhecemos, podemos intuir, jamais reconstituir os fatos.

Recordei-me de um amigo de juventude que trabalhava no Instituto Médico-Legal. Procurei o telefone na lista, liguei para ele, que estranhou meu aparecimento depois de tanto tempo. Marquei uma visita para o mesmo dia.

Era um grande bebedor em nossa época, então passei numa loja e comprei um malte escocês, o mais caro, e segui para o prédio do IML, uma construção fria, lembrando um galpão industrial. E era mesmo. Eles industrializavam a morte. A recepcionista me atendeu numa mesa velha de qualidade ordinária, como na maioria dos órgãos públicos. Ligou para o setor, avisando o doutor Roberto da minha chegada, e depois me indicou o caminho. Eu me sentia como em um cemitério.

Na sala dele, nós nos abraçamos.

— Você se lembra da loira que aparecia no banheiro da escola e que nos assustava?

Eu evitava ir sozinho ao banheiro, com medo de ser agarrado pelo fantasma da moça morta pelo namorado e que agora se vingava em todo homem que encontrasse pela frente. Éramos meninos mas nos julgávamos homens e temíamos o ataque da loira. Nunca mais tinha pensado nessa história, mas tudo retornou num relâmpago.

— Só você não tinha medo — eu disse.

— Deu no que deu. Aqui aparecem muitas loiras, elas são mais assassinadas do que as morenas. Quando disse que viria, pensei no que atraía você a esta catacumba. Você temia muito a loira.

Coloquei meu presente sobre a mesa. Ele tinha o rosto inchado e vermelho, continuava no mesmo ritmo etílico. Nós nos sentamos, ele de frente para o computador. Então virou o monitor e vi a foto de uma loira esfaqueada, nua, com os pêlos púbicos estranhamente eriçados, como se tivessem sido penteados para cima, e o ventre aberto. Ela estava numa mesa azulejada, com os rejuntes escuros, provavelmente do sangue e dos resíduos de vísceras. Apenas pisquei os olhos e senti meu estômago revirar.

— Continua com medo da loira?

— Não é medo, é nojo.

— Chegou ontem, o marido matou depois de ter feito amor com ela, ninguém sabe se por ciúme ou por uma discussão tola. Várias facadas no peito e na barriga. A faca é uma extensão feroz do pênis. Já pensou nisso?

— Você devia abandonar a medicina e lecionar literatura.

— Nunca teve vontade de esfaquear uma mulher na hora que está fazendo sexo com ela? É um instinto meio selvagem, mas para um médico do IML não existem lirismos. Muitas vezes faço amor com minha mulher lembrando de um desses corpos.

— Necrofilia.

— Mesmo depois de morta, uma mulher ainda é um corpo por mais um tempo. Veja a vagina dessa loira.

Fora Roberto quem penteara os pêlos dela antes de tirar as fotos.

— É mesmo a encarnação da loira do banheiro — eu disse, para terminar a conversa.

— Não sente desejo?

— Nenhum.

— Sabe por que os professores espalhavam a história da loira? — E sem deixar que eu respondesse: — Para que a gente não fizesse sacanagem no banheiro. Mas eu entrava no reservado e ficava lá, me masturbava pensando nela, foi minha primeira mulher. Ela tirava a roupa para mim, me segurava pelo pau e depois me matava. Agora, sou eu quem mata as loiras. Elas já estão mortas quando chegam aqui, mas ao fazer a autópsia estou matando pela segunda vez — ele riu.

— Tudo mórbido demais.

— Um esporte. Mas juro que nunca avancei no corpo de nenhuma delas. E não é sempre que aparecem mulheres como essa.

— Trouxe uísque para você.

Ele então voltou o monitor para a posição certa e abriu o pacote.

— Do bom, hein. Agora já pode me dizer o que quer, estou totalmente corrompido. Você não viria aqui se não precisasse de algo. Sempre foi medroso.

— Preciso ver o corpo de uma pessoa. Um rapaz assassinado com tiros no rosto, foi encontrado ontem.

— O poeta lírico também se interessa pela carcaça animal. Vamos experimentar o uísque antes.

Foi ao banheiro e voltou com um copo meio sujo. A morte cria essa intimidade com o impuro. Ele abriu a garrafa com pressa e quase encheu o copo. Depois do primeiro gole, ficou um tempo com a boca fechada para aproveitar o sabor. Aprovou com um estalo de língua, passando-me o copo. Também bebi e fiz careta.

— Tome mais uns goles, você precisa estar um pouco embriagado para visitar o inferno.

Bebi um longo trago e Roberto virou o copo, pôs mais uma dose e tomou sozinho. Depois de guardar a garrafa no armário, ele me levou por um corredor, descemos as escadas e chegamos a uma espécie de câmara frigorífica. Conversou com um técnico, que nos conduziu às gavetas, revelando o corpo nu do rapaz, com um órgão sexual diminuto, quase de criança, como se não tivesse se desenvolvido. Ele praticamente não possuía pêlos. Em seu rosto todo arrebentado, não dava para reconhecer as feições de Alexandre.

— Que idade?

— Pouco menos de 20 anos. Era seu conhecido?

— Não, vi a matéria no jornal e pensei que pudesse ser um primo envolvido com *crack*. Ele está sumido. Graças a Deus não é ele.

— Este também era viciado. Acerto de contas.

— Que tipo de tiro?

— De .38. Queima-roupa. Jogaram no chão, com uma pancada na cabeça — e me mostrou o começo de um corte. — Depois, os tiros no rosto quando já estava sem sentido.

— Se ninguém reclamar o corpo?

— Vendemos para alguma faculdade de medicina — ele riu.

Era bem provável que realmente fizessem isso.

— Quer ver a loira?

— Faz tempo que saí da escola.

E subimos para a sala dele, conversando sobre a vida, ele reclamou dos filhos, nenhum dos dois queria estudar, não sabia o que seria deles. A menina estava namorando o guitarrista de uma banda de rock, o menino só ficava no computador.

— Uma geração que não pensa em estudar, bem diferente da nossa. Não sei que tipo de adulto eles vão sair.

E logo mudou de assunto.

— Lembra da Beatriz? Aquela que tinha um bucetão desproporcional. Uns meses atrás descobri a razão. O irmão dela morreu, baleado num assalto, e fiz a autópsia. O animal tinha um pau imenso. Devia comer a irmã.

Eu não quis entrar na sala do Roberto. Dei-lhe o telefone antigo, que eu desativara, dizendo que qualquer dia tínhamos que tomar um pileque.

— Numa boate cheia de loiras — ele completou.

O programa eleitoral de Solange estava entrando no ar, a cargo de uma grande agência de publicidade. Ela seria apresentada como uma mulher lutando contra as injustiças, com destaque para a perda do filho, a separação e a luta para o estabelecimento da democracia pós-ditadura, mas eu sabia que ela nunca militara em nada.

Embora meu cabelo tivesse crescido, ele estava diferente, mais áspero e levemente grisalho. Eu tinha emagrecido, fruto talvez da abulia desses dias de cativeiro. Devia fazer algo, mas não sabia o quê. A vida de uma pessoa precisava de um objetivo qualquer, nem que fosse o mais idiota. Jacinto jamais teria momentos de depressão, era com homens iguais a ele que se garantia o progresso. Solange seria a primeira mulher na prefeitura, e isso criaria uma onda geral de entusiasmo. O que acontecesse depois seria secundário, a população precisava contar com uma embriaguez, e ela se chamava Solange.

Eu ainda poderia ajudá-la um pouco. Meu processo se arrastava na universidade, os professores ouviam alunos, logo haveria um relatório recomendando minha exoneração, pois quando se criava uma comissão de sindicância o julgamento já estava pronto, faltava apenas colher as provas. Era isso que eles faziam, buscavam formas de dar sustentação jurídica para meu afastamento definitivo. Restava-me colaborar.

Numa manhã, fui à universidade e solicitei a demissão. O funcionário não fez nenhuma pergunta, apenas me passou o formulário, que preenchi com letra de fôrma e assinei, protocolando na secretaria. Quando deixei o prédio, olhei o céu e vi que ele estava azul. Fazia muito tempo que não apreciava o céu numa manhã sem nuvens. E me veio de novo um grande conforto. Eu podia simplesmente pedir as contas de um cargo público e ficar desempregado porque não tinha ninguém que dependesse de mim. Agora, a sindicância seria arquivada, evitando problemas para Solange.

Naqueles dias, o mundo me chegava apenas pelos jornais. Não conversava com ninguém, isolado no pequeno apartamento que vinha servindo como *bunker*. Lírian não ligava da casa dos pais, teria encontrado um amor por lá?, ela merecia um companheiro de sua idade, com quem pudesse compartilhar sonhos de futuro, como comprar um terreno, fazer uma casa, pagar por mês uma viagem. É claro que eu não desejava que encontrasse outro namorado, e esperava cada minuto por um telefonema dela. Ou de Solange. Eu não sabia bem qual das duas correspondia à minha idéia de mulher. Eu esperava por uma delas como quem espera um ônibus que pode levá-lo de volta para sua cidade ou outro que vai afastá-lo ainda mais de seu ponto de partida. Só não suportava ficar no meio do caminho.

Não recebia nada além das notícias jornalísticas de Solange, produzidas por sua assessoria. Ela aparecia todos os dias nas folhas mais diferentes, visitando desabrigados numa favela, depois da enchente que derrubou barracos e carregou móveis, num encontro com o governador, entregando as reivindicações da cidade, participando de uma festa das minorias sexuais. Candidata 24 horas por dia, sempre bem-vestida e sorridente, ela era a representação da mulher de meia-idade que as jovens queriam ser, quando chegasse o tempo, e também uma musa para o eleitor, cansado dos políticos com cara de corrupto. Ao pular um esgoto a céu aberto, num dos bairros mais perigosos da cidade, usando saia curta, foi fotografada por um repórter deitado no chão. Estampou-se nos maiores jornais do país uma ponta de sua calcinha branca, mais um motivo para efusões eleitorais. Notei que sua roupa ficou mais ousada a partir daquele episódio.

Tudo conspirava para que ela fosse eleita. Nesses dias, apareceu a notícia da morte de seu ex-marido. E toda a história da candidata foi destaque nos principais veículos de imprensa, mostrando como o marido não suportara a perda do filho enquanto ela escolhera lutar não apenas por seu filho mas por todos que precisassem de proteção. Foi o primeiro momento da campanha em que sua condição de mãe órfã acabou explorada abertamente, em contraposição à trajetória do ex-marido, que se isolara num mutismo irreversível. Ele agira apenas como pai, que pensa no filho como algo seu, como uma propriedade sentimental, mas a mulher via no filho toda a população. O sentimentalismo desses textos estava na medida, sem exageros, mas também sem deixar de apelar para as emoções.

No dia seguinte ao enterro de Pedro, apareceu, em todos os jornais, a foto dela no velório. Pedro estava num caixão de luxo, providências do velho e bom Jacinto, e ela velava o ex-marido com pose de viúva apaixonada. Nós raramente tínhamos falado dele em nossos encontros. E sua morte agora era oportuna.

Peguei o carro, que descansava na garagem nesses últimos dias, e fui àquele endereço, quase não encontrando a casa. Ela havia passado por uma faxina geral. O jardim fora podado, o telhado retocado, lavou-se tudo, de paredes a calçadas, e o lixo deve ter sido tirado. Era ainda a casa velha, mas sem o invólucro verde de plantas e bolor, sem o aspecto de abandono que tanto me impressionara. Eles maquiaram rapidamente a casa, da mesma forma que se maquia o morto, tirando os aspectos mais agressivos, para que não chocasse ninguém.

Pensei em entrar na casa para ver se todo o lixo acumulado durante anos tinha sido removido, mas havia um guardião na entrada, justamente para evitar matérias sobre o local onde Pedro gastara quase 20 anos esperando pelo retorno do filho. Ninguém o procurou mais do que ele, ninguém fez mais esforço para encontrar Alexandre do que quem se recusou a sair, aguardando sua volta. A casa devia estar em desordem, mas a fachada e o jardim não passavam uma idéia verdadeira do heroísmo que Pedro tinha praticado no mais completo silêncio, como um monge que anula até mesmo sua sexualidade para atingir um objetivo que não está neste mundo.

Se houvesse outro mundo, e se Alexandre estivesse mesmo morto, o reencontro dos dois devia estar acontecendo agora em qualquer dimensão que não conhecemos. Era reconfortante pensar nisso, que Pedro poderia estar com o filho, na idade em que ele desaparecera ou já adulto. O reencontro entre eles não poderia ser visto, fotografado, transmitido pelas emissoras de televisão; seria algo íntimo, invisível, sem testemunhas, e no entanto seria um acontecimento de extrema importância para o universo. O pai abraçando o filho, que lhe falaria de coisas acontecidas décadas atrás como se fossem histórias de ontem.

— Você não deve mais andar de bicicleta na calçada — talvez censurasse Pedro.

— Então me leva ao parque? — pediria Ale.

Seriam assim, banais, as conversas entre eles, sem referência ao longo interregno, que não chegou a separar os dois — eles viveram apenas um breve afastamento, que a morte de Pedro agora ou a de Alexandre no futuro, se é que ela ainda não acontecera, anularia ao permitir que ambos se encontrassem nesse espaço improvável, nosso bem maior.

Pensando nisso tudo e sem poder entrar na casa de Pedro, fui à igreja cercada de grade. Havia outras abertas para o público naquele horário, mas eu queria aquela. Parei o carro e, como aquele homem que eu encontrara ali, ajoelhei-me diante da gruta em que ficava Nossa Senhora, protegida por uma grade, e rezei uma ave-maria. Achei que seria apropriado rezar também um pai-nosso, e fiz isso. Eu sentia o vácuo dos carros passando, como se me atraíssem para a cidade, mas havia um vácuo maior me arrastando para a gruta, falsamente montada por algum pedreiro voluntário. Lá estavam a santidade, a tranqüilidade da outra existência, a possibilidade de encontro; do lado de cá estávamos nós, homens com projetos precários. E uma grade se erguia entre nós. Alguns conseguiam saltá-la e viver do outro lado, esse tinha sido o caso de Pedro. A maioria podia apenas ajoelhar-se diante desse outro mundo, inacessível, e reverenciá-lo com um gesto de genuflexão, um sinal-da-cruz e algumas palavras em estado de oração.

Antes de me levantar, olhei para a imagem. Seus olhos eram compreensivos.

— Por que você demorou tanto?

Ela mexia na terra. E me fez aquela pergunta como se eu tivesse ido ao mercado. Não havia nenhum espanto em sua voz. Ela estava se ocupando com o jardim, coisa que eu não via mais e que contrastava com o seu desejo de elegância. Achei que não precisava responder. O portão estava aberto; na calçada, do lado de fora, havia um saco com as plantas arrancadas, esperando pelo caminhão de lixo, que só passaria à noite, com seu mecanismo barulhento de coleta, pelo menos era neste horário que ele recolhia os resíduos de meu prédio, sempre me acordando. Ao lado dela, umas caixas de madeira e saquinhos de plástico preto, alguns vazios, a maioria ainda com a mudinha.

— O que você está plantando?

— Não se lembra?

Olhei os ramos aquosos, de um verde esmaecido. Várias daquelas plantas já haviam sido transplantadas. Elas pareciam gramíneas, só que mais grossas e ralas. Eu não sabia o nome. Minha mãe se mantinha dedicada à tarefa.

— Alcança ali a faca.

Eu me abaixei e segurei no cabo de uma faca de cozinha toda coberta de terra, quase invisível ao lado dos saquinhos pretos. Passei-lhe, ela abriu vários saquinhos com um barulho brusco de plástico sendo rompido, pegando as mudas e as colocando nos buracos feitos com uma pequena pá, própria para jardinagem. Eu já tinha visto estes instrumentos na seção de jardinagem dos mercados e sentira um impulso de comprá-los porque me lembravam a infância, quando descíamos para a praia e eu levava baldes, pazinhas e rastelos de brinquedo. Os objetos da infância sempre me encantaram, eram os únicos que eu amava. Tinha vários lápis quando ninguém mais os usava. Uma lupa ordinária, que não servia para nada, a não ser para eu olhar as rugas de minha mão, nos momentos de melancolia, e, tesouro dos tesouros, um canivetinho comprado com o pretexto de apontar os lápis, embora usasse mesmo o estilete. Eu resistira aos miniinstrumentos de jardinagem, não tinha nem um vaso de violeta no apartamento, mas eles me atraíam. Abaixei-me e peguei a pequena pá verde, com cabo de madeira.

— Já que você quer, vá fazendo os buracos. Siga o alinhamento.

Pisei na terra depois de tantos anos longe dela, deixando as marcas de meu sapato. Abria as covas e minha mãe vinha atrás, cortando saquinhos e plantando mudas. Pequenas raízes brancas resistiam à ação da pá na hora de cortar a terra. Eram como nervos de um cadáver. De minha visita ao IML tinha ficado uma frase de Roberto, que a loira fora nossa primeira mulher, isso me chocou mais do que a visão do corpo mutilado. Ter amado um fantasma, uma imagem inventada, um mito, era uma coisa triste. Eu não queria que isso fosse verdade. Mas, num certo sentido, a loira do banheiro acabou marcando mesmo nosso primeiro confronto com a mulher. Ela era uma idéia aterrorizante, e o fascínio que produzia, eriçando o pêlo de nossos braços, constituía uma experiência deformada do desejo. Fora de fato uma iniciação sexual incompleta, unilateral, falsa, mas extremamente forte. Eu nunca mais tinha pensado nela, devo a Roberto esta recordação, que não me deixará jamais. Desde a infância eu vinha buscando uma mulher que não existia, buscando e temendo. Talvez tivesse que começar tudo de novo, voltar às origens, fazer uma regressão. Se a primeira mulher era um espectro, eu procuraria outra que fosse anterior a ela.

— Estou vencendo você. Trabalhe mais rápido. E não pise nas mudas já plantadas.

Talvez por isso eu estivesse ali.

— Está bem, mãe.

Voltava à casa de minha infância, num momento de comunhão com minha mãe e com o jardim ancestral, meu conceito mais profundo de pátria. Ela me recebera com a naturalidade que a mãe recebe os filhos pródigos, e todos somos pródigos, esbanjamos no mundo o que pertencia ao lar. A primeira mulher de um homem é sempre a mãe, eu estava voltando a ela, para negar a afirmação de Roberto. E encontrava minha mãe num trabalho de jardinagem, como se ela não tivesse nenhuma pressa, como se o tempo fosse essa terra que podia receber sempre mudas novas, permitindo que as coisas recomeçassem.

— Você não descobriu ainda o nome?

Mexi negativamente a cabeça, sorrindo, meio apalermado, para que ela se divertisse comigo.

— Criei um desmemoriado. Não deve se lembrar nem do que comeu ontem.

— Eu me lembro sim, mãe. Foi...

E rimos. Era um prazer novo chamar dona Ilza de mãe.

— Onze-horas.

— Acho que ainda não são onze horas — e olhei o relógio que ela havia me dado no Natal. Agora, não tirava mais o relógio e não o perdera, como tinha acontecido com os outros.

— Não apenas desmemoriado, mas distraído. O nome da planta é onze-horas, e era comum na minha juventude, nos terreiros das casas. Quando viemos morar aqui, logo depois do casamento, fiz um canteiro que durou anos, até bem depois de seu pai morrer. Daí começou a aparecer tanta espécie diferente de planta nas floriculturas que passei a mudar o jardim a cada estação, sempre com alguma novidade. E nunca mais tinha visto onze-horas. Agora toda floricultura vende, então tive vontade de restaurar a feição original do jardim — ela falava sem interromper o trabalho.

Lembrava vagamente das onze-horas, que eu achava que deviam se chamar meio-dia, porque era o momento em que as flores rosadas ficavam abertas. As que estávamos plantando traziam pequenos botões, em breve estariam florindo. Talvez não hoje, porque havia algumas nuvens no céu, as mudas eram ainda muito novas e o replantio devia causar algum retardo no impulso de florir.

Eu estava com as unhas sujas, era uma satisfação arcaica sujar as unhas, porque aquela terra me batizava, um batismo um tanto temporão, mas reconfortante. Mãos sujas, os joelhos tocando a terra, o bico do sapato afundado no chão. Toda rota acabava sempre no lugar da partida. Vivíamos uma trajetória circular. Não havia progresso. Só regresso, pelo menos esta era minha experiência. Seguir era voltar. Uns começam a voltar mais cedo, são os escolhidos; outros, só quando não há mais tempo — são os sacrificados.

Acabamos o serviço perto do meio-dia, depois recolhemos os resíduos em sacos de lixo e deixamos do lado de fora, encostados no muro. Minha mãe tirou a luva, estava com as mãos limpas, e sua testa úmida de suor tinha vários fios de cabelo grudados, como se ela fosse uma camponesa. Eu devia estar parecendo um jardineiro, tinha envelhecido e minha magreza lembrava a de um homem afeito ao trabalho manual. Minha mãe não fez comentários sobre a velhice de seu único filho, para ela quem estava ali era o menino. Não me perguntou de minha vida fora de casa, como se eu nunca tivesse partido.

Quando estávamos entrando, apontei o canteiro.

— Olhe! Uma delas abriu.

Era uma alegria mínima ver a única flor aberta naquela extensão de verde acanhado. Mas era uma alegria.

— Amanhã haverá outras — disse minha mãe.

— E depois outras e mais outras.

— É para isso que elas existem.

— Vou ter que tomar um banho.

Fomos para o fundo do quintal, lavei as mãos num tanque que ficava numa área coberta, usando buchinha de cerdas duras e sabão. A mãe me trouxe um pano de limpar chão para que eu me enxugasse.

— Não vou gastar uma toalha com essas mãos mal lavadas.

E era tudo como na infância, quando eu voltava de minhas brincadeiras pelos quintais vizinhos, e ela me mandava tirar o mais grosso no tanque para depois ir ao banheiro, fornecendo-me um trapo qualquer para terminar de arrancar as cracas, como ela dizia.

Ao invés de entrar, voltei para meu carro, que ainda estava na rua, abri o portão e o guardei no quintal. Do porta-malas tirei duas bolsas e entrei pela cozinha, onde minha mãe já mexia em panelas, depois de ter se lavado no banheiro.

— Você está de viagem?

— Estou de chegada.

Ela achou aquilo a coisa mais natural do mundo. Era a vida familiar ressurgindo depois de uma crise de mais de 20 anos. Mas o que eram 20 anos na existência de uma mãe? O tempo de ir ao mercado e voltar.

— Vê se enxuga o banheiro depois.

As frases eram as mesmas, nada havia mudado neste mundo imóvel.

Almoçamos uma comida improvisada, segundo minha mãe, um bife acebolado, arroz branco e feijão temperado na hora, salada de alface, berinjela grelhada no azeite e farofa de ovos, tomate, azeitona e farinha de mandioca. Um banquete. Na sobremesa, laranjas, que descascamos na mesa, deixando cascas e bagaço nos pratos.

Quando fui ajudar a tirar a mesa e lavar a louça, minha mãe não deixou.

— Hoje você não ajuda mais — era uma ameaça.

— Então vou dormir um pouco.

— Não se esqueça de tirar a colcha.

E dormi boa parte da tarde no meu velho quarto, sentindo prazer em reencontrar cada coisa no seu lugar.

Quando acordei, ela já tinha tomado banho e se trocado, precisava ir ao mercado. Acompanhei-a, escolhendo coisas para mim, uma barra de chocolate, bolachas e doces. Era quase instintivo retirar esses produtos das gôndolas. Eu nem gostava mais disso, mas havia uma necessidade de saber que eles estariam no armário de casa, caso eu sentisse vontade de comer.

Na volta, minha mãe começou a dizer o que iria fazer nas refeições seguintes. Planejar a comida dava uma fome antecipada. E, sem resistir, abri uma das sacolas, quando descarregamos as compras na cozinha, e peguei um pão francês do pacote, comendo-o sem manteiga nem nada.

— Não quer um café?

Não respondi. Continuei comendo o pão, como se fosse um homem faminto. O gosto original do trigo retornava naquele alimento tão comum. Um gosto sem mentiras. Sem disfarces. Era apenas o trigo. Ancestral e honesto.

Jantamos um creme de ervilhas com bacon, esfarelando o pão sobre o prato e deixando que ele se encharcasse. Depois fomos para a sala e minha mãe ligou a tevê. Estava na hora do programa do partido de Solange. Algumas pessoas falavam sobre a mudança que devia ocorrer nas próximas eleições. O doutor Dó apareceu elogiando a candidata, uma das grandes lideranças nacionais, ele não olhava para a câmara, mas seu discurso era contundente.

Durante a fala de Solange senti um aperto no coração. Estava deliciosa, os homens se apaixonariam por ela e as mulheres se identificariam com aquela beleza madura. Ela falou do município, era uma cidade órfã, esquecida, sem políticas que agasalhassem o povo, e esta a grande função do poder público, proteger a população, principalmente a menos favorecida. E entravam músicas sobre mulheres e imagens dela em vários cantos da cidade, sempre decidida e alegre, sempre deslumbrante. Retornava ao estúdio, que reproduzia uma casa, com a foto de Alexandre numa mesa. E ela dizia que antes de tudo era mãe, que eles elegessem uma mãe para a cidade. Fim do programa.

— Ela vai se eleger?

— Vai, sim, é a candidata ideal — eu disse.

— Você nunca mais se encontrou com ela?

— Nunca, nossas vidas tomaram rumos diferentes.

— Teriam sido felizes.

— Ninguém seria feliz com Solange. Ela sofreu muito com a perda do filho.

Ficamos vendo tevê mais algumas horas. Quando fomos dormir, minha mãe me beijou na testa e me desejou boa-noite.

Deitei cansado de todas essas experiências, como se tivesse caminhado centenas de quilômetros para chegar em casa, passando fome e privações. E logo dormi.

Despertei com o barulho de trovões e com os relâmpagos que invadiam meu quarto, eu tinha deixado a cortina aberta. Sempre tive medo de tempestades, no apartamento eu me sentia mais seguro, mas numa casa, numa casa antiga como a nossa, a desproteção era grande. Entre mim e a chuva havia apenas as telhas velhas e o forro de madeira. Como eu fazia outrora, levantei-me, percorri o corredor iluminado pelos raios, empurrei a porta do quarto de minha mãe e me deitei ao lado dela. Ela nem percebeu minha presença, apenas se mexeu, abrindo mais espaço. Eu a abracei, procurando a posição de feto, um feto desproporcional e incômodo, e dormi novamente.

Este livro foi composto na tipologia Arrus BT, em
corpo 10,5/15, e impresso em papel off-white 80g/m²
no Sistema Cameron da Divisão Gráfica
da Distribuidora Record.